鹿毛おどり　イラスト―chooco
巡る冬の果てで、君の名前を呼び続けた
I kept calling your name
at the end of

CONTENTS

「エルメ、エルメ……
なあ、どうして……
本当に、俺は……っ！」

「エルメとディートだな。
ほら、あの二個の星と、七つの星。
誰だか知らないおっさんより、
俺たちを星座にした方が、いい感じだろ？」
無邪気に指をさす彼の姿は、
エルメの心をかつてないほどに惹き付けた。
魔法師
エルメ

「わたしたちがこの場所に来たことを、いつか後世に伝えてください」
「ああ、いつの日か絶対に伝えるよ。エルメとの冒険を証明するんだ」
アンデッド
ディート

巡る冬の果てで、君の名前を呼び続けた

鹿毛おどり

MF文庫J

口絵・本文イラスト●chooco

初冬編

余命x日の君と、アンデッドの僕。

終わりの始まり。

「国王陛下、勇者たちがついに魔王を討ち倒しました！」

この吉事の報が伝えられるや、エオテーア域に構えるラスリ王国は、歓喜に湧いた。長きに亘《わた》って、人類を脅かし続けた魔物の王、魔王ゼルゼネスが倒されたことで、真の天下泰平が訪れたのだ。

「勇者よ。五年の艱難《かんなん》を経て、魔王を討ち果たした汝《なんじ》らの勇気と献身は、闇を切り裂き、我が国に希望をもたらした。それは、我らの凡慮を遥《はる》かに凌駕《りょうが》する偉業であり――」

かくして王城の玉座の間では、魔王討伐の栄誉を称《たた》える叙勲の儀が執り行われていた。

しかし、この豪奢《ごうしゃ》な装飾に彩られた広間に佇《たたず》む勇者の姿は、ただ一人。

魔法師、エルメイル・ライフォーレン。

一七歳という若さでありながら、少女の立ち居振る舞いには成熟した気品が漂っていた。金襴緞子《きんらんどんす》の絨毯《じゅうたん》の上で、しなやかな身体《からだ》を低く曲げ、王への忠誠を示す姿勢を取っている。

「身に余るお言葉を賜り、痛み入ります。わたくし共にとりましても、魔王討伐という重責を全うし得たことに、名状し難い喜びを覚えております」

晩年を迎えた国王ヒリガンは、エルメに視線を向けた。その目許《めもと》には、統治者の威厳と相反する温容な色が宿っており、その慈しみは彼女ひとりに注がれている。

「さて……五年間の旅を経て、様々な経験をしただろう。色々と、聞きたい思いもあるが」

王の言葉には、意図的な柔らかさがあった。厳粛さを解いた彼の姿勢に、エルメの肩からも次第に緊張が抜けていく。

両者の間には、君臣の関係に留《とど》まらない、身分を超えた深い絆《きずな》が存在していたのだ。

「他の勇者は、どうしたのだ？　ベルク、ナードル、ラシーリの姿が見えないのだが……」

「――戦場の星となりました」

エルメは事前に用意していたかのように、感情を露《あら》わにすることなく即答した。

「勇者ベルクと魔王の壮絶な一騎打ちは、共に命を散らす形で幕を閉じました。両者が、全魔力を傾注した猛威は、ナードルとラシーリをも巻き込むほど凄《すさ》まじく。無事、生還を果たせたのは、転移の魔法を行使できるわたしのみでした」

「そうか……」

この時、躊躇《ためら》うような頷《うなず》きを見せた国王の横顔には、痛恨の思いが滲《にじ》み出《で》ていた。

人々のために身を捧《ささ》げた勇者たちの犠牲を思うと、現実への憤りさえ覚える。

しかしながら、彼は一国の王たる者。勇者たちの尊き犠牲を粛然と受け止め、次の時代に繋《つな》げることを己《おの》が責務と心得ている。

彼は静かに祈りを捧げるのみで、それ以上の感情を露わにすることはなかった。

「時に、エルメよ。一二年前のあの日……私はエルメを、養子として迎え入れた」

国王が切り出した本題に応じて、エルメの面輪にはひときわ濃厚な緊張が漂う。

魔王討伐は、彼女にとってただの通過点に過ぎない。

魔王を打倒した後にこそ、エルメの真の目的があったのだ。

「エルメの生みの親は、魔物に立ち向かう冒険者であった。その職務には危険が付き纏《まと》い、エルメが物心つく頃には、この世を去っていた。そして天涯孤独となったエルメを、ライフォーレン家が引き取った。エルメは、魔法の才が並外れていたからな。ただの孤児として捨て置くには、あまりに惜しいと考えたのだ」

国王の言葉の一つ一つが、エルメの心に不安の種を蒔《ま》いていく。

帰るべき家も、血の繋《つな》がった家族さえ失ったエルメが、なぜ五年に及ぶ遠征を耐え抜くことができたのか。たしかに、世界の平和を守り、万民の救世主たらんとする使命感も、彼女を突き動かす原動力の一つではあった。

しかし、それだけではない。

エルメの心底には、より我利私欲的で、切実なる思いが潜んでいた。

それは――。

「ふふっ……あの日のことは、忘れもしない。エルメが旅立っていく時、どんな思いで送り出していたか。エルメは私にとって、かけがえのない存在となっていたのだ」

「国王さま……」

エルメの胸に渦巻いていた不安は、雲が晴れていくように霧散していった。

彼女は、国王との変わらぬ絆《きずな》を切望していた。

魔王を討ち倒した後も、どうか一人の家族として見てくれますように。勇者としての使命を全うした後も、使い捨てにされることはありませんように。

たとえ血の繋がりなき養子に過ぎずとも、共に過ごした七年という歳月が、二人の間に親子としての絆を育んでいたのである。


「エルメがまだ、五歳の頃から、私はエルメに、魔法の限りをたたき込んだ。稀代《きたい》の魔法使いとして、魔王を討ち倒すことのみを期待したのだ」

「はい……確かに記憶しております、国王さま。魔法を一つ習得したら、また新たな魔法と、七年に亘《わた》って魔法の修練を課せられてまいりました」

彼女が養子に入ったばかりの頃は、まだ文字の読み書きも覚束《おぼつか》なかった。

そんな彼女に魔導書を与え、側《そば》で読み聞かせていたのは、他ならぬ国王ヒリガンである。

『国王さま！　次は、次はどんな魔法を教えてくれるのですか？』
一二年前の追憶――魔導書に目を輝かせ、日々、魔法の知識をねだる少女の、何と愛《う》いことか。身分の差も弁《わきま》えずに、己《おの》が裾を引く幼子は、老いた国王にはただただ可憐《かれん》としか映らなかったのだ。

『そうだな……次は、水を生み出す魔法を教えよう。しかし、魔法を覚えたからといって、屋敷を水浸しにしてはならんぞ。使用人たちに、また渋い顔をされてしまうからな』

朝な夕なに繰り広げられる魔法の稽古に、エルメは全身全霊を注《つ》ぎ込み、国王は彼女の成長を見守った。そうして七度の春秋が巡り、エルメが勇者として旅立つ頃には、血縁を超えた父と娘の絆《きずな》が結ばれていたのだ。

「エルメに読み聞かせた魔導書は、果たして何千冊に及んだのか。真摯に魔法に打ち込むエルメの姿を、私は日々の楽しみとしていた。しかし、旅立ちの時は訪れ……私たちは、しばらくの間、疎遠となった。便りもなく、言葉を交わす機会もない。——それでも私は、エルメとの日々を忘れたことは、一度もなかった」

ヒリガンが微笑《ほほえ》みかけるや、エルメの瞳に一縷《いちる》の光が差し込んだ。

「国王さま……つまり、それは」

エルメが願うたったひとつの夢を、国王は玉座から立ち上がって声にする。

「たとえ勇者でなくなったとしても、エルメは私の子だ。どうかこれからも、ライフォーレン家の一人でいてくれることを、衷心より願っている」

エルメは感極まるあまり、しばらく言葉を継げないでいた。しかし、遂《つい》に手にしたこの瞬間が現実なのだと分かると、エルメの胸には未《いま》だかつてない多幸感が広がっていく。

もう、ひとりぼっちじゃない。自分には、帰りを待ってくれている人がいる。

「身に余るお言葉……本当にありがとうございます、お父さま」

ようやく解放された孤独感に、エルメは心の空白が埋まっていくのを感じていた。

生涯をかけて追い求めてきた家族の絆、孤独からの解放。

あらゆる重圧から身を解かれ、自由を手にしたエルメは、新たな人生の門出に立つ。

これからは、限りなく明るい未来だけが待ち受けているのだと信じて。

1

「あの……お父さま。恐れ多くも、これほどの報酬を受け取るわけには……」

「いいのだ。五年に亘《わた》る冒険を経て、幾多の魔物、魔王軍を討ち取ってきたのであろう。謙辞を弄することはない、これは勇者としての至当なる評価なのだ」

魔王討伐の功績により、エルメは純金貨三千枚という巨万の富を掌中に収めた。

しかし、魔王を討ち取ったのは自分ではなく、まるで手柄を掠《かす》め取《と》ったようである。

「はい……分かりました、お父さま。有り難く、頂戴します」

それでもエルメは、この報酬を受け取ることを選んだ。

たとえ後ろめたさは否めずとも、勇者として生きたこの五年間が、決して無意味なものではなかったのだと信じたい。

形ある報酬を手にすることで、エルメはこれまでの人生に肯《うなず》ける気がした。

「確かに、犠牲となった勇者たちのことは痛惜に堪えぬ。しかし、彼らも万民のためにと、身命を賭してくれたのだ。天の勇者たちも、その献身を誇りに思っているだろう」

玉座の間を出たヒリガンとエルメは、王城の回廊で足を進めている。

窓外からは人々の歓喜の声が聞こえ、誰もが平穏に包まれたこのいまを悦《よろこ》んでいる。

「本当に、終わったのですね。争いは絶え、皆が笑顔でいられる世界に……」

「エルメたちのおかげだ。魔王が討たれたいま、凶悪な魔物が生まれることはなく、敵対的な魔物も、時と共に減るだろう。人間と魔物の長き闘争に、遂《つい》に幕が下ろされたのだ」

二人は王城の東塔に足を運び、その頂より広がる景致へと目を向けた。

秋の終わりを感じさせる冷気を含んだ風が、王国の津々浦々まで吹き抜け、街路には錦《きん》繍《しゅう》の如《ごと》く紅葉が散り、空から降り注ぐ豊かな光が、その合間に覗《のぞ》く石畳を照らしている。

平穏の時代の到来だ。これから人々は、我が娘は、豊かな人生を謳《おう》歌《か》していくだろう。

この情景を熟視する国王の瞳には、エルメの今後を思う温かな心が表れている。

「エルメは、今後どうするつもりだ？　魔王が討たれた以上、勇者の役割は失われた。エルメの新たなる人生は、エルメ自身が決めていくのだ」

「はい……理解しております、お父さま」

エルメは一瞬言葉を切り、北の空に視線をやった。

実のところ、彼女自身にも今後の展望が全く開けない。

自分は、何をするべきなのか。何を、生業《なりわい》としていくべきなのか。

ただ一つ、自身の取り柄を活《い》かしていくとするのなら、それは……。

「お父さま。わたしは、魔法使いの講師になりたいです。火を操る魔法に、水を生み出す魔法。魔法の中には、人々の生活を助けるものも多くあります。多くの人が、魔法を正しく使えるようになったら、よりよい世界が待っているかもしれません」


遂に、自分の存在価値が定まった。

エルメは自室に戻り、壁に立て掛けてあった長杖《ながつえ》に手を伸ばす。

皆に、広く魔法の素晴らしさが認められれば、自分は彼らを導ける。

魔法師エルメの人生は、いまこの瞬間から始まるのだ。

「さて、大好きな魔法を使ってみましょうか。わたしの存在意義でもあり、お父さまにも認められた魔法を」

エルメは、人々が驚きと喜びを露《あら》わにする舞台を想像しながら、得意の魔法を行使する。

しかし、そこである異変に直面した。

「これは……どういうことでしょうか？　わたしの魔法が、魔力が、どうして……」

彼女は魔法の源である、魔力を紡ぎ出すことすらできなかった。

初めは疲労の蓄積か、あるいは精神の乱れによる一時的な不調なのではと考えた。しかし、しばらくの時が経《た》っても、エルメの魔力は沈黙したままだった。

これに強烈な不安を煽《あお》られたエルメは、玉座の間へ急ぎ、父にこの謎を訴えかけた。


「確かに……王国兵たちも、同じ症状を口にしておったな。魔法や剣技はおろか、魔力を紡ぎ出すことすらできないと。この謎については、調査する必要があるだろうな」

事態の深刻性を悟った王は、この問題に対処すべく、王国内の各地に調査団を派遣した。

「エルメよ。私は当面の間、この問題の対処に追われそうだ。多忙を極め、エルメと顔を合わせることも難しいかもしれん。決して、エルメを蔑《ないがし》ろにするつもりはないのだ」

「はい……十二分に拝承いたしました、お父さま」

王が公務に心血を注ぐ中で、エルメは孤独の日々を送ることとなる。

父と顔を合わせることのない日々が続き、城内に響くのは臣下たちの足音ばかり。

どうやら調査団の努力も虚《むな》しく、事態はいっそうの混迷を極めているようだった。

この国に――いや、この世界に、どのような禍根が蔓延《まんえん》しようとしているのか。

エルメの胸に募る不安は、日増しに膨れ上がっていく。


「お父さまは、ご無事でしょうか。王室にこもったまま、何の音沙汰もありませんが……」

しかし、エルメや王国兵、ひいては国民すべての魔力が機能不全に陥った状態は一週間を過ぎても変わらず、調査団も未《いま》だに解決の手がかりを得られずにいた。

この世界に何が起きているのかは、定かでない。

それでも、大丈夫……きっと、大丈夫だ。

自分は彼らを導く魔法師として、希望の道を歩んでいくのだから。


「――いったい、何が起きているのですか」

彼女が思い描く展望とは裏腹に、世界は悪化の一途を辿《たど》り続けた。

それは、世界の異変から十日目を迎えた日のこと。

朝の訪れと共に、街路には異様な喧騒《けんそう》が広がっていた。絶望に沈む者、天を仰いで嘆き悲しむ者、恐怖に震えながら家族と抱き合う者が、そこかしこに見受けられた。

何よりエルメの視線を釘付《くぎづ》けにしたのは、人々の肌に浮かぶ青斑《せいはん》だ。

異様な青い斑痕《はんこん》が、顔や首筋、腕や指先に現れている。その症状の程度は千差万別で、全身が青く染まり動かなくなった者から、しみ程度の斑痕を浮かべる者までいた。

「いたぞ、勇者だ！　勇者を捕らえろ！」

喧騒《けんそう》の街中をさまようエルメに、男衆の怒号が雷鳴のように轟《とどろ》き渡《わた》った。

「わたしに、どのようなご用件でしょうか？」

これまで自分に讃辞《さんじ》を呈していた民衆が、いまや怒りの形相を浮かべている。

その乖離《かいり》した現実がどこまでも理解できず、エルメは立ちすくむばかりだった。

「白々しいことを……お前たちが、大いなる禍《わざわい》をもたらしたんだろう！　魔王が討たれてから、世界はどんどんおかしくなっているんだ！」

男の怒声が響き渡るや、群衆も険しい目つきでエルメを見据えた。

しかし、エルメは依然として彼らの怒りの理由を掴《つか》めないでいる。

「どういうことですか。わたしたちが禍を招いたなど、あろうはずもございません」

「あくまでも、しらばっくれるというのだな……いいだろう。お前を拘束し、その罪業を余すところなく吐かせてくれる。勇者たちの罪科は、白日の下に晒《さら》されるのだ！」

ふんっと鼻息荒く、農具を構える男衆だったが、「何をしている、下がれ」との一喝に萎縮し、苦虫を噛《か》み潰《つぶ》したような顔で後退した。

「そんな……お父、さま……？」

数日ぶりに、王と臣下たちがエルメの前に現れた。だが、その出で立《いた》ちは以前の面影を失っており、エルメは息を呑《の》んだまま、動くことができないでいた。

国王もまた、身体中《からだじゅう》が青斑に侵され抜いていたのである。

「勇者と魔王の決戦から、はや十日……魔力が紡ぎ出せない原因を探るべく、私は調査団を、王国の各地へ派遣した。だが、事態の謎は深まるばかりであり……あまつさえ、王国中の全ての者に、かような奇病が蔓延《まんえん》し始めた」

王の語りが止まると共に、重い空気が場を支配した。エルメは衰えた父の姿に目を向けた。王は力なく項垂《うなだ》れ、臣下たちの支えなくしては立っていられないほど衰弱していた。

エルメが何か言葉をかけようとした時、王は再び口を開いた。

「いったい何の因果か、あるいは魔王が残した呪いではないかとも疑ったのだが……幸いにも、私には心当たりがあってな。あれは、ちょうど十日前……北の空より、闇のような波動が、王国全土を突き抜けた……邪悪を体現する、漆黒の魔力のようであった」

ヒリガンが示唆する《邪悪》の正体は、エルメにも覚えがある。

それは、十日前の決戦の時。

天下無双の強者と謳《うた》われた勇者ベルクと、史上最凶と名高い魔王ゼルゼネスが最後の力を掻《か》き絞り、雌雄を決する最終局面に突入した。

『──身の毛もよだつ光景ですね。本当に、あれが《魔力》だというのですか？』

その瞬間、エルメは勇者と魔王が生み出した、おぞましき魔力を目撃していた。

絶大なる両雄の魔力が渾然一体《こんぜんいったい》と化した結果、魔力は本来の清浄な蒼《あお》さを失い、奈落の底をも貫くような闇の魔力が誕生したのである。

尋常ならざる魔力の奔流が間近に迫る中、エルメは間一髪、転移の魔法にて決戦場から身を遠ざけた。しかし、魔王城を中心に拡散した黒き波動は、止《と》むことを知らなかった。

それは世界の隅々にまで及び、王国の民もその影響下に置かれることとなった。

エルメはあの邪悪な魔力の波動こそが、いまや王国を蝕《むしば》む奇病の源であると悟った。

「確かに、わたしは目撃しました。勇者ベルクと、魔王ゼルゼネスが奥義を行使した直後、莫大《ばくだい》なる魔力は、黒く変色していたのです」

ヒリガンは、重々しい頷《うなず》きを見せた。

「黒濁した魔力の奔流は、王国にまで及んでいたのだ。かくも巨大なる力の激突、ベルクとゼルゼネスによる捨て身の一撃に相違ないと、誰もがそう理解したのだ」

ゆえに国王は、エルメの帰還が、勇者か魔王の死、あるいは双方の相討ちによるものだと見抜いたのだ。

しかし、その熾烈《しれつ》を極めた戦いの余波は、民衆を蝕む《奇病》という形で噴出した。

「予兆はあったのだ。十日前を境に、兵たちは魔力を紡ぎ出すことさえできなくなった。さて、何が原因かと吟味してみれば……よもや、このような帰結が控えているとは」

民衆の嘆きと悲しみを前にして、国王の瞳には、哀切なる罪責の念が浮かんでいた。

長きに亘《わた》る人類と魔物の抗争、その起源や善悪を超えた憎悪の連鎖が、幾世代にも及ぶ血の歴史を築き上げてきた。

そしていま、因果応報とも言うべき結末が、救いようのない現実となって、自分たちの前に立ちはだかっている。

「私は、長く疑問を抱いていたのだ。魔力は特定の形に紡ぎ出すことで、魔法や剣技などを呼び起こす。しかし……このような暴力的な力を使用して、問題はないのか。人体に、悪影響を及ぼさないのか」

その疑問は、かつてエルメも抱いていた。

無から有を生み出すような得体の知れない力を用いて、問題はないのだろうか。

誰もが同じように考えたが、魔法や剣技という無から有を生み出す神秘に魅了されて、人々は盲目的にならざるを得なかったのである。

それは幼少期に、魔法に心酔したエルメもまた例外ではない。

「――結局のところ、魔力は安全な代物ではなかったということですか」

ヒリガンは厳かに頷《うなず》きつつも、分かりかねるとばかりに首を振った。

「しかし、魔力による奇病など、これまでに観測された例は皆無である。事前に分かっていたのなら、危険視も可能であったであろうが……」

どうして、魔力の凶悪さがいまになって露《あら》わとなったのか。

勇者ベルクと、魔王ゼルゼネス。

共に最強の名をほしいままにした二人を鑑みると、エルメはある答えに辿《たど》り着《つ》いた。

「勇者と魔王――その両者が歴代最強であったからこそ、起こり得た結果と言えるでしょう。限界を超えた魔力は、その姿を歪《ゆが》ませ、悪《あ》しきものへと変じてしまう……。あの禍々《まがまが》しい魔力を、【悪性魔力】とでも名付けましょうか」

悪性魔力の症状は明白だった。初期には皮膚に青斑《せいはん》が浮かび、次いで髪が黒く染まり抜け落ちる。やがて身体機能に深刻な影響を及ぼし、全身が青く染まり命を落とす。

悪性魔力による肉体汚染から十日が経《た》ち、いまや王国には人々の哀哭《あいこく》が充溢《じゅういつ》している。

街には死臭が漂い、絶え間なく柩《ひつぎ》が運ばれていく。路傍には、動かなくなった者たちが横臥《おうが》し、王国の瓦解は刻一刻と迫っていた。

「わたしは、悪い夢を見ているのでしょうか。わたしたちの王国が、故郷が……どうして、こんなことに」

世界の終わりが迫りつつあることを、人々は薄々理解していたのだろう。

遠方より天を衝《つ》くような怒号が轟《とどろ》き渡ると、そこから人性を喪失した野獣の群れの如《ごと》き暴漢たちが、瞬く間に王国を擾乱《じょうらん》の渦中に呑《の》み込《こ》んでいく。

もう、終わりだ。いっそ、何もかも壊し尽くしてしまえ。よせ、うちの店に手を出すんじゃない。世界の終わりは、勇者たちのせいらしいぞ。そんなことはどうでもいい、酒を寄こせ、有り金を寄こせ。どうせ死んでしまうのなら、やりたいようにやって死んでやる。

――――――――――――――――――――――――――――――――――――


街角では焔《ほのお》が舌舐《したな》めずりし、その陰惨たる光景は地獄絵図さながらであった。瓦礫《がれき》の山と化した建物からは黒煙が立ち昇り、民衆の悲鳴と暴徒の咆哮《ほうこう》が混ぜ返る。

世界平和とは、何だったのか。

人々が渇望する救済や平穏は、いったいどこにあったというのか。

そんなものは、はなから求める方が間違いだったのではないかと、エルメは思う。

きっと本当の〝平和〟があるとすれば、それは全てが終わった、この後の世界のことを指すのだろうと。

2

民衆の暴動に恐れを抱いたエルメは、父と共に王城へと帰還した。

外の世界は異様な喧噪《けんそう》で溢《あふ》れているが、この固く閉ざされた城の中では胸を落ち着かせることができる。ひょっとしたら、何らかの希望を見つけることもできるかもしれない。

――エルメのそんな淡い幻想は、王室の扉を越えた直後に砕け散った。

「嘘《うそ》、嘘です……そんな、お父さま……」

父を王室まで担ぎ込んだところで、彼は力尽きたかのように倒れ込んだ。

手足や首に広がっていた不気味な青さは、遂《つい》に顔にまで達している。

エルメにとっての、唯一の家族――平穏な将来に不可欠な父が、息絶えようとしているこの現実に、エルメの心は悲痛な叫びを上げている。

「いいのだ……エルメ。お前も、もう儂《わし》にかまう必要はない」

父が掠《かす》れた声を絞り出すも、エルメは強く首を振って応じなかった。

「そんなことは、二度と言わないでください！　わたしは……わたしは、お父さまのおかげで、ひとりぼっちじゃなくなったんです！　帰る場所もないわたしに、居場所を与えてくれて、温かく迎えてくれたお父さまを、見放すことなんてできません！」

目の前の現実こそが間違いなのだと、エルメは目を腫らして訴える。

これからの自分は、ライフォーレン家の娘として、父と生活を共にし、人々には魔法の素晴らしさを広めていくつもりだった。その中でささやかな幸せを見つけ、温かな家庭を築けるものだと夢想していた。

しかし、蓋を開けてみたらどうか。勇者と魔王の戦いが災禍を招き、敬愛した父ごと、世界そのものを滅ぼそうとしている。

「エル、メ……」

寝台に身を横たえる父の姿は危うく、そのか細き声もエルメの心に恐怖を刻んだ。

だからエルメは、父の手を握り締めながらただ願った。

どうか、世界を汚染した悪性魔力がなくなりますように。ただの悪夢でありますように。ひとりぼっちにならずに済みますように。

彼女の胸中に渦巻く不安は、時の経過と共に肥大し、その苛烈さに耐えかねて、彼女は寝台に顔を埋《うず》めた。この世界の残酷さから目を背けるように、父の手を握り続けた。

だが結局のところ、エルメの現実逃避はそれほど長くは続かなかった。

「私……は……お前、を……愛……し……」

晩秋の凪に舞う枯葉のように、儚《はかな》げな声が微《かす》かに響いた。

熱を失いゆく父の手と、最後の言葉は、いったい何を意味しているのか。

「……」

エルメは現実から目を背けながらも、父の手から伝う冷たさを理解していた。

それと同時に、単なる温度とは異なる冷気を骨身に沁《し》みて感じていた。

恐れていた、再びのひとりぼっちが……世界でたった一人なのだという孤独感に襲われ、エルメは自分さえも見失いつつあった。

しかし、城の外から響き渡る声によって、エルメは我を取り戻すことができた。

「何が勇者だ、何が救世主だ！」

「世界を滅ぼしてしまうなんて、どうしてそんなことをするの!?」

それは、勇者を憎む民衆たちの声だった。

勇者と魔王の決戦が世界の滅亡を招いたという噂《うわさ》は、瞬く間に広がった。彼らの怒りは、理不尽にもエルメ一人へと向けられている。

エルメは世界の破滅に何の関与もない。だが、それは彼らの知るところではなかった。

何もかもが、終わってしまうのだ。

これまでに築き上げた地位も、家族との絆《きずな》も、磨き上げた魔法や剣技も、全てが無に帰そうとしている。そんな状況下において、なお冷静でいられる者など存在しない。

「ええ……そうですね。こうなったのは、全てわたしの責任なのでしょう」

そしてエルメは、この糾弾の声に一縷《いちる》の望みを見出《みいだ》した。

たとえ不条理な断罪であろうとも、容赦ない彼らの声こそが、空虚な自分の存在意義を逆説的に肯定しているかのように聞こえたのだ。

「実のところ、わたしは魔王を討ち倒すに相応《ふさわ》しい力を備えていませんでした。彼らの怒りを受け止めることが、わたしにできる最後の贖罪《しょくざい》なのでしょう」

自分こそが悪いのだと、エルメは己が諸悪の根源かのように振る舞った。

他に手立てはなかったのか、世界の終わりを看過しておいて、いったい何が勇者なのか。

彼らの怒号が轟《とどろ》く間は、エルメはかろうじて正気を保っていられた。

しかし、何よりもエルメの心胆を寒からしめたのは、刻一刻と迫る静寂だった。

一時間、二時間、三時間と過ぎ去り、夕暮れが訪れる頃には、人々の気配すら感じられなくなっていた。

エルメは震える手で王城の門に触れ、恐る恐る外の世界へと目を向けた。

「あ……」

扉が重々しく開かれると、そこには青く染まった亡骸《なきがら》が累々と積み重なっていた。

「……っ」

エルメは、凶悪な何かが背筋を駆け抜けていくのが分かった。

錯覚か現実か、王国には自分以外の生者はもはや存在しないのではないかという恐ろしい考えが脳裏を過《よぎ》る。同時に、冷たく虚《うつ》ろな眼差《まなざ》しが全て自分に向けられているような錯覚に襲われると、エルメは逃げるように門の外へと飛び出した。

エルメは、ただ走り続けた。

視界の端に映る青く染まった人波にも目もくれず、ひたすら東へと駆け抜けた。

どうして、こうなってしまったのだろうか。

魔王を討ち、世界に平和が訪れた暁には、今度こそ豊かな人生が送れるものだと信じていた。

しかし、現実は真逆だった。

際限なく〝平和〟を求めた双方の争いが、世界に滅びをもたらし、あまつさえ自身の存在意義である魔法さえ奪い去った。守るべきはずの民は死に絶え、いまや自分を責め立てる声ひとつ存在しない。

「はっ……はっ、はっ、はっ……はぁっ！」

魔法師エルメの存在意義とは、何だったのか。この五年に及ぶ旅路に、いったいどんな意味があったというのか。自分には、何一つとして価値がなかったのではないか。

そんな強迫観念の手から逃れるように、エルメは足を動かし続けた。

生まれ落ちた時から自らには何もなく、何も得ぬまま、何もない地で最期を迎えるなど恐怖以外の何物でもない。どうか、温かな最期がありますように――エルメは幻想でしかない奇跡に縋《すが》って、街の門を潜《くぐ》り抜《ぬ》ける。

日が沈み、夜が更けてもなお、エルメの逃避行は続いた。何時間も地を蹴り続け、目を腫らしながら、湧き上がる嗚咽《おえつ》を必死に呑《の》み込《こ》み続けた。

自分がどこに向かっているのかも定かでないまま、ただひたすらに走り続ける。しかし、やがて体力の限界を迎えると、糸の切れた人形のように崩れ落ちた。

人影ひとつない、深い森の中だった。

「ひとりぼっちは、嫌です、嫌なんです……だから、どうか、置いていかないで」

それは果たして、誰にあてた言葉だったのだろう。

顔も知らぬ内に逝った両親か、自分を置いて先にいった仲間たちか、それともようやく念願の家族になってくれた国王か、自らの功績を認めてくれた民衆か……またはその内の誰でもない、奇跡のような存在か。

されど、この人里離れた場所に、エルメを慰める者などいない。

彼女の聴衆は木々と土くれ、そして石の残骸に限られ、エルメはいっそう深い絶望の淵《ふち》に引きずり込まれてしまう、はずだった。

「——確かに、ひとりは退屈だよな。何もない日々なんて、もううんざりだ」

声は、突如としてエルメの頭上から降りかかった。

エルメは、この声を心の憔悴《しょうすい》による幻聴だと思っていたが、「すげー泣いてるな。なあ、なにか嫌なことでもあったのか？」と、続く問いかけに、少しずつ現実味を感じ始めた。

ふと顔を上げると、そこには村人らしき男の姿があった。

「あなた、は……」

エルメは目元を拭い、男の姿をつぶさに観察し始めた。

男の服装は、一見すると冴《さ》えない村人のそれだ。薄汚れたブーツ、僅かにたくし上げられたズボン、内にはチュニックを纏《まと》い、短めのジャケットを羽織っている。

服装はともかくとして、顔立ちは異質だ。あどけなさの残る少年のような肌は、病的なほど白く、生命そのものを拒絶するかのような冷たさを持っている。

髪も精力を失ったかのように脱色しており、瞳は紅炎の如《ごと》く燃え盛る。男には底知れぬ虚無感が漂っており、目の下に刻まれた深い隈《くま》が、男の虚《うつ》ろさを表している。

「なあ、本当に大丈夫なのかよ」

エルメは胸の内に広がっていた虚《むな》しさが、落ち着きを取り戻していくのを感じた。

奇妙な巡り合わせではあるものの、自分はいま孤独ではない。

胸の震えが完全に治まったことを確かめると、エルメはかつての自分を取り戻した顔で立ち上がる。

「ご心配いただき、ありがとうございます。わたしは魔法師エルメ、魔王を討伐した勇者パーティーの魔法使いです」

「魔王、勇者、パーティー……って、何だ?」

その言葉の真意が測れず、エルメは瞳を鋭く絞り込んだ。

「あなたのお言葉は、冗談めかしたものと解釈してよろしいのでしょうか」

「いや、俺は本当の意味で、何も分からないんだ。これまでのことを、何にも覚えていなくてさ。こんなの、言葉の通じる赤ちゃんみたいなものだぞ」

本当に、おかしなことを言う人だ。

エルメは彼の言葉がただの軽口に過ぎないものだと捉えていたが、そもそも彼はいったい誰で、どこから現れたのだろうか。

何より男の顔や手には、一切の青斑《せいはん》が浮かんでない。

次々と湧き上がる疑念に押し流され、エルメは素直な問いを紡ぎ出した。

「つかぬことをお聞きしますが……こんなところで、いったい何をしているのですか？ここは王国の東にある、小さな森。付近には、村落もなかったはずですが……」

「さっきも言ったけど、俺自身、何も覚えてなくて困っているんだ。ただ、俺が覚えているのは、途方もない年月を生きてきたことだけだ」

エルメは依然として、男の言葉を半信半疑で受け止めている。

そもそも男の顔立ちは、明らかに成人に達していない。声の高さから判断すれば、己と同年齢くらいだろう。少なくとも、途方もない年月を生きてきたようには見えない。

「嘘《うそ》、ではないようですね……」

しかし、何にもまして異様なのは、男の存在感だ。

彼の周囲には不気味な静寂が漂い、それは音すら避けて通っているかのようだった。

ふと側《そば》に立つと、影が重くのしかかってくる圧迫感さえ感じられる。肌には青斑《せいはん》の兆しすらなく、呑気《のんき》な面立ちからは、悪性魔力による肉体汚染の気配一つ窺《うかが》えない。

この世界から切り離されたとさえ思える存在感こそが、彼の異質さを証明していた。

「そういうあんたは、えーっと……魔法使い、なんだな」

「ただの魔法使いではありませんよ。魔法師と呼ばれる、その道の極みに達した者です。皮肉なことに、いまでは魔力さえ紡ぎ出せないのですけどね」

男は彼女の姿を熟視し、その特異な美しさに目を惹《ひ》かれた。

滝のように流れ落ちる黒髪は、微《かす》かな光さえも跳ね返す艶《つや》やかさを放ち、紫紺《しこん》の瞳は、たおやかさと凛《りん》とした気品を兼ね備え、さながら光り輝く宝石である。

語り口は大人びてはいるが、幼げな雰囲気が残る愛らしい柔肌《やわはだ》は、まだ完全に少女の域を脱していない。頬《ほお》には柔らかな朱色が宿り、その表情に瑞々《みずみず》しさを湛《たた》えている。

それでも背丈は、年齢相応の高さがあり、彼女の風格も女の子と見なすほど青臭くない。

「あなたの放つ異形の気配からして、確かに普通の人間ではないようです」

「普通の人間？　普通の場合は、何年くらい生きられるんだ？」

「人の命脈は千差万別ですが……最も長命な者でさえ、百年間は生きられませんね」

「じゃあ、俺は普通の人間じゃないかもな。本当に、相当生きていると思うぞ」

「もしかして、アンデッドなのでしょうか？　しかし、魔物と人間は、反目し合う関係にあるはず。知性を持ち、言葉を交わせるアンデッドなんて、存在するのでしょうか？」

「どうなんだろうな……俺自身も、俺が何なのかは、分かっていない。ひょっとしたら、そのどちらでもない存在なのかもな」

男は静かに身を翻し、歳月の流れに耐えかねた石棺を引きずってきた。

棺《ひつぎ》の中には、悠久の時が残した風化の塵《ちり》と、世紀を超えて煌《きら》めく指輪が混在している。

「最近まで、ずっとこの中で眠っていたんだ。他にやることもないから、棺に入って……だけどこの前、強烈な何かを感じて目覚めた。……力強い、波動みたいなものだった」

その何かとは、勇者と魔王の捨て身の一撃に相違ない。しかしながら、あの凶悪極まりない魔力によって目覚めるなど、そんな与太話《よたばなし》はあり得るのだろうか。

彼の語りは甚だ怪しげではあったが、エルメは彼に対する警戒を解いた。

孤独に怯《おび》え、絶望の淵《ふち》に沈んでいた自分に、彼が手を差し伸べてくれたのだから。

「あなたのことには、幾許《いくばく》かの疑念が残りますが……本当に何もご存じないということは、世界に降りかかった異変にも、ご認識がないのですね」

アンデッドが「そうだな」と生返事をすると、エルメは得心したように顎を引いた。

そして眼差《まなざ》しを幾分細めて、彼にこう持ち掛けた。

「もしよろしければ、わたしと一緒に来てください。この世界に何が起こっているのか、どれほどの嘆きが生まれてしまったのか、その全てを知ることができるでしょうから」

3

王国に足を運ぶ道中、アンデッドはエルメから世界の凄惨な状況を聞き知った。

四人の勇者たちが、五年に及ぶ冒険の果てに、魔王城に到達したこと。

至強と謳《うた》われし勇者と魔王が、魔力の限りを尽くして激突したこと。

その戦禍が世界中を席巻《せっけん》し、悪性魔力が人や魔物を蝕《むしば》んでいく現実に陥っていること。

「ああ……本当に、世界は終わりかけなんだな」

エルメから聞いた話と、王国の惨状が一致すると、アンデッドは呆然《ぼうぜん》と立ち尽くした。

地面には皮膚が青く染まった人々が倒れ臥《ふ》し、柩《ひつぎ》や食料、宝飾品、武具の類《たぐい》が無秩序に散り敷かれていた。

多くの商店は暴徒の蹂躙《じゅうりん》を受けていたが、その暴徒たちさえも力尽きていた。

なお生き永らえている者も少なからず見受けられたが、彼らの瞳は生気を失い果てて、ただ虚《うつ》ろに立ち尽くすか、座り込むかのいずれでしかなかった。

「悪性魔力が、世界を汚染してから十日。幾多の人々が、この奇病に命を奪われました。

わたしもまた、彼らと同じ道を歩むのでしょう」

悪性魔力による悲劇が、紛《まぎ》れもない現実であることは分かった。

しかし、ならばどうして目の前にいる少女には、何の異変も見られないのか。

アンデッドは彼女の健やかな姿に、不可解の視線を投げかけた。

「エルメや、一部の人間は、まだ普通でいられるんだな。だけど、ほとんどの人間は既に病を発症していて、ひどい場合は死んでいる。……いったい、この差は何だ？」

エルメは辺りを見回し、王国兵や冒険者などの魔力に突出した者が多く生き延びていることを見て取った。このことから、一つの仮説を打ち出すことができる。

「保有する魔力量、でしょうか。わたしのように、多くの魔力を持っている者ほど、悪性魔力の影響が遅れるのかもしれません。……それでも、遠くない内に、きっとわたしも」

エルメは物思わしげな視線で空を仰ぐが、彼はその仕草の真意を掴《つか》めなかった。

アンデッドは、エルメと共に王国を歩み続けた。かつての栄華など影すら留《とど》めず、時折耳に届くのは、苦痛に喘《あえ》ぐ声か、救済を嘆願する声のみだった。

「お前の、せいだ……お前たちの、せい、で……俺の……家族、は……」

重苦しい空気の中で、アンデッドはこれまでと一風変わった声を聞き取った。

街路の隅で倒れ込んでいる男が、エルメに刺すような眼差《まなざ》しを注いでいるのだ。

「すみません……わたしが安全な方法で魔王を倒すことができたら、世界は本当の平穏を得ていたはずです。この罪は、そう遠からず償うこととなるでしょう」

しかし、アンデッドが最も解し難かったのは、エルメがその憎悪を受け入れていること。全ての責任が自身にあるかのように、罪人の体を取り繕っているのだ。

「世界を滅ぼしたのは、ベルクとゼルゼネスなんだろ。なんで、エルメが謝っているんだ?」

「わたしは、傍観者に過ぎなかったからです」

エルメは断固とした口調で言い切り、深く根ざした信念を声に乗せる。

「わたしは、勇者としての責務を果たすことができませんでした。世界に平和をもたらし、人々の命を守ることを最上の使命としているのに、このような結末を受け入れられるはずがありません。ゆえにわたしは、自分の無力さに罪悪感を抱いているのです」

アンデッドは顎に手をやり、エルメの複雑な心境を咀嚼《そしやく》しようとしていた。

それでも、彼女が何を言っているのか、いま一つ掴《つか》めない。

彼の目には、エルメが無理に自分を追い詰めているように映った。

「んー……難しい話は、よく分かんねーけどよ。傍観者が悪いっていうなら、こいつらも同罪なんじゃねえか。あんたたちは、勇者と魔王の争いを、止めようとはしたのかよ」

アンデッドの非難が民の男に向けられた瞬間、エルメが目の色を変えて反論した。

「やめてください！　何の罪もない彼らを、責めるなんて……彼らは、戦禍に巻き込まれただけの被害者なんです。せめて死に瀕《ひん》する時は、縋《すが》る何かがあるべきなんです！」

依然としてエルメは民の男を庇《かば》い、自らが責められるべきだと前に出ている。今すぐにでも、己《おの》が糾弾を待ち望んでいるかのような顔で。

「……」

アンデッドは、決して他者の心を汲《く》み取《と》ることに長《た》けていない。

そんな彼であっても、エルメの人柄は少しずつ見えてきていた。

「エルメは、悪いやつになりたいのか？」

端的ながら、核心を突く一言だった。エルメは答えに窮し、しばし沈黙する。

「わたしは……幼い頃から、孤独でした。わたしには何もなく、支えてくれる家族もいませんでした。しかし、魔力量がとびきり多かったようで、魔法の才覚に恵まれていました」

「だから、勇者になったのか」

「それも一因ですが、平和を願う気持ちは本当です。わたしの両親は、魔物と戦って命を落としました。もう誰も、わたしと同じ目に遭ってほしくはないんです」

つまるところ、エルメは深い孤独感を、正義感と罪悪感で埋め合わせているのだろう。

彼女が心の底から、そうありたいと願っているのなら、差し出口を叩《たた》く必要はない。

しかし、アンデッドはつい先ほど、彼女の脆弱《ぜいじゃく》な一面を目の当たりにしていた。

ひとりぼっちは嫌だ。だから、どうか、置いていかないで。

いったい何が人の救いとなり、何が彼女の導きとなるのかは知る由もない。

ただ、エルメがこのまま罪の意識を抱えて死んでいくのは、無性に気に食わなかった。

「人の生き方だ。好きなように生きて、好きなように死ねばいいと俺は思う。でも、エルメはこのままで、満足に笑って死ねるのか。最期になって、後悔するんじゃないか」

エルメは怒りに突き動かされるように、反論の言葉を投げつけようとする。

違う、後悔なんてするはずがない。

しかし、そう訴えかける寸前で、エルメの心にはある光景が浮かび上がった。

——孤独に咽《むせ》び泣《な》く、自分自身の姿だった。

温かな未来を信じ、魔物たちと戦い続け、やっとの思いで祖国に帰還を果たしたというのに、幸福は手中の空となって消え失《き》せ《う》、最期は孤独の底に沈んでいく。

そんな結末を、自分は本当に望んでいるのだろうか？

「エルメ……？」

アンデッドは、思わぬ出来事に声を失った。

この時のエルメには、かつての誇り高き魔法使いの面影もなかったのだ。

「わたしは……自分自身が、許せないんです」

声の震えを押し殺しながら、エルメは内に秘めし想《おも》いを明かし始める。

いかに勇者の体を取り繕っても、救いなき結末を真に望んでいたわけではなかった。

「独りはもう嫌だって、無い物ねだりをしているくせに、わたしには何もできないんです……存在しない温《ぬく》もりに縋《すが》ろうとしているのに、わたしには何もできない。誰からも見放され、世界の片隅に取り残されたような、そんな虚無感に呑《の》み込《こ》まれそうで……。だから、こんな妄想に縋るしかないんです。もし……もしわたしが、ベルクの罪を背負えていたら。この手で、世界を滅ぼせていたら、少なくともわたしは、独りじゃなかった。人々から責められることで、孤独だけは、避けられるかもしれない……そんな身勝手な自分に、また苛立《いらだ》ちを覚えて……自己嫌悪に、陥って……それでも、わたしは……」

エルメの間歇的《かんけつてき》な叫びは、嗚咽《おえつ》の中に呑み込まれ、遂《つい》には声が途絶えてしまう。

エルメはこのままで、満足に笑って死ねるのか。最期になって、後悔するんじゃないか。彼に言われずとも、その答えは既に知っていた。自分の先には、孤独と後悔のみが待ち受けているのだと。

だがそれを知り得た上で、何か他にやりようはあったのか。

否、道などない。結局のところは、この苦悶《くもん》を彼女自身が呑み込み、独りで死にゆくという結末を、どうにか納得できる形として落とし込む他ないのだ。

「……」

これまでの生き方ごと砕け散らされたかのように、エルメの膝が大地に沈んだ。彼女はこの世界に救いなどないのだと、絶望的認識に囚《とら》われているのかもしれない。

だから、アンデッドは訊《たず》ねてみたくなった。

エルメが抱く理想郷は、希望は、まだ消え果ててはいないんじゃないかと。

「じゃあさ、これから探しにいってみようぜ。エルメが満足に終われる結末は、まだどこかに、転がってるはずだろ？」

二人の間に、これまでの憂慮をまとめて吹き散らしたかのような静寂が広がった。

「探しに、いく……ですか？」

エルメは彼が口にした妙案に、戸惑いを隠せなかった。

彼はいったい、何を言っているのか。

自らの意志で、何かを求めて行動を起こすという概念が、エルメにとっては全く新しい発想だったのである。

「し、しかし……探しにいくとは、どこか、当てがあるのですか？」

エルメの胸には、底知れぬ不安と微《かす》かなる希望が錯綜《さくそう》していた。

そんな動揺を見せる彼女に対し、アンデッドは不動の自信を口元に漲《みなぎ》らせた。

「さあ、どうなんだろうな。分かんねえから、どこまでも探しにいってみようぜ」

　エルメはためらうように目を伏せ、無意識に耳たぶを指で挟んだ。

「ですが……いまのわたしは魔法を使えません。勇者の称号さえ失ったこんなわたしが、勝手なことをして……そんなことは、許されるのでしょうか……」

　アンデッドは手を差し出して、その答えを示し合わせた。

「魔法使いとか、勇者とか、そんなことはどうでもいいだろ。エルメは、どんな生き方をしたいんだ。どんな風に、死にたいんだ。それを決めるのは、他でもないエルメ自身だ」

　エルメは、胸の中で凍えていた何かが溶け出し、じんわりと温まっていくのを感じた。

　彼の言葉が、まるで優しい風のように心の中に吹き込まれ、止まっていた時間さえ再び動き出すかのような感覚――。

　この瞬間、エルメの心にかかっていた靄《もや》は晴れ、澄んだ空気が胸いっぱいに充満した。

　彼なら、連れていってくれるのだろうか。

　こんな自分でも、生きてきて良かったと心から思える、そんな世界に。

「大変、嬉《うれ》しいお言葉ですが……わたしは、その……」

　エルメはなおも言い淀《よど》み、言葉を選びながら続けた。

「いまのわたしでは、足手まといになってしまうかもしれません。悪性魔力の影響により、この命がいつ消えるとも知れぬ状態です。それでも良いと、おっしゃるのなら……もしも、迷惑になるようでしたら、どうかためらわずに、わたしを——」

未《いま》だ思い悩むエルメの手を取り、アンデッドは真っ直《ます》ぐに彼女の瞳を捉えた。

「いいから、行こうぜ。最後の冒険」

「……っ！」

エルメの心臓が早鐘を打ち、頬《ほお》には猛烈な熱さが宿った。

ふつふつと目頭にも熱が満ち、視界は不鮮明に霞《かす》みゆく。

それでもエルメは、喉元に込み上げてくる感情を必死に押し返した。袖で目元を拭い、唇を噛《か》みしめることで、胸の震えを堰《せ》き止《と》めた。

ここで涙を見せてしまえば、きっと後悔する。この大切な瞬間を、自らの弱さで曇らせたくない。

彼が与えてくれた勇気に応えるため、エルメは感情を抑え、前を向いた。

アンデッドの虚《うつ》ろな瞳に宿る一筋の光が、エルメの瞳と重なり合った。

「はい……どうか、よろしくお願いしますね、アンデッドさん」

アンデッドとエルメは、終わりゆく世界の中で冒険に乗り出す。

この旅の終わりに、自分はどんな思いを抱くのだろうか。

どうか孤独以外の何かがありますようにと、エルメは心の奥深くで祈りを込めた。

アンデッドは見果てぬ夢を追いかけるように、遥《はる》かの地平を見据えていた。

余命九十日の君と、アンデッドの僕。

「下準備は、こんなところでしょうか。しばらく衣食には困らないはずです」

翌朝、エルメは旅路に必要な品々を背嚢《はいのう》に詰め込んだ。

華奢《きゃしゃ》な彼女では重荷に耐えかね、アンデッドが代わりに背負うことに。

「旅の最終地点は、ゼイフーイ域の雪原です。五年前のわたしと、アンデッドさんと巡るいまのわたし。かつての冒険の軌跡を辿《たど》ることで、その違いを確かめたいと思います」

男は頷《うなず》き、「面白そうだな、それ」と、唇にいたずらな笑みを浮かべる。

あまりに無邪気なその仕草に、エルメは一瞬きょとんとした表情を浮かべた。

「アンデッドさんは、面白いことが好きなのですか？」

「どっちかっていうと、退屈なことが嫌いなんだ。何もない日々なんて、寝るくらいしかやることがないだろ？　エルメと世界を旅して、楽しい思い出を残してみたい」

屈託のない彼の表情に触れ、エルメは優しい満足感と共に睫《まつげ》を落とした。

楽しい思い出を、残してみたいと。

そう笑ってくれたアンデッドに対して、エルメはいっそうの安堵《あんど》を覚えた。彼は、月並みの正義感や、憐《あわ》れみの情で付いてきてくれたわけではなかったのだから。

「なんだっけ、あの生き物。ほら、脚が四つあるやつなんだけどさ」

道すがら、アンデッドは立ち止まり、道端の小屋の茶色い生物に目を留《と》めた。

「お馬さんですね。彼らは、冒険者や商人、兵士を運ぶ役目を担ってきました。いまとなっては、厩舎《きゆうしや》の役割も、過去のものとなりつつあるのでしょう」

エルメが馬小屋の門を開け放つと、馬たちは雄々しく外界へと蹄《ひづめ》を踏み出す。

その躍動感溢《あふ》れる光景に心を躍らせつつも、アンデッドは一抹の違和感を覚えた。

「どうして、馬は元気でいられるんだ？」

王国に生息する動物たちには、悪性魔力の影響どころか、何の異変も現れていなかった。

「魔力は、人間や魔物など、一部の生物にしか宿りません。魔力を持たない動物たちには、悪性魔力の影響が及ばないのかもしれませんね」

馬の多くは街外へと走り去ったが、一頭だけはこの場で佇《たたず》んでいた。

「なあ、エルメ」

「そうですね……もしかすると、彼も冒険に出たいのかもしれません」

エルメが厩舎に踏み入ると、馬は従順な姿勢を見せた。頭を下げて、手綱を自ら咥《くわ》えて差し出すその姿に、エルメはじっと瞳を細める。

「どうか、最後の冒険に付いてきてください。絶対に、寂しい思いはさせませんから」

エルメは馬を屋根のある荷台に繋《つな》ぎ、その中に荷物を載せた。

御者台に身を上げると同時に、アンデッドの羨ましそうな視線が向けられる。

「よろしければ、どうぞ」

二人して御者台に腰を落ち着けると、エルメは彼に馬の御し方を教えていく。

「手綱はこうして握るんです。強すぎず、かといって緩めすぎず。基本的に脇は軽く締め、手首をひねらないようにしてください」

囁《ささや》くような声と共に、エルメのたおやかな指先が、アンデッドの手に重なる。

彼の手つきはぎこちなくとも、何とかものにしようという一生懸命さが表れている。

「次は身体《からだ》を前傾させて、手綱を軽く揺らしてください。行き先は、国の北方に広がるエーテリア大平原。広大な自然の恵みが、わたしたちを待っていますよ」

同じ台に腰掛ける二人の間には、ごく僅かの距離しかない。決して余裕はない御者台で、お互いの体温を感じながら、二人は新たな景色を目指して進む。

「エルメ、ありがとう」

秋の終わり、野原に寒風が吹き抜ける中、アンデッドが小さく言葉を紡いだ。

「こんなふうに、何かを教えてもらうのは初めてかもしれない」

エルメは一瞬驚きの表情を見せたが、たちまち柔和な面持ちに変わった。

「こちらこそ、ありがとうございます。誰かに何かを教える機会なんて、いままでになかったことですから」

真昼の陽光が二人の姿を優しく包む中、静かに鳴り続ける車輪の音色が、二人の空間に絶妙な静寂を飾り立てる。

エルメは折に触れて、彼に馬の御し方を教えながら、自身もまた大切なものを学んでいるような気がした。

1

エオテーア域、エーテリア大平原、荒原の戦場。

茜雲《あかねぐも》たなびく黄昏時《たそがれどき》、二人は不毛の地に到着した。一帯に緑はなく、煤《すす》けて黒ずんだ血の痕と、幾重にも折れ散らばる武具、この地で命を落とした者の骨片が散在している。

荒野の中央には、てらてらと磨き上げられた碑石が立ち聳《そび》えている。

「荒原の戦場と呼ばれるこの地では、かつて空前絶後の戦いがありました。幾万にも及ぶ魔物の群集が、王国に侵攻してきたのです」

エルメが馬車より降り立ち、アンデッドが彼女の後に続く。

「ここまでの焼け野原って、かなりすごい戦いがあったんだな」

「王国の存続が危ぶまれる大戦だったと記録されています。一五〇年の歳月を経てもなお、戦禍の痕跡が鮮明に残されている……一大決戦の熾烈《しれつ》さが、如実に窺《うかが》い知《し》れますね」

重苦しい息を吐き出しながら、エルメは荒涼とした風景を見渡した。

この殺風景な地が、思い出の場所に相応《ふさわ》しいとは思えない。

それでも立ち寄ったからには、彼との何かを刻みたいという期待がある。

「エルメは、何を考えているんだ？」

「思い出を、作ろうと思ったんです。わたしは、その……孤独を恐れて、生きてきましたから。この地に思い出を残すことで、少しは寂しさが紛《まぎ》れるかもしれません」

「最後の冒険なのに、思い出を作るだけでいいのか？」

エルメは彼の意図が掴《つか》み取《と》れず、戸惑いの色を瞳に滲《にじ》ませた。

「すみません。わたしには、アンデッドさんの考えていることが分かりません。思い出を作ること以外に、どんなことがあるのでしょうか？」

アンデッドは至極当然といった風に、何の感情の起伏も見せずに答える。

「エルメが旅に出ているのは、孤独だった自分の意義を見つけるためだろ？　もしもこの世界に、《エルメが生きていた証《あかし》》を残せたら、それはかけがえのない財産になるんじゃないか。遥《はる》か遠い未来で、エルメはみんなから、語り継がれる存在になるかもしれない」

エルメは息を呑《の》んで、その理想的な未来に思いを馳《は》せた。

かつての時代、世界は争闘の烈《はげ》しき悪化により、滅びの命運を辿《たど》ってしまった。

その中で、エルメという少女が自らの存在意義を求めて旅に出た。世界各地には、彼女にまつわる伝承が残され、それらは過去に起きた惨劇の警鐘として、人々に伝えられた。

死してなお、自らの存在が歴史に残るのなら、これほど温かな最期はない。

「しかし……語り継ぐといっても、人類は滅びてしまうのではないでしょうか」

「いつかまた、ぽこぽこ生まれてくるんじゃねーの？」

「それまでに、途方もない時間がかかってしまうかもしれませんね。それでもわたしは、見てみたいと思います。――遥か遠い未来に残る、わたしたちのおとぎ話を」

アンデッドは、優しく頷《うなず》くような眼差《まなざ》しを送り返した。

「じゃあ、作ってみるか。すげー遠い話だろうけど、俺たちのおとぎ話を語り継がせよう。かつてエルメという女の子がいて、俺というアンデッドがいた。ずっと、ずっと言い伝えられたら、エルメも寂しくなんてないはずだろ？」

そのいつかが、どれほど遠い未来のことなのかは、誰にも分からない。

それでもエルメは、彼と同じ理想を目指すことを望んだ。

何もなかったはずの自分が、万人に認められる世界があったとしたら――。

それはエルメにとっての夢であり、辿り着きたい理想郷でもあった。

「時に、アンデッドさん。王国では年に一度、この地で式典が開かれていました」

「戦いに勝ったぞ、いえーい……ってことか？」

「この大戦で、犠牲になった者たちを弔うためです。式典の名前は、平和の環祭。世界の平和を願って、毎年、大勢の人たちがこの式典に参加しました」

勇者として旅立つ前、エルメもまた平和の環祭に参列していた。国王とその臣下たちが一堂に会し、心をひとつにして平和を誓い合う。

その光景がエルメの記憶に蘇《よみがえ》ると、ある閃《ひらめ》きが心に浮かんだ。

「わたしたちだけの環祭を、開いてみませんか？　アンデッドさんが、この儀式を体験し、後世に語り継ぐ――この祭儀を、わたしたちのおとぎ話の始まりとしたいのです」

アンデッドの頷《うなず》きを合図に、二人だけの式典の幕が開く。

エルメが両手を祈るように重ね合わせると、彼もその動作を取った。

「黙祷《もくとう》を捧《ささ》げてください。この地で眠りについた方々のために、そして世界が永遠に平和の光に包まれるよう、祈りを紡ぎ出してください」

アンデッドは瞳を閉ざし、平和への祈りを捧げた。

彼の心は、この世界を襲った悲劇に対して、怒りも悲しみも感じていない。それでも、直に終わりを迎えてしまう世界の虚《うつ》ろさと、それに伴う単調な日々は、彼が嫌うものだ。

みんなが、笑っていられるような世界を。

アンデッドが重たげに頭を上げると、エルメが温かな眼差《まなざ》しで彼を迎えた。

「あなたの祈りに、心から感謝します。この地で命を落とした方々の魂も、きっと安らぎを得られたことでしょう」

「そう大げさに言わないでくれ。俺の願いなんて、ちっぽけなもんだぞ」

「それでも、平和を願う気持ちは同じはずです」

「まあ、平和にこしたことはないしな。——それで、次は何をするんだ？」

エルメが幌《ほろ》馬車の積荷から取り出したものは、とある石工道具だった。

「石を削るセカと、槌《つち》のガンド。以前はこの二つを駆使して、石碑に刻銘していました」

「確かに、石碑の表面には、なんだか文字が刻まれているな」

「式典の挙行日と、刻印を手掛けた方の名前ですね。国王陛下のご意向により、この大戦の記憶を留《とど》めおくため、毎年式典を催すことになりました。例年は厳冬期の開催ですが、今回の時期のずれも問題はありません。これは、わたしたちだけの祭儀なのですから」

石工道具を手に、石碑に新たな歴史が刻まれようとしたその瞬間、エルメの手が不意に止まった。彼女の視線は、傍らに佇《たたず》むアンデッドへと注がれている。

「もしよろしければ、アンデッドさんが、この歴史の一瞬を刻んでみませんか」

この時、アンデッドの瞳には、久しく忘れていた無邪気な輝きが宿った。

「いいのか？　俺、文字の書き方とか分かんないぞ」

「もちろん、言語や書き方などは、一通りお手伝いします。わたしたちのおとぎ話を紡ぐために、アンデッドさんにも、積極的に関わっていただきたいのです。しかし……」

エルメはこの石碑に、自分たちの存在を明記することを望んでいた。

しかし残念ながら、肝心の彼の名前が分からない。

「アンデッドさんは、ご自身の名前を知っておられますか？」

「悪いけど、記憶がないな。名前はもとより、俺自身の全てを思い出せない」

「であるのならば、そうですね……」

エルメは彼の名前を思案したが、その努力は実を結ばなかった。

彼の名前について明確な答えと関心を持ち合わせていなかったこと、そして自分のような者が他者の呼称を決めるという行為に、躊躇《ためら》いを覚えたのである。

「不死の少年と、魔法使いの少女──この石碑には、そう記しておきましょうか」

「エルメは、自分の名前でなくていいのか？」

「わたしだけというのも、気が引ける話ですので。名前だけでなく、この世界に何が起こってしまったのかも書いておきましょう。未来の人たちに、争いの危うさを伝えるためには、その方が分かりやすいでしょうから」

アンデッドが石工道具を手に取り、エルメは彼の側《そば》に寄り添う。

エルメの繊細な指先が彼の手と重なり、二人の共同作業の幕が開く。

石碑の表面には、式典の年号と日付、そして刻印を担った者の名を記していく。

燦黎期《さんれいき》１４１９年、朔風《さくふう》月28日、不死の少年と、魔法使いの少女。

次に石碑の裏手に回り、二人はこの世界の歴史を刻む作業に取り掛かった。

星の誕生を物語の起点とし、人間と魔物の果てしない争いの歴史を、丹念に綴《つづ》っていく。

「やがて闘争が激化するにつれ、魔王と勇者たちの戦いも、なお熾烈《しれつ》さを増し――」

エルメの囁《ささや》きが風に乗り、アンデッドは彼女の語りを忠実に文字へと刻み下ろす。

月が高く昇るまで、二人の影は石碑の前から途切れることがなかった。

時が流れても、二人は集中を乱すことなく、それぞれの役割を尽くし続ける。


「ふう……やっと、終わったな」

そして遂《つい》に、最後の一文字を刻み終えると、アンデッドは額の汗を手で拭った。

大変だったけど、なかなか楽しい作業だった。

彼の口元には達成感が滲《にじ》んでいたが、その笑みは一瞬で凍りつき、驚愕《きょうがく》に変わった。

「エルメ、どうしたんだ？」

二人の作業が終わりを迎えた時、エルメの頬《ほお》に冷たい筋が走った。

一筋の感情の発露が、彼女の白い肌の上を駆け抜けていく。

しかし、肝心のエルメ自身は、その冷たい感触に気付いていない様子だった。

「あっ……えっと、これは……どうして、なのでしょうか」

エルメは指先で目尻を拭うと、その水滴の意味を探るかのように見つめ入った。

「すみません、アンデッドさん」

「エルメが謝るようなことじゃないだろ。ちょっと、俺の文字が汚かったか？」

「違います。わたしは、悲しくて泣いているわけではないと思うのです」

悲しみが原因でないのなら、いったい何がエルメの琴線に触れたのだろうか。

その源を辿《たど》るかのように、エルメは刻まれた文字に指を伸ばした。石碑には世界の歴史が記され、そして自身の存在も刻みつけられている。

きっと自分は、嬉《うれ》しく思っているのだろう。

全てを失ったはずの自分が、世界に確かな爪痕を残し、それはおとぎ話として語り継がれることになるかもしれない。〝自分〟という存在が、いまこの瞬間に結びついたことに、エルメの心は歓喜の声を上げている。

「ありがとうございます、アンデッドさん。あなたと旅に出られたことを、わたしは心から嬉しく感じています」

「礼には、まだ早いんじゃないか？」

「そうかもしれませんが、わたしはこの瞬間を、当然のように思いたくはないのです」

「じゃあ、俺もありがとうって伝えておくよ。俺たちは今、誰かの未来の中を旅しているのかもしれない。エルメとの時間は面白くて、俺にとっても当たり前じゃないんだ」

彼の無機質な表情とは裏腹に、その言葉はエルメの心に波紋を広げた。

自分と過ごした時間が、面白いと。そう言ってくれたのは、彼がまた初めてのことで、エルメは胸の内に、孤独感とは異なる感情が芽生えていくのを感じた。

「エルメ、それは何だ？」

彼女の手のひらには、一粒の種子が載っている。

「ルミナスフォアと呼ばれる、大樹の種です。この不毛の地に植えることで、平和の象徴として生長してくれることを願います」

エルメが種を優しく地面に埋めると、アンデッドは地べたに腰を下ろし、視線も彼女と同じ場所に重ねた。

「この樹《き》が立派に育つのは、しばらく先のことになりそうだな」

「よろしければ、旅が終わった後に、見に来てください。そして、どうかその生長を見届けてください。永遠の命を持つアンデッドさんなら、きっと……」

「俺自身、本当にアンデッドなのかは分からないけどな。……でもまあ、その日を楽しみにしているよ。俺とエルメが植えた平和の大樹と、二人で刻んだ石碑。いつか、俺たちのおとぎ話が語り継がれるのなら、面白そうだって思えるんだ――」

アンデッドは突然言葉を呑《の》み込《こ》み、目の前の光景に心を奪われた。

「なあ、エルメ……」

その現実離れした幻想的な景色に、エルメもまた瞳を輝かせた。

戦いの爪痕と、死者の面影のみが刻まれた不毛の地に、いまや黄金の輝きが立ちこめているのだ。無数の儚《はかな》げな光が、まるで星の欠片《かけら》のように荒野の中を漂っている。

「アンデッドさんは、《魂》が何かをご存じでしょうか」

「魂……って、なんだ？」

「人格、意志、心、信念、信条……そういったものが一つになった、結晶体のようなものだと伝えられています」

アンデッドは魂たちに手を伸ばしてみるが、その輝きを掴《つか》むことはできない。指の間をすり抜けていき、彼の口角はますますふわりと持ち上がった。

「すげー……この光は、無数の魂たちってことなのか？」

「どうでしょうか……わたしも初めて目の当たりにする光景なので。ただ、魂はあらゆる奇跡を可能にするそうですよ。一つ一つは小さくとも、幾多と重ねれば、音や声も聞こえてくるのだとか。わたしたちの儀式に心打たれ、姿を現してくれたのかもしれませんね」

この地に眠る幾万の魂たちもまた、大樹の生長を願っているのだろうか。

そう思いを巡らせたエルメは、両手を合わせ、祈るように囁《ささや》きかけた。

「アンデッドさん。もしよろしければ、歌を捧《ささ》げてみませんか？」

「どうして、いま歌うんだ？」

「故人を弔う歌、鎮魂歌は魂を癒やす効果があると、伝え聞きました。わたしの歌声が、彼らの心に届くかは定かではありませんが……彼らの安寧を願い、渾身《こんしん》の想《おも》いで臨みます」

アンデッドは黙して頷《うなず》き、彼女が紡ぎ出す繊細な声音に、耳を澄ませて聞き入った。

枯れ野に眠る者たちよ。

夢の残響が風に揺れ、鉄の涙が大地に染み込む。

荒れ野を渡って、夜明けを送ろう。

鎧《よろい》を脱ぎ捨て、孤独を払い、希望の種を明日に蒔《ま》く。

帰れぬ者たちよ、ここに眠れ。

エルメの歌声は、初めは冬の細流の如《ごと》く、微《かす》かに響いた。しかし刻一刻と力強さを増し、やがて平原全域を包み込む。彼女が柔らかな眼差《まなざ》しを向けると、アンデッドは共に声を合わせて歌い始めた。

風が二人の髪を撫《な》でる中、魂たちがその歌に共鳴するかのように、一つ一つと消えていく。彼らの織りなす鎮魂歌は、この地に眠る魂たちの永遠の慰藉《いしゃ》となっていた。

「――アンデッドさん。ご協力いただき、ありがとうございました」

「俺の方こそ、すげー楽しかったぞ。それより……なあ、エルメ」

「はい、わたしも驚いています。魂とは、本当に奇跡を可能にするのかもしれませんね」

生命の痕跡すら拒絶する不毛の大地に、一つの《奇跡》が芽吹いている。

それは、先ほど植えたばかりのはずのルミナスフォア。

平和を象徴する大樹の新芽は、生命力に満ちた若葉を夜空へ向けて伸ばしていた。

余命八五日の君と、アンデッドの僕。

戦場の荒原を旅立って五日、二人は大平原を越えて、新たなる地を目指していた。

伝承を残すに相応《ふさわ》しい場所を選定し、自分たちのおとぎ話を未来に残す。

五日前に植えた大樹の芽のように、形として残る何かをと——。

しかし、その希望的な未来とは反対に、世界は確実に終わりへと向かっていた。

「本当に、すみません。わたしたちが、もっといい方法で魔王を倒せていたら……」

旅の中で、村落を目にする機会は度々あった。初めのうちは、外に出ている者も少なからず確認できたが、今となっては人影ひとつ見当たらない。広大無辺な自然と、吹き抜ける爽やかな風とは異なり、辺りに漂うのは顔をしかめるような死臭だった。

その破滅を呈する残り香を感じ取る度に、エルメは謝罪の言葉を口にしている。

「……」

その一方で、アンデッドは手綱を握り締めながら、エルメに一瞥《いちべつ》を向けた。

彼女との出会いから、この五日間で、エルメという人物が、どういったことを是とし、何を非とするかは、漠然と掴《つか》みつつある。

彼女は物静かな性格で、争いを好まず、またあらゆる出来事は、全て自分に咎《とが》があるのだと信じている。

だが、その強烈な自責思考だけは、アンデッドの腑《ふ》に落ちないところであった。

「世界がこうなったのは、エルメのせいじゃない。エルメが、謝る必要もないんだ」

エルメは彼の優しさに触れながらも、こればかりはと固く構えた。

「魔王を討ち、人々の平和を取り戻すことこそが、わたしの果たすべき使命でした。何ひとつとして成し遂げられなかったことを、せめて真摯に謝るべきです。……そうでないと、何の罪もなく死していく彼らに、合わせる顔がありません」

アンデッドは押し黙り、また見飽きた平原に視線を戻した。

彼女は、いまも後悔しているのだろう。

自分たちのおとぎ話を残そうとしている中でも、心のどこかで申し訳なさを感じ、こんな自分が豊かな思い出を作っていいのかと疑問を抱いているに違いない。

いっそ、彼女が囚《とら》われている罪の意識から解放できればと思うものの、エルメは絶対にそれをよしとしない。勇者をつとめた彼女の正義感を拒もうものなら、それは自分たちの関係に決定的な軋轢《あつれき》を生むだろう。

「どうしたら、いいんだろうな」

アンデッドの独り言は、誰に向けたものでもない。

ただどうしようもない現状を憂えただけであり、エルメもまた、その声を耳に入れないふりをした。もとより、この罪から逃れたいなどとは思っておらず、むしろ頭を悩ませるアンデッドにまで、申し訳なく感じるだけだった。

1

視界いっぱいに広がる壮大な光景に、二人はただただ圧倒されていた。

彼らの前に聳《そび》えているのは、太古の文明が残した巨大な遺跡。

時を経てなお威厳を失わぬ石門が残る中、その先の石畳には、精巧な彫刻と古代文字が刻まれた柱群が連なっていた。

時の流れに抗《あらが》うかのように建ち並ぶ偉人像は、多くが朽ち果てていたが、その中で奇跡的に原形を留《とど》める石像の眼差《まなざ》しは、現在に及んで威厳を放っている。

「エオテーア域、アルドラ高原、ゼフリア遺跡。――この地には、古代文明が栄えていたそうです。彼らが当時使用していた言語は、一部が解読されていますよ」

アンデッドは興味津々と周囲を見渡し、柱に刻まれた文字に目を輝かせる。

「これは、なんて書いてあるんだ？」

エルメは知識を凝らした目の網で見通し、失われた文字記号を解読する。

「蒼穹《そうきゆう》を仰げ。ゼフリア人の願いは、空の彼方《かなた》に成就する。古代の人たちもまた、何かを成し遂げようとしていたのですね」

アンデッドはやおら青く澄んだ空を見上げ、また石像に視線を戻した。

「じゃあ、俺たちもゼフリア人ってことにしてさ。この遺跡を、もらっちまおうぜ」

あまりに突拍子のない提案を受けて、エルメの瞳孔が黒い花弁のように開いた。

「アンデッドさん。それは、些《いささ》か無理があるのではないですか？」

「いや、だってちゃんと空を見たぞ。約束通り、願いを成就させてくれねーと」

「そういう問題ではないと思うのですが……どうして、遺跡にこだわるのですか？　この場所は既に調査が済んでいて、財宝のひとつもなかったとされていますよ」

「別に、お宝が欲しいとかじゃない。エルメとの、思い出の場所にできたらなって」

その言葉の意味が彼女の心に届いた瞬間、エルメの顔に初々しい照れが浮かび上がる。

「えっと……お気持ちは大変、有り難いのですが……しかし、ですね……それは……」

エルメの言葉に迷いは残れど、彼の提案には静かな拒否の意を示した。

「やっぱり、誰かが作った物を、取り上げてしまうのは悪いと思います」

「うーん……確かに、ちょっと悪いことかもな」

彼は考え込むように頭をかいたが、結局、その心を満たす答えは見つからなかった。

「できれば、俺たちの遺跡を作れたらって思ったんだ。だけど、エルメの時間は限られている。最初から作っている暇は、ないよなって」

「――アンデッドさんが、わたしたちの遺跡を？」

彼はエルメの視線を受け止め、その言葉が嘘《うそ》ではないことを伝えた。

もしもこの世界に、自分たちだけの遺跡が作れたなら、それは確かな《生きていた証《あかし》》になるのだろう。

「アンデッドさんの意図は、分かりました。わたしたちの遺跡を作り、温かなおとぎ話を残そうとしてくれているんですね。……ですが、その代替案として、ゼフリア人の尊厳を踏みにじるようなことは、してはいけないと思います」

「分かった。もっと慎重に、エルメとの思い出を考えてみる」


二人は歩調を合わせて、古代文明の名残を巡っていく。依然としてアンデッドの興味は、壁画や石像、宮殿に向いていたが、エルメだけはある違和感に思考を奪われていた。

『別に、お宝が欲しいとかじゃない。エルメとの、思い出の場所にできたらなって』

アンデッドはつい先ほど、そう口にしていた。しかし、彼の《面白いことをする、面白い景色を見る》といった目的からは、やや外れている。

面白さを第一に見るのなら、自分に温かな思い出を与える必要はないはずだ。

「いまさらで、すみません。アンデッドさんは、退屈な日々を変えるために、わたしを連れ出してくれたのですよね」

移ろいゆく景色を楽しみながら、アンデッドは言葉を返した。

「おー、だいたいそんな感じだな」

「途方もない年月を生きてきたから、アンデッドさん自身が、楽しい日々を過ごしたいと」

「本当に、ずっと寝てばっかりだったからな。それが、どうかしたのか？」

「でしたら、なぜ、わたしのことを最優先に考えてくれたのですか」

そこでアンデッドの足取りは完全に止まり、彼はエルメの方へと振り返った。

「言われてみれば……どうして、俺はそうしようと思ったんだろう」

アンデッドは顎に手を添え、内なる声に意識を注いだ。

どうして自分は、彼女との思い出の痕跡を残したがっているのか。

退屈な時間を凌《しの》ぐために、という単調な衝動もあったのだろう。しかし、それだけではない、何か不可解な感情が胸の内で渦巻いている。

胸に手を当てた瞬間、彼は長らく心に留《とど》めていた不満がふと浮かび上がるのを感じた。

「俺は、俺がよければいいと思ってるし、エルメのことは退屈凌ぎに過ぎなかった。それでも、エルメのことに納得はできてないんだ。どうして、ずっと辛《つら》い思いをしてきたエルメが、死ぬまで、ずっと苦しまなくちゃいけないんだ？　少しでも報われて、笑っていられる世界があっても、いいはずなんだ。だから、形に残る物もいいんだけど、エルメとはいい思い出を作りたいって……最期には、生きていて良かったって、思ってほしいような……俺は、そんな風に思っているのかもしれない」

彼は無機質な表情で語っていたが、その顔にはどこか怒りが籠もっているようだった。

普段の陽気な声色は影を潜め、緊張に満ちた、鋼のような冷たい視線が足下を指す。

「まあ……俺なんかとじゃあ、いい思い出を作れないかもしれないけどな」

固く沈んだ空気を持ち上げようと、アンデッドは誤魔化《ごまか》すような笑みを付け足した。

「ご自身を悪く言わないでください。わたしはいまも、旅に出て良かったと思っています」

「だったら、良かったけど……ここで何かを残せないのは、少し悔しい」

「心配はありませんよ。実は、それについてなのですが……」

エルメは言葉を詰まらせたが、意を決するように彼の瞳を見つめ返した。

「もしも……もしも、ご迷惑でなければ、遺跡を作っていただきたいのです。わたしたちの旅が終わった後で、後世に伝えられるような遺跡を」

彼の顔に迷いの影はなく、代わりに自信に満ちた光が宿っていた。

「ああ、作るよ。ゼフリア人に負けないくらい、すげー立派で、でかい遺跡を」

自ら持ち出した話ではあるが、エルメはその心に、申し訳なさを感じていた。

「ですが、アンデッドさんの負担になってしまうはずです。ここまで壮大な遺跡となると、とても時間が掛かってしまうのではないでしょうか」

「気にすんなよ。俺が本当にアンデッドだったら、時間と体力だけは無限にあるしさ」

「しかし……」

突然、アンデッドは風を切って駆け出した。遺跡を背中に、両腕を大きく広げてみせるさまは、彼女の心配を案じてもいないようだった。

「ほら、この遺跡を見てくれよ！　まるで、いまも人が住んでいるような、すげー歴史を感じるだろ？　俺も、このくらいの遺跡を作りたいんだ。何か明確な目的があれば、ひとりになっても退屈じゃない。エルメとの遺跡を作ることは、俺のためでもあるんだ！」

エルメは心に染みる思いを抱きながら、同時に胸がちくりと痛むのを感じた。

それは自分自身の不甲斐《ふがい》なさ、そして無力さから来る負い目だった。

二人の旅が始まってから、自分は受け取ってばかりだ。

大樹のことも、石碑のことも、そして遺跡のことも彼に任せてしまっている。

どうしたら、彼にお返しすることができるだろうか。

わたしは、彼に何を残すことができるだろうか。

「すみません、アンデッドさん。わたしたちの旅なのに、わたしはずっとあなたに頼ってばかりで……アンデッドさんは、わたしに望んでいることはありませんか？」

アンデッドには、欲しいものなど何一つない。

しかしこの時の彼には、唯一の望みがあった。

「――どうか、俺に謝らないでくれ。俺はエルメに気を遣っているわけじゃないし、迷惑だとも思っていない。エルメが負い目を感じる必要は、全くないんだ」

エルメは肩の力が抜け、心の奥に根ざしていた硬い何かが、解けていくのを感じた。

彼女の脳裏に纏《まと》わり付《つ》いていた迷いは完全に消え去り、唇は自然な柔らかさを得る。

それは、これまでの愛想的な笑みではなく、少女らしさに満ちた笑みだった。

「ありがとうございます、アンデッドさん。あなたのおかげで、わたしは少しだけ、わがままになれるかもしれません」


その後、二人は広大な遺跡を探索しながら、周囲の神秘的な雰囲気に浸った。

崩れかけた柱が並ぶ道を進みつつ、古代の壁画に視線を注ぐ。

「これは……ねこちゃんでしょうか。太古の昔から、動物との交流はあったようですね」

偶然にも、壁画を眺める二人の前に、一匹の黒猫が姿を見せた。

「お、何だ。悪いけど、食べ物は持ってきてないぞ」

無愛想なアンデッドの傍ら、エルメは「わあ」と目を輝かせている。

「ほら……見てください、アンデッドさん！　こんなに、綺麗《きれい》な毛並みで……」

単なる動物は、アンデッドの興味の範囲外である。

しかし、黒猫は身を翻し、小さな声で一度だけ鳴いた。

付いてきて。

そう言っているように聞こえ、二人は黒猫の後ろ姿を追う。やがて辿《たど》り着《つ》いた場所は、宮殿らしき廃墟《はいきょ》であり、その広間中央には威厳を感じさせる石像が建っていた。

「もしかすると、この方が古代の王さまだったのかもしれないですね」

「うーん……崩れかけで、あんまりよく分からないな」

黒猫は、石像の台座に刻まれた紋章へと脚を伸ばしている。

これに好奇心を掻《か》き立《た》てられたアンデッドは、自らの手のひらを石台に重ねた。

「何か、光り出したな」

その瞬間、石像を囲うようにして淡い光が立ちこめた。青白い光が足下から周囲全体に広がっていく。この一帯には、魔法陣が描かれていたのだ。

「――エルメ！」

突如として、広間の床が音を立てて崩れ始めた。

二人の身体《からだ》が闇へと投げ出されるその瞬間、アンデッドは迷いなくエルメを抱き寄せた。暗闇の中を落ちゆく間も、彼はエルメを守るために身を屈《かが》めていた。しかし、この浮遊感が終わると、意外なほど柔らかな地面に着地した。

「――遺跡には、まだ隠された秘密があったみたいだな」

アンデッドは独り言を呟《つぶや》きながら、腕の中の彼女がやけに静かであることに気付く。

「エルメ、怪我《けが》はないか？」

彼女は頬《ほお》を赤らめたまま、こくりと頷《うなず》いた。なぜ、彼女が一段と物静かなのかは分からないが、アンデッドはエルメに手を差し出した。「ありがとう、ございます」と、消え入りそうな声で呟いた彼女に、彼はにっと白い歯を見せて応じた。

「すごいですね……これもまた、ゼフリアの民が残した遺産でしょうか」

足を進めるごとに周囲の景色が変化し、やがて二人の前に現れたのは、現実とも夢とも
つかない、幻想的な空間だった。

床一面には無数の紫水晶が埋め込まれ、その姿はまさに地上の星々のよう。

水晶の放つ柔らかな光は洞窟全体を優しく包み込み、岩肌さえも神秘的な輝きを帯びて
いる。二人の足音が静寂を破るたびに、水晶が共鳴するかのようにかすかに揺らめく。

「綺麗《きれい》だな」

アンデッドが地面に身を横たえると、エルメはその傍らで腰を下ろした。

「はい、とても美しい景色だと思います。本物の夜空にも負けないくらい繊細で、優しい
光ですね。昔の人たちも、この景色を一目しようと、忍び入ったに違いありません」

二人はしばしの間、言葉も忘れて同じ地平線を眺めた。

水晶たちは生きているかのように明滅し、その光が反射し合うことで複雑な光の模様を

描き出す。宝石たちが織りなす自然の絶景を堪能している中で、アンデッドはふとした疑問を口にした。

「エルメも、いつかは消えちゃうんだよな」

ぽつりと紡がれた彼の声音は、どこか寂しそうに響いた。

「はい……まだ症状は、現れていないようですが」

エルメは、自分の手や腕を見つめながら続ける。

「そう遠くない内に、わたしも朽ち果てていくのでしょう。だからこそ、アンデッドさんと素敵な思い出を残さないといけませんね。もしも、永劫《えいごう》に変わらない思い出があったとしたら――きっとそれは、アンデッドさんへの恩返しになるでしょうから」

アンデッドは口元に手を当てて、エルメの言葉の意味を深く考え込む。

「ずっと、変わらない思い出……か」

「そんなことは、あり得ないと思いますか？」

「いや……むしろ、目指してみたいな。永久に残る記憶があった方が、エルメもきっと、寂しくないだろ？」

アンデッドは姿勢を正し、闇に覆われた地平線のずっと先を見据える。

そこには、自らの虚《うつ》ろな日々が映し出されており、それは彼の嫌う過去でもある。

「俺は、本当に長い年月を生きてきたから、死ぬってことが分からないんだ。死んだら、エルメはどこに行くんだ？　死んでも、何も変わらないいんじゃないか？　……そんな風に感じるから、ずっと変わらない思い出があったら、死んでも安心できると思うんだ」

エルメは彼の前に立ち、瞼《まぶた》を閉ざした。彼の言葉を心の奥に刻むように頷《うなず》くと、水晶の光が揺らめくような優しい微笑《ほほえ》みが彼女の顔に広がった。

「死んでも、安心できる……ええ、とてもアンデッドさんらしい言葉ですね」

「上手《うま》く伝わってなかったら悪い。俺自身、あんまり考えて喋《しゃべ》ってないからな」

「いいえ、よく伝わっていますよ。アンデッドさんから受け取った言葉は、一字一句覚えています。このいまもまた、変わらない記憶になるのかもしれませんね」

エルメの唇に笑みが走ると、アンデッドの鼻先から得意げな息が漏れる。

そして、来た道を指し示す彼の手元には、確かな自信が表れていた。

「さあ、次の思い出を作りに行こうぜ。未来の人間共が、羨ましく感じるくらい、すげー何かを！」

彼は自分が生きている内に、どんな景色を見せてくれるのだろうか。

そして自分が死んだ後に、どんな遺跡を作ってくれるのだろうか。

いずれにも等しく期待を寄せながら、エルメは軽い足取りで彼のそばへ肩を並べた。

余命七九日の君と、アンデッドの僕。

ゼフリア遺跡を旅立ってから、六日。

幌《ほろ》馬車に揺られる二人は、森の中を進んでいた。かつての緑豊かな森もいまではその色を失い、紅葉や山吹の葉が秋の終わりを示すかのように、広く地面を覆っている。

「一気に、風が冷たくなってきたな」

「冬が迫りつつあるのでしょう。特にこの辺りは、クァール山脈の麓ですからね」

馬の手綱を握るアンデッドとは対照的に、エルメは幌の中に隠れていた。

ここ数日、エルメは馬車の中で黙々と布を織り続けている。それがなにかは、訊《たず》ねても返事はなく、アンデッドは好奇心に突き動かされ、幌の中をしばしば覗《のぞ》き込《こ》んでいた。

「やはり、気になりますか？」

「興味津々だぞ。エルメのことだし、何か意味はあるんだよな」

「さて、それはどうでしょうか。ちょうど完成するところなので、近いうちにお披露目《ひろめ》できると思いますよ」

エルメはしばらく手を動かしていたが、ふと大きく息をつくと、アンデッドの隣に腰を下ろした。きっと、あの織物を仕上げたのだろう。

彼女の企《たくら》みは気にかかるものの、アンデッドにもまた別の計画があった。

それは、六日前に交わした約束のこと。

アンデッドは遠くの山々を眺めながら、温めてきた一大計画を語り出す。

「実はこの辺に、遺跡を作ろうと思うんだ」

六日前、エルメは彼に《遺跡を作って欲しい》と持ちかけた。

しかし、彼が既に具体的な構想を持っているとは考えてもおらず、エルメの顔は驚きと喜びが入り乱れ、複雑な感情を映し出していた。

「ありがとうございます、アンデッドさん。しかし、どうしてこの場所にしようと思ったのですか？」

「土地も広いし、近くには川もあって、資材も豊かだから。山が近いからか、大きな岩も転がっているし、遺跡作りに適している場所だと思うんだ」

アンデッドは、興奮を隠せずに御者台から身を乗り出し、思い描いてきた遺跡の構築についてを口にする。

「まずは土地の整備から入って、この一帯の木を切り倒すところから始まると思う。石とか木材で、でっけえ門を作ってさ、地面には石畳を敷き詰めるんだ。エルメに教えてもらった彫刻で、文字とか、壁画を描いて、ゼフリア遺跡であったような、石像を作ってみるのもいいかもしれない。噴水とか、池も作っちゃってさ、遺跡の周辺には花を植えるんだ。川から水を引けば、水路だって作れるかもしれない。秘密の通路も、用意したくて――」

アンデッドは、少年のように純真な夢を語っていく。

彼の声音には、現実にしようという強い意志と、新たな挑戦に胸を躍らせる熱意が籠もっており、エルメにはそれがいま起こっている出来事のように感じられた。

目の前には広大無辺な更地があり、アンデッドが石畳を運んでいる。全てが手作業で、石畳を作るには、まず平らな石を用意しなければならない。しかし、彼は疲れを見せることなく、何千個と成形しては、一つ一つ遺跡の下地を整えていく。

誰もが目を奪われる壮麗な門を飾り、色とりどりの花が街路に咲く。煉瓦《れんが》造りの家には、奇妙な絵画が描かれており、未来の人間たちは壁画が何を表すのか、頭を悩ませるだろう。

遺跡には絶えず水が流れ、噴水から溢《あふ》れる水の音が、遺跡の雰囲気に風情を添える。

噴水の下には秘密通路が隠されており、それはある手順を踏むことで姿を見せる。

――アンデッドが膨らませる空想は、確かにエルメの心に共有されていた。

「とても、素晴らしい景色になりそうですね。いまこの場で見られないことが、惜しく感じてしまうほどに」

「どうして、残念に思うんだ？　何日か、何百日……いや、何千日ってかかるかもしれないけどさ。完成した時にでも、見に来てくれよ」

エルメは驚きのあまり、瞬《まばた》きを忘れて彼を見つめた。彼の言葉が信じられないように、何度も頭の中で繰り返す。あるいは、ただの軽口に過ぎないのではと考える。

「えっと……あの、アンデッドさん。その頃には、わたしはこの世界にいないと思いますよ」

「だから、どうしたんだ？　死んだ後にでも、見に来たらいいだろ？」

あまりに常軌を逸した提案だ。けれど、その非常識さが彼らしくて、彼の本意が理解できたと同時に、エルメは胸の奥で何かが弾《はじ》ける音を聞いた。

「分かりました。是非、そうさせていただきますね」

「おう、絶対にすげーのを作るから、楽しみにしていてくれよ。——ところで、今日はどこまでいくんだ？」

「クァール山脈の頂上です。素晴らしい景色ですので、アンデッドさんにとっても、きっといい思い出になるはずですよ」


しばらく幌《ほろ》馬車に揺られていくと、山の六合目に到着した。

クァール山脈の頂上へと続く斜面は、険しさを増している。樹木の数も減り、岩や石が露出している場所が増えてきた。景色は緑の濃い森から、高山植物が生息する、草原地帯に変わりつつある。

「この辺で、お馬さんを停《と》めましょうか。山道を登らせては辛《つら》い思いをさせてしまいます」

夕日が沈み、夜のしじまが訪れる頃、二人は馬から降りて、荷物を背負った。

冷たい空気が肌を刺す中、アンデッドとエルメは厚手の外套《がいとう》に身を包み、足下に注意を払いながら歩き始めた。緑豊かな大地は、白く染まり、一足早い冬の到来を見せている。

「山って、こんなに白くなるもんなんだな」

「クァール山脈の場合、秋の終わりには、雪が積もっていることが多いです。アンデッドさんにとっても、雪山は新鮮に映るのではないでしょうか」

「余計なものが見えないのはいい、余計なことを考えなくて済むから」

「ひどく冷たい感想ですね」

「なんてったって、アンデッドだからな」

エルメとアンデッドは、骨の髄まで染み透《とお》るような山風に煽《あお》られながら、少しずつ山道を踏み連ねていく。

しかし、頂はまだ遥《はる》か先であり、エルメの足取りは徐々に鈍くなっていった。

下界で眺めた頃の壮大な景色とは裏腹に、ここでは窒息しそうな薄い大気しかなく、視界は岩肌と白雪に覆われている。

「辛《つら》いようなら、休憩してもいいと思うぞ」

「ご心配ありがとうございます。しかし、わたしは長年冒険してきましたから、問題はありませんよ」

それでもエルメは、歩みを止めることなく前進していく。太ももに力を込め、額の汗を拭い、一歩一歩と逞《たくま》しく白い大地を踏み分ける。

「……」

ただ雪を踏む音だけが鳴り響く静寂の中で、アンデッドは自分の心を振り返った。

彼女と共に旅を続けて、十日以上が経過した。

当初、自分は知的好奇心を満たすために、エルメを連れ出したはずだった。あくまでもこの旅は暇つぶしに過ぎず、自分の空虚な時間を満たせればそれで良かった。

しかし、いまではエルメを頭の片隅に浮かべてしまう。何をするにしても、彼女が何を思い、どう感じるかを考えてしまう。

自分はいったい、彼女に何を期待しているのだろうか？

「あれ……エルメ、どうしたんだ？」

我に返った途端、彼は隣が妙に涼しいことに気付いた。

ふと後ろを振り返ってみると、そこには一人立ち尽くすエルメの姿が。

アンデッドが足取りを速めて戻ると、エルメは罪悪感を滲《にじ》ませた表情を浮かべた。

「やっぱり、アンデッドさんはすごいですね。これだけの険しい雪道も、難なく踏み分けていけるのですから」

「前は、どうやって登っていたんだ？」

「数日に分けて、山頂を目指していました。いまは姿が見えませんが、以前は魔物も居着いていたんです」

「だったら、俺が代わりに歩こう。これは、俺だけの旅じゃないんだしさ」

アンデッドはエルメの前で腰を屈《かが》め、背中に乗るように促した。エルメには自分の足で登っていきたいという意地があったが、進行状況は目に見えて良くない。

「ご厚意に甘えさせていただきますね。少しの間、お世話になります」

ようやく山頂が見えてきた頃、雲行きが急転した。澄み渡る青空は灰色の雲に覆われ、冷たい風が吹き荒《すさ》ぶ。雪の粒が乱れ飛び、景色は一瞬で吹雪《ふぶき》に埋もれた。

「エルメ、寒くないか？」

「はい、幸いにも。普段より厚着しているので、寒さに震える心配はありません」

アンデッドが彼女を背に負い、エルメは彼の横顔をそっと見つめた。

この吹雪のように、無彩色な表情を浮かべる彼は、何を考えているのだろうか？

「──わたしは、孤児院で育ちました。両親は冒険者で……わたしが物心つく頃には、すでに他界していたらしく、ずっと孤独な日々を過ごしてきました」

雪が飛び舞う静寂の中で、エルメは自らの境遇を打ち明け始める。この寒さを紛《まぎ》らわすために、そして彼には伝えておきたいという信頼が芽生えつつあった。

「寂しい日々を過ごしていたわたしですが、ある時、魔法の才覚を見込まれて、国王さまに引き取られました。確かあれは、魔法の素質を測る試験でしたか。わたしには誰よりも魔法の才能があり、それから魔王討伐の勇者に抜擢《ばってき》される運びとなったのです」

この時のアンデッドの横顔には、いつも以上に強い関心が浮かんでいた。彼女の人となりを知ることで、自分の内なる空白に何かが満ちることを期待しているようだった。

「エルメはそれまで、ずっとひとりだったんだな」

「はい……ずっと、寂しさばかりを感じていました。ですが、みんながわたしのように落ち込んでいたわけではありません。孤児院の中でさえ、力強く生きている子もいました。少し気になったのですが、もしもアンデッドさんだったら、どのように生きていきますか？　何を心の恃《たの》みとして、歩み続けていくのでしょうか」

あくまでも仮定の話と受け止めつつも、アンデッドは真剣に空想を馳《は》せた。

『なんか、おもしれーことでもねーかな。……そうだ、近くの森まで行ってみよう』

周りがどうとか関係なく、自分はどんな境遇でも、楽しいことを探しにいくだろう。ひとりが無理なら、周りの子供たちも巻き込んで。たとえ裕福でなくとも、それなりに充実した日々を過ごすかもしれない。

『なあ、そこで何をしているんだ？　暇なんだったら、俺たちと一緒に行こうぜ！』

もしもエルメがいたのなら、迷わず彼女の手を取るだろう。

そんな温かな情景が胸を過ぎると、アンデッドの表情に思いがけない笑みが浮かんだ。

「いま、考えてみたんだ。もしも孤独で生まれてきたら、きっと周りの奴《やつ》らも巻き込んで、一日中、遊び回ってるかもしれない」

彼の言葉に、エルメは呆《あき》れるどころか、むしろ穏やかな視線を投げかけた。

「アンデッドさん。孤児院は、門限が厳しいですよ」

「門限を破ったら、どうなるんだ？」

「子供が泣いてしまうくらい、厳しくしかられてしまいますね」

「じゃあ、一緒に怒られようぜ」

「一緒に……とは、わたしもその中に入っているのでしょうか？」

「当たり前だろ。エルメがいなきゃ、面白くないからな。一緒に怒られて、一緒に笑って、そんな毎日を過ごせたら、きっと寂しくなんかないはずだ。だから、一緒に行こうぜ。門限なんて、俺が破ってやるよ」

彼が語る温かな《もしも》に、エルメは納得の仕草を見せた。

彼は本当に、太陽のような存在だ。

たとえ不遇な境遇に陥っても、彼の根っこが変わることはない。実際彼は、所以《ゆえん》も分からない不死の命を与えられても、眩《まぶ》しく見えるほどの明るさを放っているのだ。

――だから、エルメはこんな世界線を思い描いてしまう。

もしも彼と、もっと早く出会えていたら、何か変わっていたりしたのだろうか？

「いえ……もしも、アンデッドさんが一緒にいてくれたら……なんて、わたしには叶《かな》わない願い事だったのでしょう。どのような境遇であれ、多くの魔力を持つわたしは、勇者になっていたに違いないのですから」

エルメの呟《つぶや》きには、選びようのない現実への深い失望が込められていた。

勇者という称号は、彼女自身の象徴であり、人々を救いたいという思いに、偽りの色は一切ない。

それでもエルメの孤独な生き方は是認し難く、彼は思いを込めて言葉を絞り出した。

「これまでの生き方を変えることはできないけど、これからの生き方を変えることはできる。叶わない願い事かどうかは、最後の時まで分からないぜ」

エルメは軽やかな指先で彼の腕に触れ、地に足をつけたい意思を静かに伝えた。

猛威を振るった吹雪《ふぶき》は密《ひそ》やかに去り、冷たさの中にも温《ぬく》もりを秘めた雪が舞う。

空に浮かぶ一番星を背に、エルメは彼の瞳に自らの視線を固く結びつけた。

「では、共に歩んでくれますか？　この雪山への挑戦を、わたしの願い事の起点としたいのです。自らの力で、頂に立ち、自分の可能性を信じられるように」

彼が静かに頷《うなず》きを返すと、二人は再び、冬の厳しさが息づく雪道へと身を投じた。

いっそうと強く吹き抜ける山風の中でも、二人の身体《からだ》は一定の体温を保っていた。

1

「挑戦は、無事に達成できたみたいだな」

クァール山脈の頂で、エルメとアンデッドは広大な星空を仰いでいた。

星たちは地上で起きた災厄をよそに、静かにその光を夜の海原に輝かせている。

その雄大な景色は、エルメが自らの力で山頂に立ったことを音もなく讃《たた》えている。

「自分でも驚きました。まさか、一晩であれだけの距離を登れるなんて……」

「それこそが、エルメの可能性なのかもしれないな。叶《かな》わないと思っていても、登り続けていたら、きっといつか辿《たど》り着ける。……俺はエルメから、そんな強さを感じたんだ」

彼が星の海に包まれるように仰臥《ぎょうが》すると、エルメも同じように背を地面に預けた。

きっと彼は、自分がここまで歩み続けられた理由を、理解してもいないのだろう。

「どうした？」と訊《たず》ねる彼に、エルメは「いいえ、何でもありませんよ」と言葉を濁した。

彼の期待に応えんとする決意こそ、エルメが歩みを止めなかった理由である。

「孤独でないだけで、人はどこまでも歩み続けられるのかもしれませんね。——ところで、アンデッドさんは星の名前をご存じですか？」

「いや、全く知らぬ存ぜぬだな」

期待通りの答えが返ると、エルメの顔に自信の風が吹き抜けた。

「冬の星座、エリオーン。かつてエリオーンという勇者が弓を引き、大悪魔グロウソラスを倒しました。その栄誉を讃えて、名付けられた星座です。星と星を結ぶと、弓を引いているエリオーンの姿に見えるのだとか」

　エルメのうんちくにも、アンデッドは何の関心も示さない顔でいる。

「星座には、興味をそそられませんか？」

「エルメと見た星座ってことを考えると、面白く感じるかもしれない。でも、俺はエルメのことと、旅の行方が気になるんだ。……俺は誰かの昔話より、いまのエルメとの時間を気に入っているのかもしれない」

　エルメは言葉もないまま、唇を軽く噛《か》んだ。ふと身体《からだ》を起こして、隣で涼しい顔をしているアンデッドに、喜ばしげながらも、どこか恨めしそうな視線を注ぐ。

「どうしたんだ？」

　彼と瞳が重なった瞬間、エルメの頬《ほお》に恥じらいの色が広がった。彼の眼差《まなざ》しを受け止めたい気持ちと裏腹に、エルメは隠すように顔を背け、指先で髪をいじり始める。

「アンデッドさんは、誰にでもそういうことを言うのですね」

「エルメだから、言ってるんだぞ」

　この即答は、エルメの心をなお柔らかくくすぐった。

　それでも少女は、ふんと鼻息を鳴らして、何でもない風を装っている。

「まったく、アンデッドさんは、本当にいい加減なことを言うのですから」

「いい加減な命を持ったら、誰だってこうなるんじゃないか」

「いいえ……アンデッドさんは、他の誰でもないアンデッドさんですよ」

「それって、どういう意味だ？」

エルメは、意地悪く口元を緩めるだけで、あえて答えようとしなかった。

無言でじっと目を合わせながら、甘えるように唇を押し結んでいる。

「まあ、いいか。俺じゃあ、たぶん分からないことだし」

星座に視線を戻し、しばらく眺めていると、アンデッドの頭にはある考えが閃《ひらめ》く。

「アンデッドさんも、星空がお好きなんですね」

「景色自体は、けっこう綺麗《きれい》だと思う」

「では、追加で星座のお話をしましょうか。先ほどお話ししたエリオーンの星座ですが、実は、こんな意味もあって――」

「エルメと俺」

彼の顔に表れている生き生きとした輝きに、エルメは言葉を奪われる。

アンデッドは話す間にも息を弾《はず》ませ、心の中に描く理想をすぐにでも実現したいといった思いが、高々と掲げられた人差し指に表れていた。

「あの一二個の星と、あっちの七つの星。ほら、エルメと俺が、並んでるみたいだろ？」

無邪気に指をさす彼の姿は、エルメの心をかつてないほどに惹《ひ》き付けた。

「アンデッドさん。星座にも、この地域にも、魔物にも、人間にも、皆、名前が付けられています。やはりアンデッドさんにも、固有の名称が必要なのではないでしょうか」

「——俺の、名前?」

アンデッドは隣を振り向くが、エルメはそっぽを向いたままだ。

両手でほてった顔を覆い、小さな震えをごまかすように咳払《せきばら》いをするエルメ。

幸いにも、少女の奮闘ぶりは不審がられることなく、アンデッドは空に視線を戻した。

「わたしは以前、アンデッドさんの名前を伺いました。しかし、あなたには記憶がなく、名前も覚えていらっしゃらないと。なので、その……この機会に、アンデッドさんだけの、名前を持ってみてはいかがでしょうか?」

「でも、俺には自分自身に関心がない。もしよかったら、エルメが名付けてくれないか?」

当然、エルメはそのつもりだった。

この純真無垢《じゅんしんむく》を体現した彼に、相応《ふさわ》しい名は何だろうか。

エルメの冴《さ》えた面持ちには、選び抜いた名前への揺るぎない自信が表れていた。

「ディート、というのはどうでしょうか。元は太陽を意味するティーダを反対から読んだ言葉。クルグス語での意味は、共鳴。誰かと意思が重なった時に使用されます」

「じゃあ、エルメとディートだな。ほら、あの一二の星と、七つの星。誰だか知らないおっさんより、俺たちを星座にした方が、いい感じだろ?」

エルメは立ち上がり、ここ数日準備してきた彼への贈り物を取り出した。

それは、エルメお手製の旗――描かれているシンボルは、太陽と月。

三日月の中に収まった太陽は、エルメとディートを象徴している。

「この六日間、密《ひそ》かに織ってきた旗です。クァール山脈の頂上で、何かを残すことができればなと。わたしたちがこの場所に来たことを、いつか後世に伝えてください。わたしたちの記念旗があったことを……そして、ディートさんの名前が決まったことを、いつか」

エルメはあらかじめ用意していた旗竿《はたざお》を地面にしっかりと差し込み、石で固定した。

エルメが旗の端をディートに手渡すと、二人で一緒に旗を掲げた。

風が吹き抜け、旗が空高くはためいた。

「ああ、いつの日か絶対に伝えるよ。この旗を掲げて、エルメとの冒険を証明するんだ」

旗が風に靡《なび》く様子を見つめながら、エルメとディートは互いの笑みを重ねた。

この記念旗は、自分たちの絆《きずな》と旅の証《あかし》として、これからも山頂に残り続けるだろう。

……しかし、これまでの用意に、彼への命名に、数々のお返しの意図があったのだと、彼自身が気付く日は来るのだろうか？

ささやかな期待を胸に、エルメは隣の彼に視線を移す。

アンデッドは、無邪気にも二人の記念旗を見つめ続けていた。

余命七一日の君と、アンデッドの僕。

ムーヌビス域、カプリサン盆地、神秘の森。

冬の始まりを知らせる風が彩る深い季節に、大地は枯れ葉の絨毯《じゅうたん》に包まれていた。雪はまだ降っていないが、木々の葉は落ち、裸の枝が寒風に揺れている。

しかし、ある境域を通り過ぎると、途端に青々とした葉が広がる森に入った。

通常の木々とは異なり、冬の寒さの中で育つ神秘の森。空気の冷たさだけはそのままでありながら、一帯はまるで真夏の森のように生い茂っている。

「ムーヌビス域は、広大な森が特徴です。この地域で採れる薬草と香料、木工品や獣皮は、とても重宝されてきました。わたしの祖国であるラスリと、公国フェルグレイブもまた、盛んに交易が行われていました」

深き森の彼方《かなた》には、公国フェルグレイブを象徴する高壁が聳《そび》えており、広大な森と険しい山脈が、自然の要塞となっている。

山脈には鉱石や鉱物が埋蔵されており、これも国の重要な資源の一つ。この地に出稼ぎに来る鉱夫は数多く、また安全確保として冒険者が雇われることもしばしばあった。

——しかし、悪性魔力に汚染され、一帯は滅びの様相を露《あら》わにしている。

「……」

鉱夫は皆、青く染まった身体《からだ》のまま朽ち果て、公国からは濃密な死臭が漂っている。

森の中には凶悪な狼《おおかみ》や、蜥蜴《とかげ》の魔物が住み着いていたが、いずれも青斑《せいはん》に侵されていた。

ここ数日でエルメが目にした生存者は、屈強な冒険者くらいである。しかしその冒険者もまた、不気味な青斑に侵され、生気が失われたように木に寄りかかるばかりだった。

「エルメ、大丈夫か？」

ディートは祈りを捧《ささ》げる彼女を心配した。これまでも同様の景色を目にした時、彼女は戒めの様相を呈していたからだ。

しかし、今日エルメが見せた面持ちは、過去の時ほど暗いものではなかった。

「確かに、罪悪感は抱いていますが、わたし自身を責める声は、聞こえなくなりました」

「それなら良かった……って、言ってもいいんだろうか？」

「随分と、他人事《ひとごと》ですね。この心の闇を照らしてくれたのは、他でもないあなたですよ、ディートさん」

エルメが向けた慎《つつ》ましい微笑の意味も、ディートは依然として掴《つか》めないでいる。

「俺って、なんかしたっけ？」

「自覚がないところも、また罪深いですね」

「罪か……罪なんだったら、償わなくちゃな」

「ええ、たくさん償ってください。ディートさんの罰は……そうですね。できるだけ、わたしの隣にいることです」

「思ったより、随分と軽いもんだな」

「さて、さて、それはどうでしょうか」

馬車に揺られ、しがない会話を交わしていく中、二人はある廃村に辿《たど》り着《つ》いた。

「エルメ、この場所は？」

「ムーヌビス域、カプリサン盆地にある、魔法使いの村ですね。地図には載っていますが、既に滅びた村の一つでもあります」

石造りの家々は風雨に晒《さら》され、苔《こけ》や蔦《つた》が壁面を覆い尽くし、かつての壮麗な姿は失われている。道端に並んだ木製の看板は文字が風化し、読み取ることは叶《かな》わない。

広場の中央には涸《か》れ果てた噴水があり、その周りには雑草が生い茂り、まるで自然がこの場所を再び取り戻そうとしているかのようだった。

「元々、この村には多くの魔法使いがいたそうです。しかしある時、魔物の侵攻を受けて、滅びてしまったと言われています」

「魔法使いたちは、この地域を守っていたのか？」

「そうだと思われます。ちなみにムーヌビス域の森は、《修練》の場所で、秋の終わりになると、各地から魔法使いが集まり、自分たちの魔法を披露します。魔法絢秋祭《まほうけんしゅうさい》は、この村の祭儀として執り行われてきたようです」

エルメは愛用していた長杖《ながつえ》を持ち、魔力を込めてみるが、魔法が現れる気配はない。

分かっていることではあったが、自分の存在意義である魔法が取り上げられたことに、エルメは心の中で膨らんでいた期待が、途端に萎《しぼ》んでいくのを感じた。

「どうにかして、魔法を取り戻す方法はないのか？」

「人や魔物には、魔法の源である魔力が宿っています。しかし、いまのわたしでは、魔力を紡ぎ出すことすらできません。……悪性魔力の影響によって、魔力を紡ぐという仕組みごと破壊されてしまったようですね」

もしも自分が魔法を使えていたら、この地でどんな魔法を残していただろうか。

そんな妄想を巡らせるほどに、虚《むな》しさが増して、エルメはふと睫《まつげ》を伏せてしまう。

「――じゃあさ、俺にエルメの魔法を教えてくれよ」

しかし、彼が口を開いた瞬間、エルメの頭にあった憂慮は、根底から吹き飛ばされた。

「ディートさんが……わたしの、魔法を？」

「そうしたら、エルメの魔法を、遠い未来に伝えられるだろ？」

「ですが……王国にいた誰もが、魔法を使えなくなっていました。ディートさんも、悪性魔力の影響を受けているはずではないでしょうか――」

そこでエルメは、遺跡で起きた妙な出来事を思い返した。

彼が石像の台座に触れた瞬間、青白い光が生まれ、それは地面の魔法陣に浸透していった。

つまり彼は、魔法陣を起動させるだけの魔力を発揮したということになる。

悪性魔力の影響を受けていないのは、彼が本当の意味で不死であり、不変な存在であるからなのだろうか。

理由は分からずとも、エルメはディートにこそ希望の光を見出《みいだ》した。

「ディートさん、魔法の練習をしましょう。わたしが教えた魔法を、ディートさんが遠い未来に連れていく……とても、素敵なおとぎ話になると思いますよ」

1

村の離れにある魔法演習場にて、ディートとエルメは魔法の準備に取りかかっていた。

使われていない古い木の杖《つえ》をディートに持たせて、埃《ほこり》をかぶっていた魔法使いのローブを着せてみると、不格好な魔法使い見習いが誕生した。

「どうだ、エルメ。似合ってるか？」

「少しだけ、貫禄《かんろく》が足りませんね」

「魔法を覚えたら、格好良くなるかな……」

「心配はいりませんよ。ディートさんなら、きっと素敵な魔法使いになれますから」

エルメはこほんと咳払《せきばら》いをし、講師のように木の枝を持ち構えた。

切り株に着席したディートは、あたかも生徒のようである。

「実践の前に、まずは基礎知識を学んでいただきましょう」

「えー、なんだか退屈そうだな」

「とても大切なことなので、我慢してくださいね。それでは、まずは魔力の性質から。魔力を得るには、身体《からだ》の中に魔力の流れを生み出すことが重要だとされています。日常的に魔法を使うことで、魔力の流れが生まれて、魔力量が増えていくんです。その理由は――」


それからディートは長い時間をかけて、魔法の基礎知識を身につけた。

魔力には、魔力が濃い場所に留《とど》まる性質があること。魔法を使うことで、外気と体内の間で魔力の流れが生まれ、人は少しずつ魔力量を増やしていくこと。

「最も重要な魔力の特徴としては、限りがあることです。この星に眠る魔力の総量は常に一定であるとされていて、これを《魔力保存の法則》と呼びます」

「もしも一人で魔力を独占できたら、けっこう面白そうだな」

「そんなことができたら、魔力のない世界が見られるかもしれませんね。しかし、この星に眠る魔力は、途方もなく多いですから。全てを集約することは、不可能でしょう」

エルメは言葉の最後を呑《の》み込《こ》むように息を整え、軽やかに手を打ち鳴らした。

「――さて、お勉強の時間はこれで終わりです。ここからは、魔法の実践に移りましょう」

昼下がりには座学が一段落し、二人は村から湖へと移った。

ディートはエルメの指示に従って、波一つない水面《みなも》に手を伸ばしていく。

しかし、期待していた魔法は一向に現れず、ただぼんやりと水面を見つめている。

「おかしいな、魔法が出てこないぞ」

「慌てないでください。ディートさんはまだ、魔力も使っていないのですから」

「そうだ、魔法には魔力が必要なんだった……でも、魔力はどうやって出すんだ？」

「意識を研ぎ澄ませて、耳の奥を引き絞るイメージをしてみてください」

「あっ、すげー……なんか、出た」

ディートの魔力が水面に溶け出し、それは彼の心の動きに呼応して形を変える。

「魔法則――世界の理《ことわり》を満たすことで、魔法が発動されます。紡ぎ出す魔力の形や、詠唱、魔法陣など、一定の手順を踏まえることで、魔法が姿を見せます」

「要するに、魔力を特定の形に操作しないと、魔法は使えないってことか？」

「その通りです。水は魔力の伝導率が最も高いですから、練習にはちょうどいいんです。まずは難易度の低い魔法から、実践してみましょう」

「んー……それはあんまり、興味がないな」

「しかし、初めから高度な魔法は使えませんよ？」

「俺たちの時間も限られているし、俺はエルメの魔法を、後世に伝えなくちゃいけない。

法陣を描く練習から入ってみましょう」
「わたしが好んで使用していたのは、基礎魔法の魔力弾を改変した魔法、《冬の彗星《すいせい》》。魔
エルメは納得したように睫《まつげ》を伏せると、得意げに指先を立ててみせた。
できることなら、エルメだけの魔法を覚えたいんだ」

エルメが木の枝で地面に描いた魔法陣を、ディートが目に焼き付ける。

それと同じ模様を描き出そうと、彼は魔力操作を試みた。

「モチーフは彗星の尾。中心に星の欠片《かけら》を描き、外形には一層三重円を施します。触媒は、必要ありません。この魔法陣さえ描くことができれば、詠唱一つで発動します」

ディートは魔力を所定の形に紡ぎ出そうと悪戦苦闘している。わずかでも意識が疎《おろそ》かになれば、たちまち霧散してしまうのだ。

「素晴らしいですね、ディートさん。魔法陣を作り上げるだけでも、十年は掛かると言われているのに、もうここまで形にできるのですね」

ディートの魔法陣は未《いま》だ不完全であり、部分的に形は乱れているが、外形はほぼ整っている。集中力を高め、要領を掴《つか》めば、完璧な魔法陣に仕上がるだろう。

「だけど、完成には遠いな。少しでも早く、魔法を使えるようにならないと」

「焦る必要はありませんよ。ディートさんの素質なら、きっと直《す》ぐにできるはずです」

しかし、一時間、二時間、三時間と経《た》ってもディートの魔力操作に上達は見られない。

結局、空が暮れかかる頃になっても魔法陣は完成せず、ディートの顔色は険しさを増していった。そんなディートを見かねて、エルメは森の散策に舵《かじ》を切った。

「エルメ……時間がないのに、どうして散歩なんかするんだ？」

「時間がないからこそです。人は急いでしまう時ほど、さらなる失敗を招いてしまいます。そんな時は、別のことでもして落ち着きましょう」

森は夕暮れ時、木漏れ日が柔らかく地面を照らし、風が木々を揺らしている。

エルメは木漏れ日の中に立ち、神々しい光に包まれる。

それを見たディートは「あっ」と声を漏らし、「まるで魔法みたいだ……」と、そんなディートの素直な言葉に、エルメの顔色は一段と良くなる。

「それは、えっと……わたしが、魔法のように見えるということでしょうか？」

「うーん……そうだな。まるで、光のローブを纏《まと》っているみたいだった」

エルメは唇の端に秘めやかな笑みを浮かべ、さりげない視線をディートに送る。

「もしかしたら、自然の中にこそ、本当の魔法があるのかもしれませんね」

しばらく練り歩いている内に、二人は小川に辿《たど》り着《つ》く。エルメは川辺に腰を下ろし、ディートに隣に座るよう促す。

「ディートさんが教えてくれたように、自然の中にはたくさんの魔法があるんです」

エルメは手のひらに水をすくい上げ、それをこぼし、太陽の光にかざす。水滴が輝き、小さな虹が浮かび上がった。

「すげー……エルメは、虹も作れるのか？」

「はい、これは自然を利用しているに過ぎませんが、周りにはたくさんの魔法があるんです。もちろんそれは、ディートさんの中にも絶対に。大切なのは、自分を責めることではなく、もっと自分を信じること。──あなたが教えてくれたように、自分の未来を信じてください。それこそが、何よりも強い魔法となります」

ディートは心に巣くっていた焦燥感が、次第に和らいでいくのを感じた。

エルメの顔を見つめていると、不可能なことも成し遂げられる──そんな意志に、心が安らぎを取り戻していく。

「ディートさん、もう少し休憩してみてはいかがですか？」

「いまなら、できる気がするんだ。だから、ちょっとだけ、自分を信じてみたい」

ディートは小川の水面に手を添えて、再びの魔力操作に挑戦する。

「エルメ？」

そんなひたむきな彼の姿勢に心を打たれて、エルメはディートの手に手を重ねた。

エルメの肌から伝うほんのりとした温かさが、ディートの緊張を解きほぐす。エルメの手は小さくて柔らかくも、魔法師としての力強さが感じ取れる。

「心を穏やかにして、魔力の流れを感じてください。魔力は支配するものではなく、自分自身と調和するもの。ディートさんの魔力は、ディートさん自身でもあるのです。意識と神経を落ち着かせることを、常に忘れないでください」

エルメはディートの手に、自分の極めて微弱な魔力を彼に伝えていく。

その瞬間、ディートは体の奥底に微《かす》かな変化を感じ取った。

エルメの魔力が、まるで自分の中に流れ込んでくるような感覚——。

荒々しくも静寂な山岳の如《ごと》く、また轟《とどろ》く雷霆《らいてい》のようなエルメの魔力を感じることで、ディートの魔力も同じ呼吸を得る。

「……」

ディートは心を静め、自らの魔力にこれまでにない流れを加える。

放出される魔力を力ずくで制御するのではなく、流れるままにする。

魔法陣の形から外れた魔力を、無理に押し戻す必要はない。

そのまま流し切って、光の粒として霧散させる。魔法陣の形に適合した魔力だけを流れとして維持し、その流れはやがてひとつの大きな回路となって魔力の道を描き出す。

モチーフは彗星《すいせい》の尾、中心に星の欠片《かけら》を描き、外形には一層三重円を施す——。

「エルメ」

ゆっくりと目を開けると、そこには少しの乱れもない完璧な魔法陣が浮かんでいた。

「すごいな……この魔法陣は、本当に俺が」

「ディートさん、あなたの才覚には驚かされるばかりです。この調子なら、魔法の実践にも手が届くと思います」

深呼吸を一つし、ディートは凛《りん》とした佇《たたず》まいで身を正した。

「見せてください、ディートさん。あなたの魔法が、どれだけ夜を駆けられるのか。あの星座に負けないくらい、素敵な魔法を見せてください」

ディートが空中に魔法陣を錬成し、魔法の最終準備を迎える。

「復唱してください。魔力の弾丸《ミレ・ロイツェフ》、壊滅者《ネーエン》を討ち、世界の理《ヴァシリーサ》を書き換える」

ディートは、夜空に右腕を翳《かざ》した。

「魔力の弾丸《ミレ・ロイツェフ》、壊滅者《ネーエン》を討ち、世界の理《ヴァシリーサ》を書き換える」

ディートの手のひらから放たれた光は、闇を割り裂いて、天穹《てんきゅう》へと駆け昇る。星々の間を縫い駆けるかのように突き進むその姿は、まるで尾を曳《ひ》いて流れ行く彗星のよう。

冬の彗星――ディートが遥《はる》かなる未来に伝える魔法は、時を追うように飛翔《ひしょう》していく。

「すごいな、まるで本物の流れ星みたいだ」

「ディートさんの魔力量が、起因しているのでしょう。わたしが同じ魔法を使ったとしても、ここまでの輝きにはなりませんでした」

天際を縫い抜ける彗星《すいせい》の姿を眺めつつ、エルメはふとした疑問を口にする。

「ここまでの才能を目の当たりにすると、ついこんな想像をしてしまいますね。もしも、ディートさんが勇者だったら……世界は、違った結末を迎えていたでしょうか」

ディートは彗星が遠ざかるのを見送りながら、仮定の世界に思いを巡らせた。

もしも自分が勇者だったら、もしも自分に魔王を討つ力があったとしたら。

エルメの仲間がしたように、世界を滅ぼしてでも、魔王を倒すべきなのだろうか？


「今はまだ、分からない。それでも俺は、エルメを死なせないようにすると思う」

ディートのひたむきな想《おも》いに触れ、エルメは、夜風に揺れる髪を整える仕草を見せる。

彼女の心に広がる安堵《あんど》は、星明かりに照らされた柔らかな微笑《ほほえ》みとなって浮かび上がった。

「少し、意地悪な質問をしてしまいましたね。でも心配はいりませんよ、ディートさん。あなたがそばにいてくれるだけで、わたしは世界が輝いて見えるのです」

「いまも、明るく見えてるってことか？」

「はい。たとえ夜が全ての星を隠したとしても、わたしの光を奪うことはできません」

「でも、俺たちの旅は長くは続かない。どうして、こうなってしまったんだろうって思うと、納得できないところがあるんだ。エルメとの旅は、こんなに楽しいのにさ……」

エルメと共に歩んだ日々は、ディートの心を豊かに育んでいった。

次はどんな景色があって、何を教えてくれるんだろう。

これまで意識の外にあった感情が、心の奥底で息づいていることに、ディートは密《ひそ》かな驚きを覚えている。しかし、この楽しい時間は、やがて光を失う彗星《すいせい》のように、終わりを迎えてしまう。

そう思うと、ディートの胸には抑えがたい悔しさが広がっていく。

「ん……エルメ、どうしたんだ？」

エルメの瞳は、夜空を駆ける彗星とディートの姿を交互に捉えた。そして何かを悟ったかのように、肩の力が抜けていった。

「やはりディートさんは、あの彗星のような心を持っているのですね」

「どうだろう。俺って、そんなにぴかぴかしてる？」

「眩《まぶ》しいという意味では、似ているかもしれませんね」

「じゃあ、少し離れた方がいいのかな」

「いいえ、どうかここにいてください。わたしたちの彗星が、より明るく見えますから」

ディートが顔を上げると、エルメがそっと肩を寄せる。二人の眼差《まなざ》しは、限りなき夜の彼方《かなた》に吸い込まれ、それぞれ密かな願いを寄せ持った。

この煌《きら》めきに満ちた瞬間が、あの星が、いつかの未来に届くことを。

余命七十日の君と、アンデッドの僕。

翌日、エルメとディートは魔法使いの村から出発した。

新天地となる北を目指し、鬱蒼《うっそう》とした木々の間を縫うように進んでいく。

その道中でもなお、エルメの心には昨夜の彗星の輝きが残っていた。

「《冬の彗星》とは、自分の魔力を凝縮して撃ち出す魔法です。ディートさんは、彗星を驚くべき境地にまで昇華させました。魔法を究めた者として申し上げますが、その卓越した才能には脱帽する他ありません」

「みんな、ああいうことができるんじゃないのか？」

「不可能ですよ。普通は、魔力操作で精いっぱいですから」

「だけど、エルメがいたからできたと思うんだ。昨日の魔法は、俺だけの奇跡じゃない」

エルメはディートの言葉をいたずらに否定するのではなく、認めることで、この記憶を二人のものだと受け止めた。

いまも鮮明に浮かび上がる《冬の彗星》が、エルメの唇に穏やかな色を漂わせる。

「そう言っていただけると、嬉《うれ》しいですね。あの彗星もまた、わたしたちのおとぎ話として語り継がれるのだと信じて」

幌《ほろ》馬車の揺れに身を任せながら、ディートは時に新たな魔法を学び、エルメは彼の疑問に優しく寄り添い、同じ時間を共有していく。

「エルメ、他にも面白い魔法を教えてくれないか?」

「もちろんですよ。それでは、座標を移す魔法に、心の声を引き出す魔法などは、どうでしょうか。習得難易度は高いですが、ディートさんなら扱えると思います」

魔法は単なる技術ではなく、二人の距離を縮める絆《きずな》の象徴だった。

エルメが新たな魔法を教え、ディートがそれに挑戦していく。しかし、思うような成果は得られず、再びエルメの知恵を借りる。彼はエルメの知識の豊かさに心打たれ、同時に彼女の新たな一面に気付かされる。

そんな彼の真摯な姿勢に心惹《ひ》かれ、エルメの目元にはふと柔らかな色が浮かび上がる。

エルメは意識的に身を寄せ、彼の体温をすぐそばで感じ取ろうとした。

「冬の仕業でしょうか。すこしの隙間さえも、いつもよりいっそう冷気を帯びて感じられます。ですから、このように……より温《ぬく》もりを、分かち合えるのではないかと」

咄嗟《とっさ》に出た言葉は、彼に不審がられることはなく、「確かに、けっこう寒くなってきたよな。天気はいいのに、風が冷たい」と、彼は碧落《へきらく》を仰ぎ見る。

「……っ!」

すると、あたかも二人の距離を縮めんとするかのように、不意に風が荒さを増した。

エルメが姿勢を崩しかけたその瞬間、ディートの身体《からだ》は理性に先んじて動いた。無意識の内に腕が伸び、エルメを力強く抱き寄せた。

「エルメ、大丈夫か？」

「はい……ありがとうございます、ディートさん」

思わぬ触れ合いに、エルメの心臓が少し跳ねた。彼との間に立ち込める甘い緊張を感じ取るや、みずみずしい赤みが顔一面に広がっていく。エルメは意味ありげな視線を送るが、彼はその感情の機微を素通りし、ただ純粋な笑みのみを送り返した。

彼の鈍感さには、時に胸の奥が切なくなり、じれったさが募る。

それでもエルメは、彼との間に存在する、この手の届きそうで届かない絶妙な距離感が、心地よかった。

些細《ささい》な出来事を重ねながらも、やがて二人は広大な森を抜け、新たなる高原に辿《たど》り着《つ》く。丘の向こう側には海と街が見えており、次なる目的地にディートは胸を高鳴らせる。

「――やっと、着いたみたいだな」

「ムーヌビス域、ムショア湾、海岸都市アイブ。一面の大海原が、わたしたちを出迎えてくれているようですね」

十日後の朝に、二人は遥《はる》かムーヌビス域の彼方《かなた》、ムショア海岸に構える都市アイブに、足を運んだ。

簡素な造りの展望台から眺めるムショア海岸の景色は、まさに一見に値する絶景である。

しかし、波打ち際には錆《さ》びついた遊具が佇《たたず》み、かつて子供たちの声が聞こえていたはずの砂浜も、いまは打ち寄せる波の音だけが響いている。

街路に並ぶ家々は、塩害で剥《は》がれ落《お》ちた外壁を晒《さら》す。窓ガラスは砕け散り、カーテンが風に揺れている。玄関先には砂が堆積し、人の気配を感じさせない。

「この街は、だいぶ前から滅んでいたのか？」

「四年前は、まだ健在でした。数年で滅んでしまう街や村は数多く、この都市もその一つであったのでしょう」

「魔物による影響は、俺が思っているよりも凄《すさ》まじいんだな」

「これまでにも、数え切れないほど同様の事例が繰り返されてきました。魔物による被害は凄惨を極め、それゆえに諸悪の根源、魔王を討たなければならなかったのです」

ディートは荒れ果てた街並みを見渡し、闘争の凄まじさを肌で感じ取った。

無情な殺し合いの果てに全てが失われたアイブの光景は、まさに勇者と魔王が繰り広げた戦いの残酷さを想起させる。

「愚かなことだと思いますか？　わたしたち人間と、魔物の辿《たど》った結末の全てに」

「どうだろう……間違っているとは分かっていても、引き返すことができない時もある。この虚無を窺《うかが》わせる街並みにも、どこか不屈の覚悟が宿っているんだ」

「ディートさんは、たまに戦士のようなことを口にするのですね」

「へへっ、そうだろ？　かっこいいと思った？」

「大変不服ではありますが、ほんのちょっとだけ……」

「まあ、全部出まかせなんだけどな」

「……」

「ごめんって、エルメ。ほら、さっき拾った貝殻をあげるから」

エルメは貝殻をポケットに忍ばせ、この静かな街並みに目を走らせた。

ここで生きた彼らの生き様、そして世界の現状には、諦めに似た理解を抱いてしまう。

「しかし、命にはいずれ終わりが来るものです。それはこの星についても例外ではなく、あるいは運命の滅亡だったのかもしれません。もちろん、いつかはわたしも……」

彼女の胸の内が計り知れず、ディートは躊躇《ためら》いがちに瞬《まばた》きした。

「エルメは、自分が死ぬことも受け入れているのか？」

「納得はしていませんよ。しかし、諦めのような思いは抱いています。遅かれ早かれ、わたしはこの世を旅立ってしまうのですから」

しかし彼女がこの世界を去った時、自分には何が残るのだろうか。

ディートは未来が闇に閉ざされ、掴《つか》みかけた何かが指先から滑り落ちるのを感じた。

「……」

言葉もなく、心ここにあらずといった様子のディート。そんな彼を安心させようと、エルメは彼の袖に指をかけた。

「この海を見渡すには、打ってつけの場所があると聞いたことがあります。ディートさんにとっても、悪くない景色だと思いますよ」

二人が足を運んだ先は、都市の裏手にある山々だった。

そこから一望する景色は、大自然の造形美の極致そのもの。青と白の二彩が渾然一体《こんぜんいったい》となり、海と空の境界線が神秘的な輝きを放つ。

波涛《はとう》逆巻く海面は、天日を浴びて燦爛《さんらん》として輝き、その眩耀《げんよう》は見る者の目を射る。激しく散る波飛沫《しぶき》は、展望台からの眺めとは比べ物にならない壮絶さを見せつけ、目下に広がる絶壁は人の本能的な恐怖心を掻《か》き立《た》てていた。

「海って、広いんだな」

「とっても、とっても、大きいですよ」

「なんだか、語彙力が俺みたいになってきてないか？」

「……」

「ごめんって、エルメ」

「滄溟《そうめい》は、その浩瀚《こうかん》なる姿を悠久の歳月を超えて顕《あらわ》しています。蒼碧《そうへき》の水面は、透徹なる空を鏡映し、その境界は杳《よう》として知れません。波涛は千尋の淵《ふち》より湧き上がり、白沫《しらあわ》を立てて岩礁を噛《か》みます。汀《なぎさ》に立てば、潮騒《しおさい》の諧音が耳朶《じだ》を打ち――」

「とりあえず、エルメが怒ってるってことだけは分かった」

不満げにふくれた頬《ほお》を海風に晒《さら》しながら、エルメは崖の端に腰を下ろした。

彼女は意味ありげな横目でディートに何かを示唆している。演じた不機嫌の裏側には、いったい何が潜んでいるのだろうか。

ディートがエルメの隣に腰を据えると、彼女の表情がにへっと緩んだ。

「かつてこの海を渡る際、わたしは大魔獣のゼカと戦いました。海の支配者とも言われている魔獣で、ムショアの民にとって最たる脅威となっていました」

「魔法が使えた頃、エルメはどれくらい強かったんだ？」

「ゼカなら、一撃で葬り去れます」

「強いな」

「ディートさんほどではないですよ。魔力を見たら、分かります。ディートさんは恐らく、途方もない年月を掛けて、魔法を習得してきたのでしょう」

以前にも魔力量を賞賛されていたが、ディートには修練の記憶さえない。

「気のせいじゃないのか？　魔法の練習なんて、したことがないぞ」

「幾年《いくとせ》にも及ぶ修練を、忘れてしまったのでしょう。しかし、本当に大切な記憶は、いつまでも覚えているそうですよ。単なる思い出としてではなく、その心に」

古く閉ざされた記憶の門の向こう側に、異なる自分がいると考えると、ディートの胸にはかつてない好奇の熱が漲《みなぎ》った。

「思い出や会話も、長期的に記憶されるそうですが、こちらは長くて数百年がせいぜいだそうです。昔のことが思い出せないのは、そのせいかもしれませんね」

「うーん、それは困るな」

「思い出せなくなるのが、不服なのですか？」

「エルメとの旅路も、たった数百年で忘れちまったら、旅をしている意味がない。俺は、死んでもエルメを忘れたくない」

惚気《のろけ》ではなく、ただ純粋なディートの所感は、エルメをとても安心させた。

「では……いつまでも、忘れないでください。わたしがこの世界から去って、世界の何もかもが終わってしまったとしても、あなたさえ覚えていてくれたら、わたしはきっと死んでいない。あなたの心に、わたしは存在しているんです」

彼女がディートの瞳を凝視すると、その眼差《まなざ》しの中に揺るぎない意志の光が差す。

やがて燃えたぎる情念が言葉となり、ディートは力強く宣言した。

「忘れちまったら、意味がないだろ。俺が俺である理由、いま生きている意味を失わないためにも、俺はエルメを忘れない。それでも……たった、数百年なんだな」

条理の下に従えば、いずれディートはエルメを忘れ去ってしまう。

しかしながら、人は奇跡を可能にするものなのだ。ディートこそが奇跡の化身であると信じているエルメには、不安の種さえ生じ得ない。

「ディートさん。荒れ果てた平原での奇跡を、覚えていますか」

「なんか……魂が、出てきたやつだっけ」

「そうです、人には魂が眠っているんです。その奇跡を信じるのなら、永遠の記憶も可能であるのかもしれません」

エルメは、自分の胸の前で手を組み合わせた。

忘れじの記憶――魂という奇跡の源が、自分にも眠っているのだと信じて。

「魂って、俺にもあるのかな」

「ありますよ。ですからどうか、幾億年と経《た》った世界の果てに、わたしを連れていってください。あなたの中で、わたしがまだ〝存在〟していたら、わたしはきっと死んでいない。それが魔法師エルメの意味になり、確かに生きていた証《あかし》にもなります」

「――じゃあ、俺も連れていってくれよ」

ふいに投げ返された約束が、少女の黒い髪を揺らした。

喧騒《けんそう》の中にあった海は静まり、エルメの表情も時が止まった。彼の返答は、大自然すら凌駕《りょうが》する広がりを感じさせ、この瞬間をまるで夢の舞台のように錯覚させる。

「エルメが死んでも、俺を忘れないでいてくれ。どうせなら死んだ先で、俺のことを長々と語ってくれたら嬉《うれ》しい。俺は生きたまま、エルメは死んだまま覚えている。それを、俺たちの約束にしよう」

死んだまま覚えていろだなんて、とても荒唐無稽な話だ。

しかし、その理不尽さこそがディートらしく、エルメは心の内で何かが大きく広がっていくのを感じた。

彼なら、きっと連れていってくれる。

どれだけ長い時の果てに臨もうとも、最後には安心できる……そんな世界に。

「……さて、ディートさん。海を眺めるのはこの辺にして、海岸都市ならではの思い出を作りましょうか」

「今度は、何を作るんだ？　大樹に遺跡、記念旗や、魔法もやったし……」

「それも面白いですが、海岸都市には伝統行事があったのです。その名も〝灯篭《とうろう》流し〟。ちょうどこの時期に開催されるお祭りを、二人だけで堪能しましょう」

1

夕方になったら、街に戻ってきてほしい。

エルメに言われた通り、ディートは浜辺で一人の時間を過ごした。何をするでもなく、ひたすら水平線を見つめ続けた。やがて空がしじまに沈むと、重たい足取りで都市に戻る。

エルメはいったい、何を準備しているのだろうか。

街まで戻ったところで、ディートの瞳に興奮の輝きが夕焼けのように広がった。

「あっ……」

冬の黄昏《たそがれ》、提灯《ちょうちん》の灯《あか》りが揺れる祭りの通りに、多くの屋台が並んでいる。色とりどりの風船や、キラキラと光る貝殻が、ディートの目を釘付《くぎづ》けにする。

屋台の側《そば》に立っているエルメの姿を見つけると、心臓が跳ねるように高鳴った。

普段とは異なる装いの彼女に、ディートの目が奪われる。

「いつもと、違う格好だな」

エルメの衣装は、特有の織り方を駆使して作られた軽くてしなやかな布地でできている。

布地には、海岸都市の特産品である銀色の二枚貝、燦貝《アウロラ》の吐き出す柔糸が織り込まれており、光が当たると淡い輝きを放つ。

色彩は深い紺色で、夜空のような神秘的な色合いである。その上に、海や砂浜を思わせる微細な銀糸が縫い込まれており、まるで深海を纏《まと》っているかのようだ。

さらに髪は頭頂部で結われ、いつもとは違った清涼感のある印象を醸し出している。

「これは〝海霜の装い《ブルーミナ》〟と言って、海岸都市で作られていた伝統衣装を、お借りしました。ディートさんも、ご試着してみてはいかがでしょうか」

「俺が、その衣装を？」

エルメに連れられるまま、ディートはアイブの衣裳蔵《いしょうぐら》に赴く。エルメは男性用の海霜《ブルー》の装《ミ》い《ナ》の中から、ディートに合った丈のものを選び、それを手渡す。

「着てみたんだけど、変じゃないか？」

そして着替えを終えてきたディートの姿に、エルメは目を細めて頷《うなず》いた。

「まったく、変ではありませんよ。とても、似合っていると思います」

「だったら良かった。ところで、えっと……俺たちは、これから何をするんだ？」

「この海岸都市でも、素敵なおとぎ話を残そうと思います。白波冬灯祭《しらなみふゆとうさい》と呼ばれるお祭りは、航海士たちの無事を願って開かれていました。屋台には船の模型や、白波をかたどった装飾品が多いですよね」

冬風が石畳を舐《な》めるように過ぎゆく中、エルメとディートは呼吸を交わすように足並みを揃《そろ》える。

白波冬灯祭の宵、次第に深まる闇と、提灯《ちょうちん》の灯《あか》りが織りなす光と影の対比に包まれて、現実と夢幻の狭間《はざま》を漂う幻想的な帳《とばり》が街全体に広がっていく。閑散とした祭りの通りで、二人の心にはかつての賑《にぎ》わいが幻のように蘇《よみがえ》り、喧騒《けんそう》と人波が時を遡って再現される。

魔法の光の瓶詰め、精霊の囁《ささや》き占い、風の矢の射的、空を泳ぐ夢魚《ゆめざかな》捕り……。ディートは夢見心地で様々な出し物を巡り、その表情には忘れかけていた無垢《むく》な喜びが溢《あふ》れる。彼の無邪気な姿に心が弾《はず》み、エルメの唇の端もふわりと持ち上がる。

しかし、この魅力的な余興の数々も、真の主役の引き立て役でしかない。

「さて、ディートさん。白波冬灯祭《しらなみふゆとうさい》では、特徴的な商品が扱われていました。この後に行われる〝灯篭《とうろう》流し〟のために、ムショアの民はある《船》を買ったのです」

とある屋台に行き着くと、エルメは立ち寄り、店員の役を買って出た。

軽く喉を鳴らしたのを合図に、エルメは接客的な笑みを浮かべ、「いらっしゃいませ」とたったひとりの客を歓迎した。

これに好奇心を刺激され、ディートは目を輝かせて駆け寄った。

「《灯篭船》はいかがでしょうか？　どれでもお好きなものを一つお選びいただけますよ」

エルメが手を差し伸べた先には、数艘《そう》の《船》が並んでいる。《船》といっても、人が乗るようなものではない。舟の形を模した提灯《ちょうちん》、《灯篭船》だ。

「これって、何に使うんだ？」

「冬になると、ムショアの海に舟を流すんです。それはこの海に命を賭した航海士たちのために、これからも旅立っていく者たちのためにという、願掛けの意味があります。これをムショアの地方では、灯篭流しと言うそうですね」

ディートは流す舟を選ぼうとするが、形も大小もさまざまでバリエーションが豊富。

そして、ある事情を思うと一つに絞り切ることはできないでいた。

「どうしても、一個だけなのか？」

「申し訳ありませんが、お一人さまにつき、一つという決まりになっております」

「だけど、俺は二人で旅をしているんだ。エルメっていう女の子なんだけどさ、これからも旅を続けたいから、二人分必要なんだ」

店員は耳の端を赤くしながら、口にする言葉を探していたが、「し、仕方ありませんね。特別に、今回だけですよ」と、視線を逸《そ》らしながらも、一つの舟を差し出した。

「では、こちらの舟を差し上げます。もう一つは、お客さま自身でお選びください」

エルメが選んだ舟は、手のひらサイズの灯篭船だ。そこでディートは、ひと回り大きな灯篭船を選定した。

「俺はこれにする。これまでずっと、旅を助けてもらってたからな。今度は、俺が連れていけるようになりたいから、大きな舟がいいと思うんだ」

エルメは視線を泳がせるのをやめ、まっすぐにディートを見つめた。

「はい……どこまでも連れていってくれることを、期待、していますね……ディートさん」

灯篭船が手渡される時、二人はしばしの間、言葉を交わさずに見つめ合った。

冬の風が吹く中で、どこか温かな空気が漂い、提灯が二人の顔を照らし出す。

エルメの顔色は赤みを増し、心の内側で高まる感情を必死に押し込めていた。顔に熱が籠もるのを感じながら、それでも視線を外すような情けない真似《まね》はしない。

もう少しだけ、頑張れと。

心の中の自分がそう言っているように聞こえ、エルメは精いっぱいに見つめ続けた。

どくん、どくんと加速する鼓動と、身体《からだ》の震えにも負けず、彼の瞳を捉え続けた。

しかし、「エルメは、どんな衣装でも似合うんだな」、この彼の一言に、限界を来した。

エルメはにっこりと笑いそうになるのを堪《こら》え、身体の向きを急いで反転させた。

「……さあ。それでは、灯篭《とうろう》流しに向かいましょうか」

エルメは最後にそう言い残して、屋台を後にした。少しだけ早足になっている彼女に、一歩遅れてディートが続く。

どうしてエルメは、顔を合わせてくれないんだろう。

ディートは小さな疑問を抱えたまま、浜辺へと足を運ぶ。その答えには、彼はまだ辿《たど》り着《つ》けそうになかった。

「──海に舟を流したら、戻ってきちゃわないか？」

「ご明察の通りですね。しかし、特殊な機構を持つ灯篭船は、魔力を動力とすることで、前進することができるんです」

ディートとエルメは波打ち際に佇《たたず》み、闇に沈む水平線の向こう側を見つめている。

試しにディートが自分の舟に魔力を注いでみると、提灯《ちょうちん》部分に青白い光がともった。

船尾の水車が回転を始め、前へと進む推進力を得る。

「エルメは、舟を動かせるのか？」

「試してみますが……やはり、難しいようですね」

「代わりに俺が魔力を流すから、エルメは舟を支えていてくれないか？」

「しかし、この灯篭流しでは、自分の舟は、自分で流す決まりとなっていて……」

「普通は一人で流すけど、俺たちは違ってもいいんじゃないか。その方が、もっと特別なお祭りになると思うんだ」

ディートが自ら彼女の手の甲に触れ、不意に訪れた温かさがエルメの鼓動を速める。

いつも通りの共同作業が、どうしてこんなにも長く続いて欲しいと思ってしまうのか。

しかし、ディートがこうしているのは、あくまでも作業の一環でしかない。

そのすれ違いに理解がいくと、エルメは再び冷静な顔を取り戻した。

「いつか、遠い未来に、今日の日を伝えてください。わたしたちの灯篭船を、そして白波《しらなみ》冬灯祭《ふゆとうさい》を。遥《はる》かの未来に、再び舟を流す日が来たら、とても安心できると思うのです」

「ああ、連れていくよ。そしてまた、いつか舟を流そう」

ディートとエルメは、呼吸を合わせてそれぞれの舟を送り出した。

一艘《そう》の舟はディート、もう一艘の舟はエルメ。二人の舟のシルエットは、赤く染まる空と海の境界線に溶け込んでいく。ディートの舟が一歩先を進み、エルメの舟が後に続いていく様子は、これからの二人の冒険を意味しているのだろうか。

「エルメ、他にも舟はあったよな？」

「はい、全部で百はあったと思います」

「どうせなら、全部流しちまおうぜ！　俺たちのおとぎ話は、まだ始まったばかりなんだ。これからもずっと続いていくんだって、それをこの海に刻んでおきたい」

エルメは立ち上がり、つま先を都市の方に向けた。

「では、一緒に流しましょうか。この冒険はいつまでも続くのだと、そう願いを込めて」

二人はありったけの舟を持ち運び、その全てを海の向こう側へと送り出した。

冷たい波が足下を濡《ぬ》らし、心地よい海風が二人の頰《ほお》を撫《な》でる中、一つ一つと新たな舟が流し出されていく。

「この思い出が、どこまでも届きますように」

エルメのささやかな祈りもまた、海の彼方《かなた》へ運ばれていった。

余命五九日の君と、アンデッドの僕。

「そろそろ、この馬ともお別れだな」

「いままで、本当にありがとうございました。これからは、自由に生きてくださいね」

朝日が昇ると共に、二人は波止場へと向かった。

幌《ほろ》馬車は解体され、その役目を終えた。しかし、馬は躊躇《ためら》うように蹄《ひづめ》を止め、二人の姿が完全に見えなくなるまで、忠実な眼差《まなざ》しを送り続けていた。

新たな旅立ちを迎えた二人は、いま巨大な船の前に立っている。

「エルメ、この船は？」

「アースフェリア号です。四年前、わたしたちはこの船で次の大陸に進みました。都市は荒れ果てた様子でしたが、この船だけは残ってくれたようです」

船の甲板に足を踏み入れると、デッキ中央に描かれた魔法陣が見える。船を動かすための魔力を込める儀式が、この場所で行われるのだ。

「復唱してください。波よ風よ《ナヴィガーレ》、我が船を導き《アクウィロル》、潮流の道を開け《オーウセアゴール》」

「波よ風よ《ナヴィガーレ》、我が船を導き《アクウィロル》、潮流の道を開け《オーウセアゴール》」

デッキの魔法陣が輝き出し、船全体が振動する。エルメとディートは、その場で魔力が船中に満ちていくのを感じながら、次の儀式に意識を注ぐ。

「続けて、復唱してください。海神の息吹よ《ゼフィルッフス》、帆を満たせ《プロドヴィア》」

「海神の息吹よ《ゼフィルッフス》、帆を満たせ《プロドヴィア》」

魔力は船の帆に描かれた魔法陣に吸い込まれ、巨大な白い帆が一瞬で張られ、それが風を捕まえると同時に、船がゆっくりと動き始めた。

「普通は、数十人で船に魔力を供給するのですが、さすがはディートさんですね。たったひとりで、これほどの船を動かしてしまうなんて」

「昨日の願い事が叶《かな》ったのかもな。俺だって、エルメを旅に連れていける」

エルメは慎み深い笑みを浮かべ、ディートの肩に寄り添った。

「では、今日はディートさんが船長ですね。もうじき船が進み出しますから、《出航》と、号令をかけてください」

揺るぎない自負心に彩られた面持ちそのままに、ディートは人差し指を北に翳《かざ》した。

「さあ、出航だ！」

船長の号令が潮風に乗って響き渡り、船が港を離れ、広大な海へと乗り出した。魔力が船に推進力を吹き込み、帆を風でいっぱいに膨らませると、二人の冒険が始まった。

波立つ海の誘いに応え、見果てぬ水平線の彼方《かなた》を目指すディートは、非の打ち所のない航海士だ。船は白銀の帆を風にはためかせ、夢の航路を突き進む。船首が翠《みどり》の波を裂き、海風が歌う。船は物語の一葉一葉をめくるように進み、その行く手には、エルメがかつて見たソグマールの港、新たなる大陸が待ち受けている。

広大な海には危険が潜む。荒波、暴風、落雷といった大自然が船員の心胆を試す。

そして夜が訪れ、船影が星屑《ほしくず》に包まれると、船上の出来事は時の流れに刻まれる。

エルメとディートは、いつの日かこの海に幻想を見るだろう。

海と船、無限とも思える旅路は、夢と冒険に満ちていた。


「ディートさん、ありがとうございました」

「エルメも、導いてくれてありがとうな」

ソグマール域、エトゥス海岸、無人浜辺。

五日後に新たな陸に上がった二人は、アースフェリア号と別れを告げる。

浜辺を離れ、道に沿って歩みを進めると、不可思議の地に足を踏み入れた。

「凄《すご》いな、夢を見ているようだぞ」

「結晶の地。ソグマール域では、古くから結晶の研究がされてきました。魔力が淀《よど》む地は、このように性質変化することがあるそうです」

ソグマール域、結晶の地、魔力溜《だ》まり。

森を抜けた先で、エルメたちは氷のように透明なる結晶、微細な幾何学の地に降り立つ。

木々や花々までもが美しい秘宝と化し、寒冷なる日差しが煌々《こうこう》と反射する。

結晶は時の証《あかし》、深い地層の息吹を受け、大地の歴史をその明媚《めいび》な層で物語る。

左右に聳《そび》える結晶の層群は、遥《はる》か高くにまで堆積し、星の歴史を象徴している。

「すげー、この石とか、岩とか、まるで魔力が燃えているみたいだ」

「《魔力の過剰蓄積》と呼ばれる現象ですね。本来、魔力を持たない物質に蓄積されると、時間と共に魔力の密度が濃縮されます。そして体積当たりの魔力密度が、臨界点に達することで、物質が急激に加熱され、自然発火が引き起こされます」

魔力溜《だ》まりと呼ばれるこの地では、足下の地面や草木が青白い炎を上げている。

これに好奇心を煽《あお》られたディートは、そっと手を伸ばそうとした。しかし、その危険な行いはエルメに咎《とが》められる。

「炎は極めて高温なため、触らないでください」

「不思議なもんだな。これだけ近くにいても、熱さは全く感じないのに……」

「神秘的な炎だからでしょう。普通の炎とは、常識が違うのかもしれません」

七日と七夜、ディートはエルメと共に、不可思議の地を歩み続けた。

足下で砕ける硝子《ガラス》のような音に慣れ、きらめく大地の眩《まぶ》しさにも目が馴染《なじ》んできた頃、最後の結晶の丘を越えると、そこには一変した世界が待っていた。

湿り気のある空気が肌を撫《な》で、鼻腔《びこう》をくすぐる土の香りが、忘れかけていた生命の息吹を思い出させる。

「ソグマール域、郷里の湿地帯、葉擦れの誘う道。足下がぬかるんでいますから、転ばないよう注意してくださいね」

二人きりとなった湿地帯の空に、星辰《せいしん》が静謐《せいひつ》なる鼓動を奏でている。泥濘《でいねい》を踏み分けていくと、蓮《はす》の波紋が水面《みなも》に咲く。湿地の蕩漾《とうよう》は、ただ二人の声と足音だけを許している。

「一日中歩いているけど、休まなくてもいいのか？」

「疲労感は否めませんね。しかし、いまは前に進むべきだと感じるのです」

「確かに、思い出をもっと残しておきたい気もするな」

「もちろんその意志もありますが、立ち止まっている時間が惜しいと思えるのです。ディートさんは、どうですか。何もない時間に、抵抗を覚えたりしないでしょうか」

「惜しい……って気持ちが分からない。でも、エルメがいるのなら、休んでいるよりも、前に進みたいって思う。……俺は、何かを期待しているのかもしれない」

ディートにしては、含みのある言い回しだ。

エルメは、ディートに特別な志を求めているわけではないが、彼自身が何かを見出《みいだ》し、自ら行動を起こしてくれたのなら、嬉《うれ》しく思う。

自分が、彼に新たな思いを与えるきっかけになったのだから。

「たとえアンデッドでも、変わるものはあるみたいですね」

心に満ちるその輝きは、エルメの笑顔として表れている。

「何の話だ？」

「ディートさんのお話ですよ」

「ちょっと、背が伸びたとか？」

「いいえ」

「ちょっと、くまが酷《ひど》くなったとか？」

「元からですよ」

「ひどいな」

「焦らなくても、分かる時がいずれ来ます」

「エルメが言うなら安心できる。エルメは、嘘《うそ》をつかないからな」

二人はしばし会話に花を咲かせていたが、夜空の闇が深まるにつれ、次第に口数が減っていった。

「……」

彼女の傍らで、ディートは遠い夜空の向こう側に視線を投じた。

ソグマール域に吹き渡る夜風は冷たく、真冬の到来を感じさせる。

数日もすれば、雪が降り始めるかもしれない。

エルメと出会った頃、季節はまだ秋の終わりだった。

次はどんな景色があって、どんな思い出を残せるのだろう。

「ああ、そうか……俺は、ひとりぼっちじゃなくなったんだ」

秋から冬へと変わりゆく空のように、ディートは自らの心にも変化の兆しを感じていた。

かつては彼女や世界に無関心だった自分が、少しずつ人間としての色彩を取り戻して、いまではエルメと共に刻む新しい時間に心を躍らせている。

彼女との毎日が楽しくて、嬉《うれ》しくて、面白い。いつまでも、ずっとこの旅が続いてくればいいのになんて、そんな願いさえ抱いてしまう。

しかし――エルメは直に、この世界を去ってしまうと言っていた。

彼女の命が、あとどれくらいなのかは分からない。

その中で、自分はエルメに、何を残してあげられるだろうか？

「どうかしましたか、ディートさん」

彼はふとした瞬間に、エルメに目を向けていた。その視線を感じ取ったエルメが、疲労の色を見せずに訊《たず》ねた。

「なにか、おかしいんだ」

「体調が優れない、ということでしょうか？」

「いや……なんていうか、言葉にできない。なんだか、不思議な感覚なんだ」

どうして彼女の顔を見ると、鼓動が強くなってしまうのか。

ディートは自らの胸に手を当てて、その変化の意味を探し求める。しかし、この気持ちを言い表す言葉が浮かばない。

「エルメは、何をしているんだ?」

内なる祈りの思いを噛《か》み締《し》めるかのように、彼女は両の手を胸の前で重ねていた。

「安心しているのです。やっぱりディートさんにも、人の心があったのですから」

ディートは遂《つい》に感情の本質を理解し、力強い頷《うなず》きを見せた。

「ああ、俺はもう虚無じゃない。それもこれも、エルメのおかげだ」

「違いますよ。ディートさんの心は、ディートさん自身で見つけ出したものです。是非、その感情を、遥《はる》か未来に持っていってください」

「一人じゃ大変そうだからさ、十年後も、百年後も、エルメと一緒にいられるといいな」

「はい……わたしもそう思いますよ、ディートさん」

彼と共に過ごせる時間は、あとどれほど残されているのだろうか。

明日も、彼の隣に立っていられるだろうか。

エルメは不安を抱きながらも、彼と紡ぐおとぎ話に希望を見出《みいだ》し、足を進めた。

水鏡に映る月も、二人の旅路を見守っていた。

余命四三日の君と、アンデッドの僕。

「この場所は、冒険者たちが残した隠れ家だとされています。近くには村落もないので、ここで休息を取っていたのだとか」

湿地帯に四度目の朝日が昇る頃、エルメとディートはある隠れ家に足を運んだ。冒険者が残した一軒家に入ると、埃《ほこり》っぽくも懐かしい木の芳香が、二人の鼻先に触れる。

「エルメは、ここに入ったことがあるのか？」

「わたしは気が乗りませんでしたが、仲間たちは興味津々だったようです」

「その頃は、冒険自体に興味はなかったんだな」

「ただの任務としか思っていませんでした。もちろん、いまは違います。ディートさんと訪れた場所なら、新たな発見があるかもしれません」

ふわりと舞い込んできた微風に目を凝らせば、三年前の自分たちの姿が蘇《よみがえ》る。

仲間たちは、古い冒険者が残した品々に興味を寄せていた。その中でも、失われた魔法が記された魔導書だけは、エルメの気を引いたものの、後は退屈な時間を過ごしていた。

どんな冒険者がこの隠れ家を構えたのか、どれほど強大な魔物を討ち取ったのか。

仲間たちが想像に花を咲かせる一方で、エルメは魔導書を黙々と読《よ》み耽《ふけ》っていた。

変わらぬ木目から香るエッセンスは、そんな過去の物語を吸いこんでいるようだった。

「だいぶ埃《ほこり》っぽいんだけど、部屋を綺麗《きれい》にする魔法とかはないのか？」

「ちょうど、そこの魔導書に載っていますよ」

ページが黄ばんだ魔導書に目を通しながら、ディートは先の話を思い返していた。

「隠れ家って、なんだ？」

「さあ……秘密基地のようなものでしょうか？」

「秘密にして、どうするんだ？」

「本当に、どうするんでしょうね」

魔導書の重みが手のひらに残る中、ディートは好奇心旺盛な眼差《まなざ》しを彼女に向けた。

「俺たちも、秘密基地を作ってみようぜ」

きっと彼ならそう持ちかけるだろうと、エルメの唇は柔らかな弧を描いた。

「興味深い提案ですね。しかし、目星は付いているのですか？」

「何にもないから、まずはこの一帯を歩き回ることになりそうだ」

「それもいいかもしれませんね。わたしたちには、まだ時間があるのですから――」

その瞬間、腹部に走った焼けるような痛みと、突如の呼吸困難に、エルメは口元を手で覆った。

たった数秒の出来事ながら、手のひらにこびりついた真っ赤な液体が、エルメを急速に現実へと連れ戻した。

「……」

忘れていた死の恐怖が、手のひらから蠢《うごめ》き広がっていくのをエルメは感じた。

これまでの旅が平穏そのもので、幾多の艱難《かんなん》を経ることもなく、どこまでも歩みを重ねられると根拠もなく信じていた。……いや、もしかすると、悪性魔力などなかったのではないかと、そんな楽観的な思い込みさえ、いつの間にか抱いていた。

しかし、自分もまた、悪性魔力に肉体を汚染された内の一人である。

王国や旅路の上で、散々目にしてきたように、遂《つい》に自分の番が回ってきたのだ。

「エルメ、大丈夫か？」

我を失うほどの衝撃だったにもかかわらず、エルメは咄嗟《とっさ》に手のひらを隠した。

幸か不幸か、ディートは彼女の愛想笑いの意図すら汲《く》んでいないようだった。

「さあ、作りましょうか、秘密基地。きっと、素敵な思い出になると思います」

「エルメ……？」

彼女は明るく振る舞おうとするが、その瞳には微《かす》かな亀裂が走っているようだった。

だが、ディートはその違和感の正体が分からない。彼女が何を隠しているのかも、また。

「まあ、任せろ。俺たちに相応《ふさわ》しい場所を見つけてくるぜ」

ディートは外の世界に踏み出し、二人の秘密基地として適切な場所を探し始めた。

一方、エルメは「少し、歩きすぎたようです」と告げただけで、隠れ家から出てこなかった。顔色も悪く、しきりに髪に手を伸ばしたり、自分の腕を見つめたりしていた。

それでもディートは、彼女の浮かべる笑みが本物なのだと信じて疑わなかった。

「ずっと、歩きっぱなしだったからな。たまには、休憩も必要だろ」

ディートは葉の群舞する翠緑《すいりょく》の枝を両手で掻《か》き分《わ》け、まだ見ぬ樹海に足跡を刻む。

この森の奥には何があるのだろう、どんな秘境が眠っているのだろう。

彼の心には希望の光だけが輝いており、その脳裏にはエルメの微笑《ほほえ》みが宿っている。

「もっと、もっといい景色を探してみよう。エルメと俺の秘密基地が、どこかに隠されているかもしれない」

樹海の奥深くへ突き進むと、石の冠を戴《いただ》く洞窟に行き当たった。

人と魔物の気配一つない洞窟の中は、隠れ家とするには絶好の場所だろう。

「エルメ、良さそうな場所が見つかったぞ！」

ディートは胸を高鳴らせて、エルメのいる隠れ家へと舞い戻った。

――しかし、儚《はかな》く散る花弁のように、彼女は寝台の上で身を横たえている。

「ディートさん、おかえりなさい」

あくまで形を保っているだけの笑顔は、もはや彼女の強がりでしかない。

「エルメ、どうしたんだ――」

ディートが駆け寄ったものの、エルメは意識を落としてしまう。

それから夜まで、エルメが起き上がってくることはなかった。

1

「魔王城での決戦から、しばらく経《た》ちました。ディートさんには、わたしの身体状況から伝えておく必要がありますね」

夜分に目を覚ましたエルメは、失神の理由を単なる疲労によるものと片付けた。確かに病魔の影響はあるが、ろくに休息を取らず歩き続けたことが主因であろう。

それとは別にして、彼女の容態は良くない。身体《からだ》は、緩やかに生命の幕を閉ざそうとしている。咳《せき》と共に口からは血が吐き出され、胃痛は内臓に障害が及んだ初期症状だ。肌に青い斑点《はんてん》はまだ出ていないが、それも時間の問題だ。手足もいつまで正常に動くか分からない。

「遂《つい》にわたしの身体にも、悪性魔力による影響が出始めました。悪寒と吐き気は、前々からありましたが、いまは胃痛と吐血、眩暈《めまい》も催しています」

青ざめた顔のエルメは、震える身体を無理にでも起こそうとする。ディートが手を差し伸べたが、彼女は一人で立つことを選んだ。

「王国で目にした限り、悪性魔力を浴びた者は、段階によって症状が変わります。初期に出る症状が悪寒や吐き気、その次が脱毛と青斑《せいはん》。そうして、身体機能が急速に悪化していき、最後は死を迎えます」

エルメの言葉を聞いている最中も、ディートはこの現実を受け止められなかった。

彼女が、遠からず死んでしまうことは知っていた。

しかし、さっきまで彼女は全くといっていいほど、病魔の影も見せなかった。むしろ、この世界で起きた惨劇も感じさせないほどに、彼女の表情は彩り豊かだった。

「エルメ……エルメは、本当に、死ぬのか？」

ディートにとって、旅が続けられなくなることより、この少女の命が消えてしまうことの方が理解に苦しんだ。先ほどまで笑顔を絶やさず弾《はず》むように会話を交わしていた彼女が、死ぬ運命にあるという現実に。

死ぬとは、何なのか。動かなくなったら、彼女はどこへ行くのか。

言葉を失ったまま、その場から動き出せずにいるディート。

そんな彼を安心させるように、エルメは前に踏み出て、揺るぎない決意を視線で伝えた。

「人は皆、死にます。わたしも満足に終われる結末を求めて、旅に出ました。……さあ、見せてください、ディートさん。とっておきの秘密基地を、見繕ってくれたんですよね？」

ディートは、彼女と交わした当初の約束を思い出す。

エルメと共に、満足に終われる結末を見つけること。それを何らかの形で、この世界に残すこと。自分は生きたまま、彼女は死んだまま覚えていること。

二人のおとぎ話は、まだここで終わりではないのだ。

「――ずっと探し回って、ようやく見つけたんだ。けっこう、秘密っぽいと思わないか？」

ディートが案内した先は、湿地帯の北に位置する洞窟だ。

つつ闇を纏《まと》う洞窟の道は幾重にも続き、迷宮のように広がっている。

星の心臓がこの地下の聖域に住み着いているかのような錯覚に包まれ、二人の探検者は時と共に深い静寂と幻想的な美に触れる。

しかし、この地下空間が、二人の秘密基地となることはなかった。

「あれ……俺たちが、一番乗りだと思ったのにな」

最深部には、洞窟とは思えない茫洋《ぼうよう》とした空間が広がっていた。

床の表面には、魔法陣や神秘的な紋様が刻まれており、微《かす》かな光を放っていた。一帯は青白い魔力の霧に照らされ、常に淡い輝きに包まれている。

「エルファティアの魔力炉。古代の魔法文明エルファティアが遺《のこ》した魔力の溜《た》まり場《ば》です。先人たちは、魔力の発火現象を利用して、武器を加工していたようです」

「うーん、これじゃあ俺たちの秘密基地にはできなそうだ」

「秘密基地作りは、また今度にしましょう。きっと他にも、素敵な場所が見つかりますよ」

しかし、落胆するどころか、ディートの顔には興味の色がありありと浮かんでいた。

「なんか、でっけえ石像が置いてあるな。ドラゴンっぽい、見た目だけど……」

「これが《魔力炉》と呼ばれる仕掛けですね。竜の腹腔《ふっこう》に、魔力を帯びた鉱石を詰めると、魔力炎を噴き出します。エルファティアの鍛冶師は、魔力の発火現象を利用して、武器を作っていたのだと思います」

地下空間の中央には、《魔力炉》と呼ばれる巨大な仕掛けが鎮座している。

魔力炉は、古代の金属と不思議な鉱石で作られており、その表面には、複雑な魔法陣が幾重にも彫り込まれている。

「面白そうだな……なあ、エルメ」

「はい、よろしければ試してみてください。鉱石棚には、まだたくさんあるようですから」

ディートは専用の鉱石を棚から持ち出し、それを竜の腹腔に詰める。

エルメは腹腔に蓋をして、ディートにこう指示を追加した。「魔法陣に、魔力を込めてみてください。壊れていなければ、仕掛けが起動すると思います」

魔力炉の足下に敷かれた魔法陣に魔力を注ぐと、竜の石像の目が青く点火した。

「すっげー……本物の、ブレスみたいだ」

炉の内部が脈打つように燃え盛った次の瞬間、まるで生ける竜のブレスのように、青白い炎が猛烈な勢いで噴き出された。

　受け口となる加工場には、魔力炎が音を立てて燃え盛っている。周囲には、古代の作業具が散らばっており、金属を溶かして、型に流し込むことも可能だ。

「どうでしょうか。ディートさんには、とても心躍る仕掛けだと思うのですが」

　ディートは瞳を輝かせていたが、ある一点に思い至ると、途端に唇を引き結んだ。

「正直言って、羨ましいな。この場所は、ゼフリア遺跡よりもずっと前から残っていると思うんだ。エルメが生きた証《あかし》を残すには、俺もこういう物を作りたい。……でも、俺にはこんな技術も、知識もないし……どっちかっていうと、悔しさを感じる」

　以前のディートなら、真っ先に彼自身の好奇心を優先していただろう。

　しかし、いまでは自分との思い出を第一に優先し、悔しさまでも抱いている。それは、自分の命が残り少ないと察してのことかもしれない。だとしても、彼は自分を優先してくれたのだ。そのことに、エルメは隠しようのない喜びが頬《ほお》を染めていくのを感じた。

「ディートさん……」

　しかし同時に、エルメの心には暗い感情が渦巻いていた。

　自分が死ぬだけの理由を得て、この世界に生きた痕跡を残したとしよう。ディートが、自分たちの思い出を語り継ぎ、目論見《もくろみ》通り、温かな未来が待ち受けていたとしよう。

　――その過程で、必ずやディートは途方もない苦難に見舞われる。

自分がいなくなった後、彼はどのように生き続けるのか。

何をよすがに、自分たちの記憶を保っていくことができるだろうか。

「エルメは、何をするつもりなんだ？」

彼には〝思い出〟だけではない、温かな印を残しておきたい。

彼のことを切に想《おも》ったエルメは、荷物の中から、黄金に輝く貨幣を取りだした。

それは魔王討伐の報酬として、国王から授かっていた純金貨だった。

「ちょうど、魔力炉の準備ができたところです。なので、その……わたしたちの記念品を、一緒に作ってみませんか？」

エルメの瞳に恥じらいの色が見え隠れしていたことも、いつにも増して歯切れが悪かったことも見逃すほど、この提案はディートの心を鷲掴《わしづか》みにした。

「その昔、エルメと俺が、二人だけの記念品を作った。——きっとこれも、いいおとぎ話になるんだろうな」

「ええ、絶対に。問題は……ディートさんが、受け取ってくれるか、どうかですが……」

「俺が拒むわけないだろ。エルメと作った物なら、何だって嬉《うれ》しい」

ディートはエルメに顔を向けるが、彼女は意図的に顔を逸《そ》らしていた。

ほんのりと紅潮した頰《ほお》と、甘え渋るように結んだ唇は、いったい何を意味しているのか。

「しかし……ディートさんと、一緒に何かを作るなんて……少し、緊張しますね」

「そうか？　二人で何かをするのは、いつものことだろ。普段通り、楽しくやろうぜ」

彼の無邪気な顔を目の端に捉えながら、エルメは心を揺らす甘い感情に瞳を伏せた。

「エルメ……どうしたんだ？」

彼女は顔を上げ、柔らかな想いを微笑《ほほえ》みに託した。しかし、その控えめな微笑みに隠された乙女心も、髪に触れる指先の密《ひそ》やかな祈りも、彼にはまだ掴めないままだった。

「さあ……こちらを持ってください。るつぼと呼ばれるこの耐火物に、金貨を入れて溶かします。溶かした金貨は、鋳型に流し込むことで、特定の形を形成します」

ディートは、持ち手が棒状で先端が四角形の耐火物を手に取った。るつぼの中の金貨は、みるみるうちに形を失い、真っ赤に熱された液体に変わる。

「エルメは、何をしているんだ？」

「この間に、型を作っているんです。蝋《ろう》を溶かし、樹脂を混ぜ込むことで、常温でも柔らかい状態が保てます。粘土のような蝋で作った形が、金属の新たな姿を決めるのです」

蝋は元々、旅の灯《あか》りとして重宝していた内の一つだ。

これを溶かし、樹脂と混ぜ、冷やすことで、自在に形を変えられる蝋となる。

エルメは持ち前の器用さで、蝋の形を整えていくと、道具を使ってその表面に細工まで施した。あっという間に、蝋はある姿に生まれ変わり、エルメはこれを鋳造用の石膏《せっこう》や砂で包み、鋳型を作ると、中を溶かして脱蝋させる。最後に溶けた純金を鋳型に流し込むと、金属が新たな姿を形成した。

「なんか、丸いのが出てきたな」

冷えた鋳型を壊し、中から取り出されたのは、黄金に輝く指輪だった。

「指輪、という装飾品ですよ。個性や、美性を表現したり、社会的地位や、富の象徴……または、誓い合った絆《きずな》を信じて、身に着けたりすることもあります」

そっと指輪を手にするエルメの瞳には、希望の光が輝いていた。

たとえ死にゆく定めであったとしても、心温まる最期を期待している。

けれど、どこか切ない気持ちも胸にあって、エルメはこの指輪を手にすると、筆舌に尽くしがたい感情に呑《の》み込《こ》まれそうになる。

「二つの指輪ってことは……一つは、俺にくれるのか？」

エルメは、そこでようやくディートと視線を合わせた。しかし、彼女は宝物を差し出すことはなく、祈りを込めるかのように、胸の前で握り締めていた。

「時に、ディートさん。わたしが生まれ育った国では、ある言い伝えがありました。──物にも魂が宿ります。だから、物を粗末に扱ってはならないと」

「つまり、その指輪を大切にして欲しいってことか？」

エルメは口角に意地悪な笑みを見せ、指輪を服のポケットにしまった。

「もう少しだけ、待ってください。この記念品と……その思いを、あなたに捧《ささ》げる時は、必ず近い内に来ますから」

ディートの心の中で、エルメの言葉が幾度も反響し、その余韻が全身に広がっていく。瞳孔が僅かに開き、そこに映る光が増していくのが分かった。

彼女が何を伝えようとしていたのかは、まだ掴《つか》めていない。

しかしこれから紡がれる冒険への期待は、ディートの中で揺るぎない希望となっていた。


「さて、そろそろ探検も終わりですね」

「洞窟から、こんな場所に繋《つな》がっていたんだな」

長かった洞窟の探検も終わりを迎え、二人は枯れた褐色の大地に辿《たど》り着《つ》く。

――一帯には、時の流れすら凍りついたかのような静寂が行き交っていた。

地割れからは熱気が揺らめき昇り、風が重畳する岩肌を掠《かす》め、唯々《ただただ》冷たい砂粒の集積のみが見られる。遥《はる》かなる地平線には、人間の尺度を冷笑するかのような霊峰が連なり聳《そび》え、草木一本生えていない地が、大自然の無情なる美学を見せつけている。

「ヨユラ域、哀歌の荒野、冒険者の野営地。かつてこの地では、魔物同士による抗争が、繰り広げられてきました。竜と巨人がいがみ合い、見兼ねた冒険者たちが、討伐に出た。後に残ったのは、この灼《や》けつくような大地だけです」

既に日没に差し掛かっているが、エルメの足取りに淀《よど》みはない。

「休んだ方が、いいんじゃないのか」

「その分だけ、わたしの物語は磨《す》り減るのです。近い内に朽ち果てるからこそ、止まることはできません。わたしはまだ、あなたの隣に立っていられるのです」

「それじゃあ……進むか。何処《どこ》とも知れない、世界の果てまで」

エルメは黙して頷《うなず》き、眼光鋭く彼方《かなた》の地平を睨《にら》み据《す》えた。

彼となら、より遠くの景色を見ることができるのだと、エルメは固く信じている。

「お願いします。どうかわたしを、最果てまで導いてください。わたしは、どんな場所で死んで、どんな命運を辿《たど》るのか。わたしたちの物語は、その時に決まるのですから」

エルメの顔色は、ますます生の色彩が淡くなっている。

足取りは疾患の重荷が魂の影を引《ひ》き摺《ず》るかのように、鈍く、脆《もろ》い。

「まだ、倒れるわけにはいきません。まだ、遠く……より遠く、世界の果てまで」

だが、病魔にも折れず、背筋を伸ばし、肩を張るその威勢こそが、彼女の決意の総体である。

彼女が望むのなら、自分は寄り添い続けるだけだ。

ディートは彼女と足並みを共にし、夢を追うかのようにして砂を蹴る。

必ず近い内に来ると告げた、彼女の言葉を揺るぎなく信じて。

余命三日の君と、アンデッドの僕。

果てしなく広がる枯れた大地には、唯々《ただただ》沈黙のみが横たわっていた。

風雪に磨かれし岩肌が点在し、乾きに喘《あえ》ぐ大地には蜘蛛《くも》の巣状の亀裂が走る。褐色の地面は太陽の容赦ない日差しに曝《さら》され、この季節にあってもなお寒さを感じさせない。

邂逅《かいこう》を拒む砂漠の大地、ヨユラ域を跋渉《ばっしょう》すること十日。

エルメとディートの進路は、起伏に富んだ地勢、峰々の連なる峡谷地帯に変わった。


「絶景……っていうのとは、ちょっと違いそうだな」

ディートの前には、古びた吊り橋《つばし》が、深い谷を跨《また》いで向こう岸へと繋《つな》がっている。

橋は時の流れに晒《さら》されており、風に揺られる度に軋《きし》む音が響いていた。縄は擦り切れ、木板は腐食し、足場は不安定に揺れている。

「向こうの山に辿り着くには、この橋を渡るしかありません」

「乗った瞬間に、壊れそうじゃないか?」

「どうでしょうか。この吊り橋は、二年前にも渡りましたから。脆いように見えて、案外、丈夫だったと記憶しています」

エルメの足が地面から離れた瞬間、彼女の細い手首が不意に掴《つか》み取《と》られる。

「危ないから、俺が先に行く。エルメは、俺の後ろを歩いてくれ」

ディートが彼女の手を握り締め、エルメは顔を伏せたまま頷《うなず》いた。

「はい……よろしく、お願いします」

エルメのか細い声と、紅潮した顔色が一瞬心を留《と》めたが、ディートはそれを問い詰めようとはしなかった。

彼は、脆弱《ぜいじゃく》な足場と頼りない手すり綱の感触を慎重に探っていく。

「大丈夫みたいだ、少しずつ付いてきてくれ」

いまのところ、目立った危険はないと判断したディート。

しかし、その手に伝う緊張感は、時が進むにつれて確実に増していく。

「……」

一方で、エルメの心は別の緊張に揺れていた。

ようやく実現した彼との手の繋《つな》がりは、確かな安心感を覚える。

しかし、彼女が思い描いていた甘美なロマンスと、目の前の現実との落差は、エルメの胸を締め付けた。

ディートの瞳に宿るのは、自分を気遣う優しさと、前を向く決意の光。それは尊くも、美しいものだが、エルメはこの手にもっと激しく、もっと情熱的な想《おも》いを求めていた。

洞窟でこしらえた指輪は、何のためだったのかは言うまでもない。

そのたった一つ残された願望こそが、今のエルメの旅の最終目標である。しかし、彼は自分の心模様に気付く様子もない。

あるいは、叶《かな》わぬ願いなのではないだろうか……と、そんな悪い未来が脳裏を過《よぎ》ると、エルメの足取りは一転して凍りついた。

「エルメ、身体《からだ》がどこか痛むのか？」

彼に問いかけられると、エルメの中にあった罪悪感が輪にかけて大きくなっていく。

「すみません、ディートさん」

「本当に、どうしたんだ。俺には謝らなくていいって、そう約束しただろ」

「いえ、その……わたしは、自分が卑怯《ひきょう》だと感じているのです。あなたにばかり、期待を押しつけてしまって、わたしは、伝える努力もしていない。そのことに……途方もない、負い目を感じていて……」

ディートは彼女の肩にそっと手を置き、視線を重ねた。自分は彼女の力になりたいのだと、ただそれだけを伝えたかった。

「気を遣わずに、何だって教えてくれよ。これまでにもエルメは、俺の知らないことを、たくさん教えてくれた。その度に、俺はいろんなことに気付かされたんだ。間違っても、押しつけているとか、そんなことは言わないでくれ」

では、この気持ちを素直に打ち明けたらいいのだろうか。

そんなことはできるわけがないと、エルメは上目遣いで訴えるのみに留《とど》まった。しかし、

「俺の顔が、どこかおかしいのか？」と、ディートは相も変わらずである。

もちろん、彼に非があるわけではない。全ての原因は自分にあるのだと、エルメはまた終わりのない自己否定の沼に陥ってしまう。

「いえ……ご心配をおかけしました。いまはただ、進みましょうか」

エルメは彼の硬い手を握り締めて、一歩一歩と揺れる吊り橋《つ　ばし》を渡っていく。

――そもそも、彼をそう意識するようになったのは、いつからだろうか？

エルメには、確かな記憶がない。気が付くと、彼の明るさと優しさに惹《ひ》かれ、世界の暗い未来さえ見えなくなるほどの安心感に包まれていた。

普段は鈍いくせに、自然と足並みを揃《そろ》えてくれるその歩き方も、呑気《のんき》ながらも真剣な話し方も、全てが心地よかった。

しかし、彼が肝心の心を汲《く》み取《と》ってくれる兆しはない。

残り短い命となってしまったいま、自分にできることなんてあるのだろうか。

〝これでは、いけませんね。確かにわたしの性格では、難しいこともあるでしょうが……

このままでは、おそらく……〟

臆病な心は拭えずとも、エルメはいまこそ自分の殻を破る時が来たのだと感じた。

自らの意志で、この心を伝えなければならない。

おとぎ話よりも、自分の生きた証《あかし》よりも、何よりも大切な想《おも》いを、彼に――。

「やはり……現実は、そう甘くはないようですね」

俯《ふ》していたエルメの眼差《まなざ》しが、偶然にも、その不吉なる青さを捉えた。

彼と繋《つな》いでいる自分の手に、ごく小さな青斑《せいはん》が浮かび上がっている。

そう遠くない内に青斑は全身に広がり、身体《からだ》は正常な機能を失い、立ち上がることすら困難を極めるだろう。

――しかし、死の手が迫りつつある中で、エルメの瞳はむしろ好戦的に光っていた。

こんな病なんかに負けてたまるかという、屈強な乙女心が、彼女の心に火を点《つ》けた。

「ディートさん。この橋を渡り終えたら、伝えたいことがあります」

彼は振り返って、期待の窺《うかが》える視線をエルメにやった。

「今度は何を教えてくれるのか、楽しみだな」

二人は慎重に、しかし勇敢に歩みを進めていく。橋の軋《きし》む音がいっそう大きく感じられる中、エルメにとってディートの手は唯一の支えとなっていた。

「あと、半分といったところか……」

二人は橋の中央に差し掛かり、見下ろすと遥《はる》か下に渓流が渦巻いているのが見えた。

その瞬間、エルメは目を閉じ、ディートの手をさらに強く握り締める。

「大丈夫です。わたしは、ディートさんのことを信じていますから」

エルメは怯《おび》えることなく足を動かし、恐怖よりも彼との絆《きずな》を意識した。

そこからは足取りが軽くなり、躓《つまず》くことなく最後の数歩を踏みしめると、ようやく二人は安全な地に辿《たど》り着《つ》いた。

「これは驚いた。さっきまでは、山と砂しかなかったのに」

「豊穣《ほうじょう》の大地と名高い、ロモー域ですからね。荒れ果てたヨユラ域とは、まったく異なる景色が見られますよ」

吊り橋《ばし》を渡り終えた先は、深い渓谷の静けさを打ち破るかのような緑が広がっていた。

冷たくも、柔らかな風が吹き抜け、草原を覆う長い草が波打つように揺れている。草の中には、さまざまな色合いの野花が咲き乱れ、降り出した雪の粉が、緑色の世界に銀色の装飾を施していく。

「エルメ、なんか冷たいのが降ってきたぞ」

「雪ですね。冬の真《ま》っ只中《ただなか》に差し掛かり、遂《つい》に降り始めたのでしょう」

「てっきり、空が溶けてきたのかと思った。そうか……これが、雪なんだな」

エルメはこの会話とは他に、何かを訴えたいもどかしそうな視線を送っている。

「この景色も、堪能したいところではありますが……いまはその、ディートさん」

彼女が自分の袖を引くその仕草で、ディートは先の約束を思い出した。

「そういえば、さっき言ってた伝えたいことって、何なんだ？」

エルメは息を呑《の》み、胸に秘めていた言葉を伝えようと、視線を重ねる。

「ディートさん……あ、あのっ……えっと、ですね……じ、実は、その……」

しかし、エルメの心構えとは正反対に、身体《からだ》がまるで言うことを聞かなかった。

彼女は心臓が激しく鼓動するのを感じながら、何度も口を開こうとした。目の前に立つ彼に、自分の気持ちを伝えたくてたまらなかったが、言葉だけが喉の奥で詰まり返る。

「エルメ……？」

彼女はもどかしそうに視線を下げて、小さな声で呟《つぶや》き始めるが、ディートと目が合った途端に、再び言葉を詰まらせた。彼女は慌てて別のことを口にしようとしたが、心の中の思いが膨れ上がり、何もかも言葉にすることができないでいる。

顔が熱い、胸が苦しい。

ディートが心配して、「なあ、大丈夫なのか？」と問いかけると、エルメはさらに頬《ほお》を赤く染めた。この心に触れられることが怖くて、手で顔を隠そうとした。

心の中では、本当の気持ちを伝えたい思いが渦巻いていたが、身体が違う生き物のように拒んでしまう。

そうして、彼女は自分の足下を見つめ、つま先で小石を軽く蹴りながら、何かを誤魔化《ごまか》すように笑うのだった。

「なんでも、ありません……変なことを、口にしてしまいました」

エルメの声は、震えていた。それは恥ずかしさではなく、悔しさから来た震えだった。

ここまで来て、彼に伝えられないとは、何という屈辱だろうか。

エルメの目尻には、やり切れない心の痛みが滲《にじ》みだした。それは一粒の大きな悲しみとなって、頬《ほお》を滑り落ちようとする。

「えっ、と……ディート、さん？」

しかし、その悲しさがエルメの瞳から溢《あふ》れ出《だ》してしまうことはなかった。

ディートがエルメの目尻にそっと指を添え、暗い感情ごと優しく拭う。

彼の顔には、エルメ以上に悲しい色が浮かび、拳は怒りで震えていた。

「ごめん……俺はエルメが何を考えているのか、分からないんだ。俺は、気持ちを考えるのが苦手で、言葉にすることも得意じゃない。……でも、エルメが悲しそうなのは分かる。どうやったら、いつもみたいに、エルメを楽しそうな顔にできるんだろう……」

彼の指はそのままエルメの頬に残り、言葉では表せない優しさを伝えた。

エルメは瞳を閉じて、こぼれてしまいそうだった雫《しずく》を、もう一度心の奥へと押し込めた。

……呼吸は落ち着いている。鼓動も穏やかに脈打ち、この胸に痛みの一切を感じない。

エルメは静かに息を整え、取り戻した笑顔で彼の胸板に寄りかかる。

「ありがとうございます、ディートさん。わたしはあなたから、受け取ってばかりですね」

「どうだろうな。俺の方が、色々と教えられている気がする」

「そんなことはありませんよ。わたしはディートさんと旅をしていく中で、少しずつ変わっていったんです。……自分の願いを口にしたり、自分の意志を示したり、自分の過去を打ち明けたり、そして、笑顔が増えていったり。ディートさんと一緒にいると、よく笑うようになったと感じました。それは……あなたが、隣にいてくれたからなんです」

ふと視線が交わると、彼の赤い瞳に潜む心と、自らの心が重なった気がした。

自分が紡いだ言葉に、彼は何を感じて、何を思っているのだろう。

その答えには、まだ辿《たど》り着《つ》けそうにない。それでも彼と見つめ合うこの瞬間、エルメは彼と心の深いところで結ばれている感覚に浸り、また目を細めてしまう。

しかし、エルメの顔に浮かんだ今日一番の微笑《ほほえ》みは、瞬く間に驚きの中に呑《の》み込《こ》まれていった。

「あれ——どうして、だろう。なんで……こんなにも、俺は……」

エルメの頬に伝った水滴は、彼女自身のものではなかった。

果たして彼は……怒っているのか、悲しんでいるのか、それとも喜んでいるのか。

理由さえ見出《みいだ》せずとも、彼は確かに頬を濡《ぬ》らしていた。しかし、その顔は至福なる笑みを湛《たた》えており、憂いによる涙でないことだけは明らかだった。

「なあ、エルメ」

「どうしてかは分からないけど、もっと、エルメを近くで感じてみたい。だから、こう、ぎゅってしてみても……いいか？」

「奇遇ですね。わたしも、ちょうど同じ気持ちでした」

ディートは両腕を広げて、エルメを包み込むように抱きしめた。彼女の背中に手を回し、まるで壊れやすい宝物を守るかのように、慎重に力を込めていく。

エルメの身体《からだ》は彼の胸に押し当てられ、二人の心臓の鼓動が重なり合うのを感じた。彼の呼吸が自分の髪にかかり、エルメは目を閉じてその心地よさに瞳を閉ざす。

「……」

ディートは、エルメの頭にそっと手を添えた。

自分にとって、彼女がどれほど大切な存在なのか。

その感触を確かめるように、ディートは少しだけ強く抱きしめた。

腕の中で感じる彼女の温《ぬく》もりが、その存在が、自らにとって何よりも大切な居場所になっていたことに、ディートは頷《うなず》きを示した。

この瞬間、二人の心が極めて近い場所にあったことを、エルメとディートは、言葉を超えて理解していた。

「ありがとう、エルメ」

「それはわたしの台詞《せりふ》ですよ、ディートさん」

しばらくして、二人は身体を離し、元の距離を保った。しかし、ディートにあったどこか虚《うつ》ろな眼差《まなざ》しは消え、エルメの瞳からは一切の罪悪感が消失している。

心を一つにした二人の顔は、これまでにない自信と気迫で満ちていた。

「おかげで、心もだいぶ安まりました。そろそろ、次の地域に向けて歩みましょう」

「そうだな……いまの俺たちなら、どんな奇跡だって、起こせる気がする」

足並みを揃《そろ》えて歩み出そうとした時、ディートはやけに手が冷えるような感覚を覚えた。

ふと隣に視線を滑らせると、そこには流し目を向けているエルメの姿が。

二人の手の甲がこつんと触れ合い、その隙間を埋めるようにしてディートが手を取る。

エルメは頬《ほお》を赤らめながらも、力強く握り返す。

二人の体温が一つに融《と》け、舞い散る粉雪の中でも決して寒くは感じさせない。

心と呼吸を合わせながら、二人の旅人は、更に北へと踏み連ねた。

一歩一歩、心を通わせ合うかのように、互いの歩調すら慎重に合わせて。

余命二四日の君と、アンデッドの僕。

エルメとディートが新たなる地に足を踏み入れてから、九日が経過した。

ロモー域、豊穣《ほうじよう》の大地、黄金河。

岸辺には木々の影が躍り、密集した枝葉が日光をろうそくの火のように揺らめかせる。

森も大地も、自然の美しさを存分に描き出しているが、主役は他にある。

黄金の川だ。光を受けた輝きではなく、川そのものが煌《きら》めきを放っている。

「綺麗《きれい》ですよね。ロモー域に流れる大河川は、どういったわけか、黄金を宿すのです」

「こんな光景、夢にも見たことがないぞ。お宝が、川に溶け込んでいるんじゃないか」

「わたしもそう思います。でも、この輝きに目を眩《くら》ませてはいけませんよ。ロモー域の黄金河を巡って、その昔、無数の商人や冒険者が押し寄せましたが、蒸留しても、濾《こ》しても、何も残らないのです。希少な鉱物を含んでいる訳でもありません」

「だったら、どうして光っているんだ？」

「分かりません。分からないから、美しいのです」

豊かな森に流れる黄金河は、夢の中に迷い込んだような風景を描き出す。その静けさと美しさは、見る者の心を黄金に包み、世界の終わりを忘れさせる風致ある世界へと誘《いざな》う。

——たとえ、この身が青く蝕《むしば》まれようとも、エルメは一抹の不安も覚えなかった。

「エルメ……」

しかし、彼女の内心とは裏腹に、ディートはその変容が恐ろしかった。

白磁の如《ごと》き瑞々《みずみず》しい肌理《きめ》に、青き呪いの色が徐々に滲《にじ》み広がっていく。かつては月華を湛《たた》えていた細くたおやかな指先も、いまや青き魔手に蝕まれつつある。

軽やかな足取りは影を潜め、エルメの歩みは日を追うごとに覚束《おぼつか》なくなっていた。時折、足を止めては胸に手を当て、苦悶《くもん》の表情を浮かべる姿は、ディートの心を打ちのめす。

ディートには、彼女がどんな苦痛を抱えているのか、歩ける状態なのかさえ分からない。

それでもエルメは、一抹の迷いもない笑みを浮かべて、こう囁《ささや》くのだ。

大丈夫ですよ、ディートさん。一緒に、歩んでくれますよね。

九日前の抱擁を境に、エルメの心は安らぎを得た。ディートもまた、そのはずだったが、日に日に青く染まっていく彼女の姿に、言いようのない不安が日増しに膨れ上がっていく。

「安心してください。わたしたちの旅は、遥《はる》か未来に残るくらい、温かなおとぎ話となることでしょう。この旅の終わりにも、安心できるような景色が待っているはずです」

全くそうは思えないディートだったが、いまは彼女の言葉を信じることにした。

「そうだな……いまは、歩こう。この世界に、俺たちがいた証《あかし》を残すために。エルメが、確かに生きていたんだって伝えるために」

いよいよ冬は本番に差し掛かり、どこに行こうとも空は雪雲で覆われている。白銀の幕が森全体に広がり、自然の息吹と冬の静けさが混じり合う。

舞い散る雪は、木々の葉に当たってはじけていた。その隙間を縫って、地面に落ちた雪たちは、柔らかな絨毯《じゅうたん》を作り始める。

いっそうと深まる冬の中で、確かに足跡を刻んでいく二人の存在。

エルメは自分の身体《からだ》の異変にも怯《おび》えず、隣の彼へと一瞥《いちべつ》を向けた。

「ずっと、信じ切れないことがあったんです。ディートさんは、本当に不死の存在なのか。途方もない年月を生きてきたとは、言葉通りの意味だったのか。——あなたは、奇跡の淵《ふち》から生まれた方なのかもしれませんね」

日に日に手足が青く蝕《むしば》まれていくエルメと異なり、ディートの身体は依然として清いまだ。手足や首筋に青斑《せいはん》が浮かぶこともなければ、悪寒や吐き気といった、悪性魔力の気配さえ窺《うかが》わせない。

しかし、ディートはこの自らの不変さが気に食わなかった。

どうして、自分だけは無事なのか。どうして、彼女だけが日に日に弱っていくのか。

どうせなら、自分も肉体を蝕まれ、彼女と同じ最期を迎えたいとさえ思った。

エルメがこの世界を去り、ひとり取り残されてしまえば、自分には何が残るというのか。

冬の果てでひとりぼっちになった景色が脳裏に浮かぶと、ディートの意識は宙吊りになった。

　――そんな別れは、彼にとってただの恐怖でしかなかった。

「……ディートさんのことを思うと、わたしも心が苦しくなります。なので、そのためにわたしはこれまで、ある準備を進めてきました。大丈夫ですよ、ディートさん。わたしが、この世界から旅立っても……あなたは、決して一人ではありません」

　ディートは、彼女の言葉に頷《うなず》きたかった。

　何の不安も抱かずに、これまでのように素直に信じたかった。

　それでも彼女の手元から覗《のぞ》く青い影が、彼女への信頼すら覆い隠してしまう。

「ずっと……ずっと一緒にいることは、できないのか？　俺みたいに、エルメも、ずっと生きてはいられないのか⁉」

　かつてない切迫感に突き動かされ、ディートは縋《すが》るように彼女の肩へと掴《つか》みかかった。

　震える指先、彷徨《さまよ》う視線、荒ぶる息遣い、その全てが彼の心の闇を映し出していた。

「落ち着いてください、ディートさん。わたしがいなくなったとしても、わたしたちの思い出は、ずっとこの世界に残り続けます。ですから――」

「思い出じゃあ、嫌なんだ！　俺は、エルメと一緒にいたいんだよ！」

　凛《りん》と張り詰めた冬の静寂を引き裂くように、ディートの叫びが反響した。

　彼は未《いま》だに、自身の感情の在《あ》り処《か》を掴みかねている。

どうして、こんなにもエルメのことが気に掛かるのか、彼女の隣にいたいと思うのか。

彼女と共に旅を続けてしばらくの時が経《た》ち、いまやエルメと同じ時間を過ごすことが、彼にとっての世界の全てとなっている。

何でもない景色でも、エルメがいれば輝いて見える。

興味の湧かない話題でも、エルメが話せば心が躍る。

彼女と手を繋《つな》ぎ、心が通い合う時間は、何より掛け替えのない宝物だった。

この世界に、彼女と刻んだ思い出は幾多とある。

だがそれでも、思い出と、彼女の命が引き換えになってしまうことは、ディートには到底、納得できなかった。

「分かってるよ、俺の言ってることは、無茶苦茶《むちゃくちゃ》なんだって。でも……でもさ、どうして、俺だけが平気でいられるんだ！　どうして、エルメだけが弱っていくんだ！　俺は、何も特別なことなんて、望んでないのに……それとも、俺の……エルメと一緒にいたいって、この願いすら……そんなに、デタラメなことなのかよ……」

ディートの声は、次第に勢いを失っていき、最後は淡い雪のように消えていった。

彼の両手はエルメの肩から外れ、無力にも滑り落ちていく。同時にディートの膝も折れ、雪の降り積もる地に崩れ落ちた。

「……」

エルメは、彼の気持ちを痛いほど理解している。

彼は、かつての自分と同じなのだ。

やっと手に入れた平穏を、過酷な現実によって奪い取られ、孤独に生きる未来を突きつけられた。王国で父を失った時に味わった深い絶望は、忘れもしない。

――だからこそ、エルメが彼に掛けるべき言葉も見つかった。

「では、これから探しにいってみませんか。わたしたちが満足に終われる結末は、まだどこかに、転がっているはずですよね」

果たして彼は、その言葉を覚えているだろうか。

かつてエルメが失意の底に沈んでいた時、彼が絶望以外の思いを抱かせてくれた。

今度は、エルメが彼を連れ出す番なのである。

「でも……俺は、何もできないと思うぞ。アンデッドだって言っても、特別な力を持っているわけじゃない。魔法、だって……エルメに、教えられたものくらいしか……」

「アンデッドとか、魔法使いとか、そんなことは些細《ささい》なことです。ディートさんは、どんな思い出を残したいと思いますか、どんなおとぎ話を伝えたいと思いますか。それを決めるのは、他でもないディートさん自身です」

彼が顔を上げると、そこには手を差し伸べているエルメの姿があった。

そうだ……かつて自分は、同じような言葉を口にしていた。

終わるからこそ、旅に出よう。この世界に、自分たちの物語を残していこう。

そう告げたはずなのに、自分はいったい何をしているのか。

全てが終わる未来に恐怖し、過酷な現実に怯《おび》え、震えることしかできないでいる。

だが、いくら拒絶しようと、時の針が止まってくれることはない。

彼女がこの世界から去ってしまう前に、自分にできることとはなんだろうか。

「どうか、わたしを連れていってください。あなたの中で、わたしがまだ〝存在〟していたら、わたしはきっと死んでいない。幾億年と経《た》った未来にだって、ディートさんとなら、一緒に歩んでいけると信じています」

以前にも見た夢、再び告げられた約束の言葉に、ディートは今度こそ立ち上がる。

彼女の手を力強く取る彼の瞳には、清浄な希望の光が差していた。

「行こう、エルメ。いつまでも、どこまでも遠い、世界の果てまで」

「はい、最後の瞬間まで……いえ、いつまでも、永遠にお願いしますね、ディートさん」

あの日二人で旅立ったように、エルメとディートが、最後の冒険に向かって歩み出した。

余命一四日の君と、アンデッドの僕。

ロモー域、鎧岩《よろいいわ》の迷宮、鱗光の入り口。

広大な森を十日と踏み分けていった先、二人は遂《つい》に、森の奥深くに位置する岩石地帯に到達した。

「《鎧岩》という名の通り、ここでは巨大な岩塊が幾重にも重なり合っています。極めて硬質な岩石で構成されていて、〝不壊《ふえ》〟という、風化に強い特性を持っているんですよ」

岩塊の規模は様々で、小さいもので人の背丈ほど、大きいものは王国の高壁に匹敵する。

岩塊の間には、自然に形成された狭い通路が縦横に走り、複雑な迷路を形成しており、通路の幅も場所によって異なる。人ひとりがやっと通れるほどの狭さから、広場のような開けた空間まで見受けられる。

「一部の岩が光っているように見えるけど、これも魔力の影響なのか？」

「自然のものですね。鎧岩には、月虹石《げっこうせき》や陽炎石《かげろうせき》などの希少な鉱物が含まれており、日差しや月明かりを受けて輝くんです」

「いまは朝だから……夜になったら、また違う景色になるのかな」

「確か、そのようだったと記憶していますよ。朝の鎧岩は赤みを帯び、夜は白く輝きます。ただし、生半可な魔法では、傷一つ付かないほど硬く、装飾品には適していませんね」

岩石地帯といっても、決して殺風景ではなく、岩の表面の多くは、多種類の苔《こけ》や地衣類で覆われていた。緑、灰、赤、紫など多彩な色彩を呈し、岩石地帯の風景を明媚《めいび》に彩る。

岩の隙間からは、耐陰性の強い花が咲き、寒冷地に強い植物が生育している。

狭い通路と高い岩壁により、日光の当たり方が複雑化し、その都度、鎧岩《よろいいわ》の輝き方にも変化が見られる。時と共に劇的に変化する迷宮は、旅人の記憶を豊かに飾るだろう。


「この場所を抜けると、当初わたしが口にしていた目的地、ゼイフーイ域に到着します。一年を通して、雪が降り積もっている厳寒の地ですが、共に乗り越えて参りましょう」

「ああ……エルメと俺なら、どこへだって行けるはずだ」

未踏の地が眼前に広がる中、ディートの眼差《まなざ》しは彼女の姿に注がれていた。

エルメを蝕《むしば》む青斑《せいはん》は、もはや元の白い肌が見えないほど、全身にかけて現れている。

幸いにも顔にはまだ達していないが、それも時間の問題だ。これまで目にしてきた人々のように、彼女もやがて真っ青に染まった骸《むくろ》と化すのだろう。

「体力の低下が、著しいですね。身体《からだ》の状態も厳しく、満足に歩くこともできません。とても、不甲斐《ふがい》なく感じますが……いまは前のみを向いて、進みましょう」

外見だけではなく、変化はエルメの動作にも現れ始めた。

十日前は胸を張って歩いていたのに、いまは片足を引きずっている。足取りは重たく、息は荒い。時折、彼女は痛みを隠すように手で口を覆うが、そこにはべっとりと血が吐き出されている。指先は絶えず震え、苦悶《くもん》の表情で胸を押さえつけることもある。

それでも、エルメの足が止まることだけはない。

「少しずつでもいい。進むこと自体に、意味があるんだからな」

ディートは複雑な心境を抱えていたが、十日前のように膝を折ることは一度もなかった。

自分は、彼女を連れていかなければならない。

人類と魔物が滅び去った世界の果てで、一人孤独に生き続け、それでも諦めることなく、彼女の存在を未来の人間たちに知らしめるのだ。

自分の中で、エルメがまだ存在していたら、彼女は決して死んでいない。

その遥《はる》かなる祈りだけを抱いて、ディートは重く深い歩みを連ねていく。


「迷宮ってことは、ここを抜けるのは大変じゃないのか？」

「はい、正しい道を選び抜かないと、ゼイフーイ域には辿《たど》り着《つ》けません。しかし、わたしたちが迷うことはありませんよ。一年ほど前に、わたしはこの迷宮を抜けたのですから」

ディートがエルメに肩を貸し、エルメが進むべき分かれ道に指を向ける。

岩塊の蔓延《はびこ》る迷宮であっても、二人は勝算をもって鎧岩の隙間を縫っていく。

「確かに複雑な道だけどさ、岩の上を歩いていくことはできないのか？」

「流石《さすが》はディートさん、素晴らしい着眼点ですね。しかし、鎧岩《よろいいわ》はとても滑りやすいため、足場とするには極めて危険です。ここにも、誰かの遺骨が残されていますが、大抵は餓死した冒険者か、足を滑らせて落下死した冒険者だとされています」

ディートは鎧岩の表面に指を伸ばし、つるりとした滑らかな感触を確かめた。

「ほんとだ……苔《こけ》むしているし、つるつるだな」

「できれば、ディートさんの思いついたことを、全て試したくはありましたね。ディートさんが手段を考えて、次に行く道に悩んで、少しずつ迷宮を探索していくのも、面白かったかもしれません。……時間とは、こんなにも自由を制限するのですね」

束《つか》の間《ま》の躊躇《ためら》いを垣間《かいま》見《み》せたディートだが、すぐさま晴れやかな顔に切り替わり、その瞳には疑念の影一つない純粋な喜びが映っていた。

「限られた時間の中で生きることは難しいけど、エルメは時を超えて生き続ける。エルメが感じた思い、伝えた魔法、見た景色、残した物。そのすべては、自由に輝き続けるんだ」

エルメの眼差《まなざ》しから不安が溶けるように消え、代わりに宿った小さな光が、彼女の唇に柔らかな弧を描き出す。

「何よりも自由なあなただからこそ、わたしは信じられるのです。たとえ、わたしが永遠の命を持っていたとしても、一人では生きる気力もなかったでしょうね」

ディートはエルメの手を取り、自分たちの気持ちが一つであることを示した。

「それは、俺も同じだ。エルメと出会ってから、一日一日が楽しく感じる。何もなかった時のことなんて、もう考えられない。――永遠の時間より、エルメとの一瞬を。俺にとってエルメの隣にいるこの時間が、何よりも大切なんだ」

ディートの言葉が余韻を残して消えると、エルメは長い間忘れていたかのような、穏やかな息を吐き出した。

「わたしも、あなたのそばにいたいと思います。いつまでも、ずっと隣に」

エルメは弱々しくも、彼の手を握り返した。その手から伝う温《ぬく》もりを感じ、彼と一つになっているような安らぎを得ると、更なる一歩を踏み出す勇気に繋《つな》がる。

彼女の容態が悪化すると、ディートが支え、エルメは歩いた。

たとえ病魔の影が迫ろうとも、二人の共同作業は変わらない輝きを放っている。

舞い散る雪も、空に満ちる灰色の雲も、吹き付ける冷たい風も、二人の歩みを遮ることはできない。

まだ、何かがあるはずなんだ。

限られた時間や、儚《はかな》い命、冬の寒さをも凌《しの》ぐ、温かな何かが、ずっと北に。

――二人は同じ夢想を描き、北の果てで待ち受ける最期の地を目指し歩く。

朝が過ぎ、昼を越え、宵を迎えた頃、二人は旅の最終地点へと到着した。

「エルメ、遂《つい》に辿《たど》り着《つ》いたんだな」

「ええ……ゼイフーイ域、冬の果て、魔王城に臨む大高原。魔王城へと繋《つな》がる道でもあり、かつて激戦を制した場所でもあります。ゼイフーイ域を抜けるだけでも、相当な時間を要しました」

白銀の衣を纏《まと》った大高原は、厳冷な冬にのみ支配されていた。

壮麗な銀の粒が、広く大地を覆い尽くし、月の光がその鋭く輝く面に反射する。極寒の風が樹木の間を吹き抜けると、雪の結晶が風に舞い踊る。生命の鼓動を、全て拒み尽くすような大地は、見る者の心に深い感銘と畏敬の念を呼び起こす。

「ここは凶悪な魔物の生息地だったので、変わった物が見られるかもしれませんね」

「面白そうだけど、危なくはないのか？」

「どうでしょうか。わたしたち以外には、人間も魔物も、生き残ってはいないと思います。仮にいたとしても、既に脅威となるほどでは――」

かっとエルメが咳《せ》き込《こ》むと、雪の絨毯《じゆうたん》に紅《あか》い花が咲いた。

「エルメ」

急速な息苦しさを感じて少女は身を止め、唇の端から零《こぼ》れる赤い液体を袖で拭う。

人肌の血潮が冷たい雪と交わり、時が漸減したような冬の切ない調べの気配が漂う。

「……身体機能が悪化した上に、この吹雪《ふぶき》です。自らの命を擲《なげう》つに等しい行為でしょうが、引き返すことはできません。ここが、わたしたちの最後の冒険になるのですから」

白銀の世界に紅の傷痕を刻みつけるも、エルメの瞳には悲しみの念が宿っていない。

一段と冷え込む吹雪の中で、彼女は深く息を吸った。

たとえ、この身が朽ち果てようとも、広大な世界に一歩を踏み出す覚悟を決めていた。

「行きましょう、ディートさん」

差し出された少女の手は、悪性魔力の青さに侵され切っている。

だが、その手に宿る闘志は吹雪をも払い飛ばし、病魔になど折れていないのだと吼《ほ》えている。暗雲の中に差し込む一筋の月光もまた、彼女の背中をなお一段と押し上げる。

「ああ、行こう。俺たちの、約束のために――」

しかし、ディートが彼女の手を取った瞬間、これまで漲《みなぎ》らせていた気迫ごと膝が折れた。

病魔の影響をものともせずに強がっていたエルメだったが、主要器官には致命的な被害が及び、そこに広がる痛みは、冷たい鉄の爪が腸《はらわた》を裂くようなものだった。

「エルメ！」

ディートの魂消《たまぎ》るような悲鳴が、彼女の苦悶《くもん》を代弁していた。

余命一三日の君と、アンデッドの僕。

「しばらくは、ここで休もう。エルメが寒くないように、暖を取ってあげないと……」

ディートは一晩かけて、雪原外れの洞窟に彼女を連れてきた。

外では終日雪が乱れ飛び、寒気が身を切るようにして襲いかかる。

エルメが呼吸する度に、口からは白い霧が立ち上る。痛みと寒さが彼女を蝕《むしば》み、身体《からだ》は絶えず震えに侵されている。ディートは彼女の命を守るべく、洞窟の外へと飛び出した。

彼女から教わった転移の魔法で冒険者の隠れ家に赴き、ベッドを解体して寝床を作った。木を切り倒して薪《まき》を用意すると、洞窟の奥で火を熾《おこ》す。入り口には毛皮を重ねて吊《つる》すことで吹雪《ふぶき》を遮り、ディートはエルメの濡《ぬ》れたローブを脱がせ、その寝台に横たえた。

彼女が目を覚まさない時間が長引くにつれ、言葉にならない不安がディートの胸に押し寄せた。しかし翌朝、彼女が無事に目を覚ますと、彼の瞳には希望の光が差し込んだ。

「おはよう、エルメ。どこか、具合の悪いところはないか？　食料や、水もいっぱいあるんだ。必要だったら、何だって言ってくれ」

エルメはしばし呆然《ぼうぜん》と辺りを見渡し、この場所がすべて彼の手によるものだと悟ると、固く握り締めていた手をそっと解《ほど》いて、柔らかな顔を取り戻した。

「ありがとうございます、ディートさん。わたしたちの約束を、また一つ果たしてくれて」

「俺たちの、約束……って？」

「ディートさんと、わたしの秘密基地です。ソグマール域で、二人の秘密基地を、いつか作ろうと……この場所は、そのためのものなのですよね？」

その瞬間、ディートの顔にはあっと驚きの色が走った。

確かに自分は、彼女とそう約束していた。いつか、二人だけの秘密基地を作ろうと。

そしていま、目の前に広がるこの場所こそが、約束を実現したものに違いなかった。

「すごいだろ！　この洞窟さ、鎧岩《よろいいわ》でできているみたいで、すげー頑丈なんだ！　広さもあるし、たまにきらきら光ったりして、綺麗《きれい》なんだ。入り口には、動物の毛皮を重ねて、風が入ってこないようにした。火も……ベッドもあるし、すげー暖かいと思うんだ！」

彼の自信に満ちた語り口に、エルメの心にも十分な安らぎが戻ってきた。

「ええ、この場所はとても秘密基地らしいですね。わたしも、とても満足していますよ。もう少し、二人の秘密基地を、堪能したいところではありますが……」

身体《からだ》には鋭い痛みが響いていたが、彼との旅を投げ出すことなどできない。

「エルメ……もう、行くのか？」

彼女は身なりを整え、ディートの手をそっと握り締めた。

そこには、まだ折れてはいないのだという彼女の気丈な心が表れている。

「わたしに残された時間は、本当に短くなっています。いまは、とにかくあなたと冒険を続けたいのです」

彼女が望むのなら、自分はその道を共にするだけだ。

ディートは再び二人で足並みを揃《そろ》え、外の世界へと歩み出した。二人でなら、どこまでも行けるのだと……しかしその理想は、厳しい冬の前に無残にも打ち砕かれる。


「エルメ、もういい。今日のところは、休憩しよう」

「まだ、歩けます。この身体が動く限りは……まだ遠く、さらに遠く……っ！」

吹雪《ふぶき》が猛威を振るう雪原に足を踏み入れると、彼女は数時間の内に意識を失った。

病魔が彼女の肉体を蝕《むしば》み、凍《い》てつく嵐が手足の感覚を奪い、誇りさえも踏みしだいた。

その度に、ディートは彼女を連れて秘密基地に戻り、暖を取った。

この過酷な日々が三日と続くと、エルメは随分と痩せこけ、その姿は光がすり抜けるかのように儚《はかな》くなっていた。こんな容態では、歩くことすらままならない。


「また、わたしは……長く、眠ってしまっていたようですね」

ゼイフーイ域に足を踏み入れてから四日後の朝、エルメは再び目を覚ました。

彼女は身体を起こそうと身を捩《よじ》るも、あまりの激痛に顔を歪《ゆが》ませる。

しかし彼女の瞳からは、未《いま》だに輝く己の夢と、それを奪おうとする冷たい病魔とが葛藤しているのが見える。引く気配もない痛みの波も、エルメの自由を奪うことはできない。

「頼む、エルメ。どうか休んでくれ。今日は、もう無理だ」

「しかし、それではわたしたちの旅が、終わってしまいます。まだ……あるはずなんです。未来永劫《みらいえいごう》と続く、わたしたちのおとぎ話の続きが。ここで歩みを止めた時、わたしとディートさんの物語が、終わりを迎えてしまうのです」

気丈な信念を口にするエルメだが、次また外に出れば、そこが彼女の墓場だろう。

この三日間に亘《わた》って彼女を見守ってきたディートには、これ以上、歩けるように思えない。

「無理だ。エルメは、休むべきだと思う」

エルメの手は握り締められ、その爪は真白いシーツに縦の切れ込みを描く。

なぜ、彼女は幾度も雪原に挑み続け、命を削るような努力を重ねてきたのか。

それは、ディートを想《おも》う深い決意の表れに他ならなかった。

自分が力尽きてしまった時——彼はいったい、どんな顔をするだろうか。

その想像が容易に付いてしまうから、エルメはなおも立ち上がろうとする。彼が寂しく感じないように、この世界に残り続ける何かを、あと一つ、更に一つと追い求めてしまう。

自分が生きてきた意味など、もはや彼女の頭にはない。

ただエルメが心の底から願うのは、限られた時間の中で、彼に何を残せるかだった。

「どうして、無理だと分かるのですか！　ディートさん、わたしは……わたしは、あなたから受け取ってばかりなんです！　あなたのおかげで、わたしは変わっていったんです！　かつては自分が嫌いで、毎日が虚《むな》しくて、罪悪感を抱えてばかりでした！　生きている意味も分からず、何もない世界に絶望だってしてしまいました！　ですが……あなたが、わたしを連れ出してくれたから、息もしやすくなりました、自分を責める声も聞こえなくなりました！　もっと……もっと、生きていたかったたって、そう思うことができたんです！」

エルメは抑え込んでいた感情ごと、彼への想いをあますことなく吐き出した。

昂《たか》ぶる感情と共に、その頬《ほお》には幾重もの光の筋が落ち、真白いシーツの上に切ない水玉模様を描き出す。

身体《からだ》の自由が奪われていくほどに、エルメの心には悔しさが滲《にじ》んだ。

どうして、彼の隣にいられないのか、彼を支えてあげられないのか。

この後に待ち受けている彼の苦難を考えれば、冷静でなどいられるわけがない。

ディートは自分たちのおとぎ話を、遠い未来に伝えると口にしていた。

だがその間、常に底なしの孤独に晒《さら》されることを、彼は理解しているのだろうか。

ゆえにエルメは、ただ怒った。

彼を支えてあげられない自分の無力さが、立ち上がることさえできない自分の身体が、
エルメは到底看過しがたく、しかし自分ではもはや何も成し遂げることはできないのだと

分かると、彼女の心に渦巻く怒りは、たちまち嘆きへと転化してしまう。

エルメは、彼を幸せにしてあげたい一心だった。

この世の全ての嘆きや憂いを取り払い、彼が笑顔でいられる世界を形作ることができたのなら、いったいどれだけ安心できただろうか。一片の悔いもなく、終われただろうか。

——だが、その祈りは彼女だけが抱いているものではない。

ディートもまた、誰よりもエルメの幸福を願っていた。

「ありがとう、エルメ。俺も、さ……エルメと一緒にいる中で、変わっていったんだ」

彼はそっとエルメの身体《からだ》を抱きしめた。彼女の苦痛を分かち合うように、自らの苦悩を吐き出すように。

「退屈な日々が嫌で、何か面白いことを見つけたかった。エルメを旅に誘ったのも、俺の退屈凌《しの》ぎに過ぎなかったんだ。……でも、俺の目的は、少しずつ変わっていった。自分の暇つぶしから、エルメとのおとぎ話を残すことに、そして未来に伝えることになって、最後は、エルメを安心させてあげたくなった。エルメが変わっていったのは、俺も気付いているよ。雪みたいに、綺麗《きれい》だけど冷たい顔をしていたのに、よく笑うようになった。エルメの笑顔が好きで、俺はもっといい思い出を残そうとした。俺だって、エルメから、たくさん受け取ってきたんだ」

エルメの呼吸は穏やかになり、胸の上下する動きが落ち着きを取り戻してきた。彼女はディートの身体を深く抱きしめ、その胸の中に自らの頭を預けている。

「しかし……わたしは、悔しく思ってしまいます。ディートさんとの旅が、終わってしまうことに……罪悪感を、覚えていて……」

「いいや、俺たちの旅は終わっていない。俺が外で目にしてきたものを話して、エルメが聞いて、それを俺たちの冒険にしよう」

エルメの燃え盛る感情は、風雪に消されたかのように落ち着いていった。

これまでの冒険では、エルメが話し、ディートが聞いていた。

しかし、これからはその立場が逆転する。ディートの言葉は単なる慰めを与えたのではなく、エルメの存在意義を再確認させ、新たな希望を与えたのだ。

かつてディートは、自分の言葉をどのように聞いていたのか。彼は自分に、どのような物語を持ち帰ってきてくれるだろうか。

いま拡大された二人の〝冒険〟に、エルメが虚《むな》しさを感じることはなかった。

「それなら、心から安心できます……どうかお願いしますね、ディートさん」

――孤独となった不死が、白銀の大地を突き進む。

一歩洞窟の外に出た瞬間、これまで取り繕っていた平静さを取り壊すように、ディートは広大な雪原を駆け抜けた。

急げ、全てが手遅れとなってしまう前に……エルメに、楽しい景色を持ち帰るんだ。

「はっ……はっ、はっ、はっ……はっ！」

ディートは、無我夢中に走り続けた。

息が白い霧となって口から吐き出され、冷たい空気が肺を刺すように痛んでもなお走るのをやめなかった。

いまも待っている彼女のことを考えると、エルメの笑顔が吹雪《ふぶき》の中に浮かんでは消えていく。彼の髪は乱れ、服は雪で濡《ぬ》れそぼっていたが、それでも彼の顔は前だけを向いた。

「俺が見たいのは、雪ばっかりの景色じゃない。もっと、もっと、面白い何かを……っ！」

ディートの目に映る景色は、刻々と変化していった。

平坦《へいたん》だった雪原が、緩やかな起伏を持つ地形へと変わっていく。遠くには葉が針のように細長い木々の森が見え始め、その暗い緑が白銀の世界にコントラストを生み出す。

空では、オーロラが静かに揺らめき始めていた。

この幻想的な景色に、ディートは一瞬足を止めそうになる。しかし、たちまち「これはエルメに話して聞かせるんだ」と思い直し、さらに足を速く動かした。

ディートは、どこか重たく感じる足を逸《はや》らせながら、冬の鏡面を割り開いていく。

「夜になったら、帰ろう。そうして、エルメにいっぱい話すんだ」

いつもなら関心外である風景も、彼はよく観察した。

月光を受けて七色に輝く氷柱《つらら》の森、絶え間なく吹雪が渦巻く深い渓谷、雪原の中に点在する魔力炎の温泉地帯、一面の氷の世界が広がる凍結氷窟、雪の花弁と雪の蝶々《ちょうちょう》が見える雪花結晶平原、古代の生物や船が凍結された凍れる時の湖……。

見たことのない地に足を踏み入れ、心ゆくまで探索した。雪の冷たさも、荒れ狂う風も、味わうように肌で感じた。

——そして夜を迎えると、ディートは秘密基地に帰還した。

心から待ち望んだ、幸せなひと時だった。

「あるところまで行くと、氷の花が咲いていたんだ！　雪の結晶みたいにきらきら光って、吹雪に靡《なび》いている様子も綺麗《きれい》だった。雪の蝶々もいて、捕まえようとしたんだけど、すばしっこくて難しかったんだ。雪でできているみたいな、透《す》き通った翅《はね》を持つ生き物だった。雪の蝶々が舞うと、ふんわり甘い匂いもしてさ、それをエルメに嗅がせてあげたくて——」

エルメは静かに耳を傾けながらも、薄い月明かりが差し込む天井の下で、儚《はかな》い姿を晒《さら》している。

白い肌は青く腫れあがり、か細い手がその痛みを伝えるように震えている。

それでも彼女の笑みには一夜の雨上がりの優しさが、同時に命の限りを知る深い哀愁を滲《にじ》ませている。

朽ち果てていった人々のように、今度は自分の番が回ってきたのだと、希望の託す先、ディートを一意に見つめている。

「ディートさん」

そんな眼差《まなざ》しが恐ろしくて、ディートはエルメの手を取った。

エルメが死を受け入れるような真似《まね》は、とても看過できなかった。

「悪い……ちょっと、冷えるかなと思って」

彼が何に怯《おび》え、何故《なぜ》手を握ってきたのか。

それを理解したエルメは、自分の心の弱さを打ち払うかのように頭を振った。

「どうか、安心してください。わたしは、まだまだ生きますよ。ディートさんのお話を、もっと聞きたいと思いますから」

ディートが彼女と手を触れ合わせると、心臓の鼓動が聞こえた気がした。

彼と心を通い合わせるこの瞬間は、エルメにも希望の扉が見えた気がした。

この魂の抱擁は両者の恃《たの》みであり、病魔の影も打ち破るかのような、透《す》き通った空気が広がっていく。

「もっと、聞かせてくれませんか。わたしは、ディートさんのお話を聞きたいのです」

ディートは記憶を整理しつつ、必死に走り続けた景色の中から、エルメに贈るべき冒険を高らかな声音で語り始める。

「次は、不思議な村の話だ。こんな吹雪《ふぶき》の中で、暮らせなそうな場所にも、人間の村があったんだ。どうやって、ここで暮らしているのかなって思ってさ、村の家に入ってみると、中にいたのは大きな口の魔物だったんだ！　たぶん、人の村っぽく装って、獲物を誘っていたのかもな。でも、そいつらもみんな、青くなって死んでいて――」

ディートが話し、エルメが聞き手に回る。

この時間だけは病室がささやかな舞台劇となり、高らかと舞い踊るディートの言の葉が、二人の空間に彩りを飾る。

「行こう……エルメのためには、歩くしかない」

彼女が眠りに就くと、ディートは冬の大地に臨んだ。

夜に訪れる、慎《つつ》ましやかな幸福の時間を胸に、寒空の下を切り拓《ひら》いていく。

魔法師の杖《つえ》を手にし、凍《い》てつく大地を踏みしめる音が、静まりかえった雪原に響く。

風は言葉を紡がないが、その音が不死の耳には何かを囁《ささや》いているように聞こえる。無論、それはエルメとの約束を果たす使命の声に他ならない。

一歩一歩、また一歩とディートは印を残す。

旅路の果てには、いったい何が待ち受けているのか。

ディートは、まだ知らない。

余命九日の君と、アンデッドの僕。

「エルメ……なあ、具合が悪いのか？」

次の日の晩、秘密基地に帰ると、エルメは意識を失っていた。まるで息を引き取ったかのように寝息のひとつも立てない彼女にはディートの背筋が凍りつき、その場で崩れ落ちそうになったものの、小さな呻《うめ》きが漏れたところを見て彼女の下に駆けつけた。

ディートが用意していた食料にも、エルメは全く手を付けていない。飲み水だって、ほとんど器から減っていない。消化器がろくに機能をしておらず、胃に入れるだけで刺すような激痛が響くのだ。何よりディートをぞっとさせたのは、彼女から香る腐敗臭である。

「また、長く眠ってしまいました……ディートさん、新しいお話を聞かせてくれますか？」

結局、彼女が目を覚ましたのは、日が昇ってからのことだった。

エルメはまだ生きているのか、それとも帰らぬ人となったのか。

夜の数時間はディートの精神を波涛《はとう》の如《ごと》く揺さぶりかけ、陰鬱とした洞窟に伸びる影は、まるで彼女の首に終わりの鎌が掛けられているようだった。

だから彼女が目を覚ました時、ディートは鼻息を荒くして顔を覗《のぞ》き込《こ》んだ。

良かった。

ディートが彼女の目覚めと同時に抱いた感情は安心感で、その瞳には深い喜びと共に、深層の絶望が滲《にじ》み出《で》ていた。エルメの姿が自分の目の前にあることが、ディートにとって幸福という言葉の歪《ゆが》んだ意味を投げかけているようだった。

「氷柱《つらら》の森の奥に、大きな氷の城が聳《そび》え立《た》っていたんだ！　城の塔は雲を衝《つ》くくらい高くてさ、でもちょっと登ってみたら、すぐに頂上に着いたんだ。たぶん、吹雪《ふぶき》で見えづらくなっていただけなんだろう。城の中には、不思議な仕掛けがいくつもあって――」

彼女と自分の体験を分かち合った瞬間、ディートの思い出はまるで二人で共有したかのような物語に変わった。

あたかも二人で紡いだ記憶のように脚色され、ひとりぼっちの雪原には、確かに二人分の足跡が刻まれているのだと固く信じられた。

嬉《うれ》しかった。

ディートはエルメのそばに近づき、手を差し伸べた。彼の手がエルメの手に触れる瞬間、冷たくも澄んだ空気が二人を包み込んだ。

生と死、希望と絶望が交錯するその瞬間、ディートは微笑《ほほえ》みを浮かべ、病魔の闇に抗《あらが》い続ける彼女に対して感謝の意を込めて囁《ささや》いた。

「また、持ってくるよ。今日の話より、もっと面白い冒険の話を」

しかし、秘密基地での浮ついた会話が嘘《うそ》のように、一歩外に出ると、夢から覚めた。

何処《どこ》を見渡しても、冬と孤独しか待っていない。

冷寂《れいじやく》な雪と無情な風とが手を結び、ディートの周りにだけ哀《かな》しみの流動体が纏《まと》わり付《つ》いている。白い雪がしんしんと足跡を埋もれさせる中、ディートの歩みは何かに迫られているかのように急《せ》かされる。

「急ごう……もう、ゆっくり歩いてはいられないんだ」

エルメに残された時間が本当にもう僅かなのだと悟り、ディートは冬の風よりも速く北の大雪原を駆け馳《は》せた。

「なにか……もっと、面白い話を……楽しい、景色を……もっと……もっと！」

ディートの瞳には、深い夜を抱えた影が宿っていた。その顔には静寂なる哀苦が広がっており、一歩を踏み出す毎《ごと》に心に刻まれる切ない痛みが雪原に響く。

急げ。急げ。ゆっくりしていたら、エルメが冬に取り残されてしまう。

彼女の死だけは拒むように、ディートは足を急かし続けた。

「ゆっくり、休んでいてくれ。大丈夫、俺の記憶は逃げていかないから」

しかし、エルメが眠りから覚めない日が続き、ディートは歯がゆい時間を過ごした。たまに目を覚ましても、水を一杯飲むか、痛みに悶《もだ》えるか、ディートへ手を握るようにお願いするか、火に薪《まき》をくべるよう伝えるか、いずれでしかなかった。

そうして朝と夜を繰り返した四日目の夜、遂《つい》にエルメは生気を取り戻した顔で「おはようございます、ディートさん」と告げた。待ちに待った瞬間だった。

「なあ、エルメ！　俺、あれからいっぱい歩いてさ、やっと雪原の果てに着いたんだ！　初めて見る魔物とか、峡谷の壁にある巣穴とか、凍りながらぬかるんでる氷霧の沼とか、何百っていう塔が建っている氷の都市とかも、あったっけな！　氷と岩でできた谷とかもあったんだよ！　どれもこれも、初めて見る物ばかりだった！」

ディートの顔には喜びの光が宿り、洞窟内の淀《よど》んだ空気を打ち破る。

その明るい声音につられて、エルメは睫《まつげ》を伏せ、ほっと胸をなで下ろす。

自分の目の前に彼がいること自体が、エルメはひとつの奇跡のように感じていた。

「どれも、興味をそそられるお話ですね。ディートさんのお話を聞いていると、自然と息がしやすくなります。もしかしたら、安心しているのかもしれませんね」

「確かに、胸がほっとするような気がする。これが、安心するって気持ちなのか」

「あるいは、より情熱的な感情かもしれません。少なくとも、わたしはそう思います」

「情熱的？　が、どういうものか分からないけど……エルメのそばにいると、身体《からだ》がぽかぽかしてくる。なんだか、自然と温かくて……ずっと、ここにいたいって思うような……」

エルメは、くすりと唇の端を緩ませた。

彼がどういう感情を抱き、どういった想《おも》いを寄せてくれているのかは分かっている。

しかし、それを口にしてしまうのは気が引ける。彼自身が見出《みいだ》した気持ちの表現を、既存の枠に当てはめてしまうのは、勿体《もったい》ないと感じたのだ。

「わたしも、同じ気持ちですよ。ディートさんと知り合ったのは、数十日前のことなのに、ずっと、道を共にしてきたように思えてきて……いまこの瞬間が、尊くも感じるのです」

命の限りを窺《うかが》わせるような優しい声音で、エルメは囁《ささや》く。

「違う……そんなに、懐かしく思わなくても、まだまだ続いていくんだ。エルメだって、ずっと旅を続けたいんだろ？」

しかし、その命に対するエルメの覚悟は、やはりディートにとっての恐怖だった。

彼女は、死なない。ずっと、ずっと、自分と一緒にいてくれるのだと信じている。

そんな淡い幻想を抱いているものの、彼女から漂う腐敗臭が、一切の理想を掠《かす》め取《と》ってしまう。

ディートは心の奥底から湧き上がる絶望とは正反対の言葉を口にすることで、現実と向き合う覚悟を欠いているかのようだった。

「勿論《もちろん》、諦めてはいませんよ。ディートさんと、世界の果てまで旅をして、わたしたちの思い出を残したい……わたしたちのおとぎ話を伝えたい。そう、約束しましたから」

「そんなことはどうでもいいんだ。俺は、ただ、エルメがいなくなると……分からない。この寒さが、何なのかも……」

ディートは一つの習慣として、ふとした瞬間にエルメを見やる。しかし、そこにあったのは自身の知る可憐《かれん》な彼女の姿ではなく、病魔に蝕《むしば》まれた死に体の少女の姿だった。

色艶《つや》のあった黒髪は、日を追うごとに一掴《ひとつか》みごと抜け落ち、肌の色は厳冬を超えた青に染まりつつある。紫紺《しこん》の瞳は虚《うつ》ろに揺らめき、唇からは永遠に向かう吐息が漏れ出ている。

もう……ダメなのか？　俺たちの旅は、ここまでなのか？

ディートの胸にざわめく奈落の自問は、かつてない恐怖となる。

この秘密基地すら病室に思え、不意に時が静止し、エルメの周囲には不気味な根が張り伸びて、死の断片に包み込まれていく……そんな錯覚がディートの思考を引き裂き、また沈黙してしまう。

「恐ろしい、ですか。変わり果ててしまった、わたしのことが」

「違うんだ……怖いのは、エルメじゃないんだ」

「わたしが、いなくなってしまうことですか」

「分からない、分からないんだよ……俺は自分の気持ちが、この寒さが何なのか。エルメは死んだら……どこに、行くんだ？　俺は……どこに行けば、いいんだ？」

ディートは目を覚ましてから、ほぼ全ての時間をエルメと共に過ごした。

彼女が隣にいて、彼女が微笑《ほほえ》みかけ、彼女が手を差し伸べ、彼女が語り掛け、彼女が渡り歩いてきた命の軌跡を共にした。

その全てが失われてしまった時、自分はどこへ向かえばいいのだろうか。

ディートにとってエルメの死は、自己の存在の全ての否定に等しかった。

「わたしも、生きていたいという気持ちはありますよ。それでも、この命は残り短く……もしも、ずっと生きていられたのなら、わたしは何を願ったでしょうか」

エルメが弱々しく手を伸ばすと、ディートがその手を握り締める。

だが、エルメの手は凍結しているかのように冷え切り、それは単なる温度の冷たさではなく、命の限りを知る冷たさだった。

ふと異なる次元の冷たさを感じ取ると、ディートは絶望の波に呑《の》み込《こ》まれそうになる。

死の不可避性が脳裏を過《よぎ》り、最も恐ろしい何かに嗚咽《おえつ》さえ漏らしてしまう。

どうして……エルメが……どうして、まだ、約束も果たしていないというのに。

ディートは心の中で叫び続けるが、その手に握り締めた現実を変えることだけはできなかった。時を刻むにつれ、エルメの鼓動は弱くなり、手を握る力さえも失われていく。

「エルメ……俺は、何をしたらいいんだ」

エルメのことを思うと、明るい未来の一切が見えなくなってしまう。

そんな彼を安心させようと、エルメは抱きしめるように彼の頭を撫《な》でた。

「ディートさんは、何がしたいですか？　幾億年と経《た》っても、色褪《いろあ》せない記憶――永遠の思い出を残すために、旅をしてきたんですよね」

当初に誓った自分たちの約束が、ディートの心に蘇《よみがえ》る。

エルメは、いずれ死んでしまうこと。生きてきた理由を探すこと。そしてこの世界に、自分たちの思い出を残すこと。彼女の存在を、遠い未来に伝えること。

そして彼女に行こうと連れ出したのは、他ならぬ自分自身だ。

「行ってくるよ、エルメ」

「はい……気をつけて行ってきてくださいね、ディートさん」

ディートの顔から、先ほどまでの悲哀的な色は一瞬で褪せ、いま二人の顔には柔らかな光がくすぐっている。

まだ、果てには着いていない。この先には、いまよりもずっと美しい何かが待っている。

ディートは絶望の闇を貫き、新たな旅路へと向かう勇気を得た。

何よりも大切な彼女に見守られながら、不死は寒空の下へと駆けだした。

余命三日の君と、アンデッドの僕。

残された僅かな時間の中で、自分にはいったい何ができるだろうか。

翌日、ディートは彼女の存在を伝えるため、そして二人のおとぎ話を続行するために、思い出の品をかき集めていた。

決して溶けることのない氷と結晶の花、オーロラの光を閉じ込めた凜珠《りじゅ》、氷霧の沼で見つかった雪歌《せっか》の笛、峡谷の底の祭壇に祀《まつ》られていた精霊の羽根……。

彼は多くの品を収集することで、自分とエルメの存在が確たるものになるのだと縋《すが》った。形として残すことで、彼女は存在を保っていられるのだと信じて疑わなかった。

それでも彼の胸は一秒一秒と早鐘を打つ。思い出の品がエルメの病床に増えていく中で、ディートの焦りもそれと比例するかのように増大していった。

早く……早く、エルメに見せてあげないといけない。命の果てにも残るような思い出を集めて、聞かせてあげなければならない。

彼の逸《はや》る気持ちは秒ごとに増幅していき、らしくもなく悪態をついた時もあった。目の前の何かに、当たり散らしたくもなった。

思い出の品を持ち帰る度に、エルメの体躯《たいく》は痩せ細り、肌は病床と一体化していく。紫《し》紺《こん》の双眸《そうぼう》にはかつての覇気はなく、彼女に渦巻いているのは底なしの無力感だけ。

「俺には、いったい、何が……こんなところで、俺は何をしているんだよ……っ！」

一日中、意識が遠い彼方《かなた》を彷徨《さまよ》ったままのエルメを前に、ディートは崩れ落ちていた。

エルメと過ごす時間は、最後に近づくほど濃密になり、一日一日が、意味のあるものになると信じていたが、時間は二人から何もかもを奪い取っていくばかりだった。

自分が持ち帰った品物の数だけ、不安の重荷が積み重なり、その重圧は無力な自分に対する怒りへと変貌を遂げた。

エルメはもう、目を覚ますことはないんじゃないか。

もどかしさに喘《あえ》ぐ時間が永遠に続くかに思われたその時、幾度となく重ねてきたこれまでの努力が、遂《つい》に実を結ぶ瞬間を迎えたのだった。

「ディート、さん」

「エルメ……っ！」

二日後の晩、ようやく目を覚ました彼女は、至極満足そうに目の端を細めた。

命の枝を切り詰められる恐怖にも負けず、過酷なる運命に拒絶を張り上げることもなく、彼女はディートの姿を目に焼き付け続けた。

「ずっと……見っ、て……のです、ね……ディート、さ……」

されど、エルメの声帯はすでに機能を失い、唇から言葉を紡ごうものなら、喉頭が引き裂かれんばかりの激痛に襲われる。

「エルメ、無理をしなくていい！　たとえ、エルメと話せなくなったとしても、俺は……いや、そうだ。エルメは、《対話の魔法》を教えてくれたよな。この魔法があれば、またエルメと話せるかもしれない……っ！」

ディートは、心の声を引き出す魔法をエルメに施した。この魔法が功を奏したかどうか、彼は不安げな眼差《まなざ》しでエルメを見守っていた。しかし、『ありがとうございます、ディートさん』、彼女の心の声が響き渡った時、ディートの表情に安堵《あんど》の色が広がった。

『また、あなたとお話しできることを、わたしは心から嬉《うれ》しく思います』

「俺も同じ気持ちだ。エルメの言葉を聞くと、辛《つら》いこととか、苦しいこととか、何もかも、どうでもよくなってきて……俺にとっては、エルメこそが魔法なんだ！」

彼の放つ無垢《むく》なる微笑《ほほえ》みに接し、エルメの瞳は再び慈愛に満ちて細められた。ディートこそが己に残された数少ない希望なのだと、彼の仕草も、心の襞《ひだ》も、言の葉も、生命の甘露を味わうかのように、一つ一つ心に留《とど》めた。

『ええ……ありがとうございます、ディートさん』

エルメは、刻々と流れゆく時の粒を愛《いと》おしみ、最愛の人と最後の時を共有できる至福に浸っていた。

いまや、エルメの瞳に映し出されているのは、共に紡ぎ上げてきた思い出の綾《あや》と、彼に対する深い感謝の煌《きら》めきだけ。

「そ……そう言えば、こんな話もあったんだよ！　雪原を東に行くと、氷の像がいくつもあってさ！　いまにも動き出しそうで、一晩中、見ていたんだけど、結局動くことはなかったんだ！　その通りは、雪で作られた灯《あか》りに照らされていて、これも昔の人たちが作ったものなのかもしれないな！」

そんなエルメの目に揺らめく命の儚《はかな》さに心を掻《か》き毟《むし》られ、ディートは、悪夢を振り払うように話題を転じた。

自分が目に収めてきた冒険の数々も、上手《うま》くいかない不思議な仕掛けのことも、集めてきた品々のことも、身振り手振りを交えて、痛みを抱えた笑顔で語り明かした。

エルメと話す時間が、唯一の楽しみだったはずなのに。

いまのディートには、この会話が命の終わりを先延ばしにする延命行為にも等しいものに感じられた。言葉を紡げば紡ぐほど、冷たい汗が頬《ほお》を流れた。自分がどんな顔で語っていたのか、笑顔の作り方すら忘れつつあった。

『落ち着いてください、ディートさん。わたしたちの冒険は、まだ終わりではありません』

エルメが投げかけた楽観的な言葉は、ディートの心の闇を払うどころか、その言葉の端に潜む脆《もろ》さが、彼の不安をより鮮明に浮き彫りにした。

瞳を閉ざせば、闇の向こうに見えるのは——エルメなき世界の絶望的な光景。

そんな虚《うつ》ろでしかない幻視が、現実の厳しさをかえって際立たせ、それはたちまちディートの胸を締め上げる鎖となる。

「だって……だって、俺たちの冒険は、もう限界が近いんだろ!? 俺は、ずっとエルメと一緒にいられるって信じてる! まだまだ、俺たちのおとぎ話も続くんだって信じているんだ! なのに……俺たちの、夢の続きは……エルメの命は、もう……」

言葉という実体を紡げば紡ぐほど、逃れられぬ約束の死が、ディートの心を圧迫する。

その暗い未来図が脳裏を過《よぎ》ると、彼の表情は苦悩の深みへと沈んでいく。

どれほど前を向こうとしても、エルメの命は風前の灯火《ともしび》も同然である。

生きるとは、死ぬとは、どういうことなのか。

その真理を得てしまうことが唯々《ただただ》恐ろしく、ディートは唇を噛《か》み締《し》め震え上がった。

『——少しだけ、わたしの昔話を、聞いてくれますか』

そんな彼の痛みを和らげるように、エルメは自らの話を持ち出した。

これ以上、彼を苦しめたくはない一心だった。

『ディートさんもご存じの通り、わたしはエオテーア域の、王国ラスリで生まれました。わたしの両親は冒険者だったようで、わたしが物心ついた頃には、既にこの世を去っていました。わたしは五歳まで、孤児院で暮らしていたんです』

彼女の声は平穏そのもので、紡がれる度にディートの心の波が静まっていく。

自然な笑みを取り戻した彼に安堵《あんど》して、エルメもまた言葉を再開させた。

『食事は一日に一回、洗体は月に一回と、とても貧しい暮らしを送っていました。しかしある日のこと、わたしは魔法の才覚を見込まれて、国王さまの下で暮らすようになります。信じ難いことですが、孤児に過ぎないわたしが、王族に迎えられたのです』

孤児院にいた頃、食事といえば、平たい焼き生地の食べ滓《たかす》か、野菜くずだった。カビの生えた食料を投げ渡されることも少なくなく、動物の餌に近かった。

しかし、国王の下に迎えられてからは、毎日、人らしい食事を与えられた。

衣服も、布切れではなくなった。豪華絢爛《ごうかけんらん》、人の権威を振り翳《ふかざ》すような装飾に満ちて、道を往《ゆ》けば誰もが頭を下げた。一世一代の成り上がりは、エルメの夢の時間だった。

『食事は軽食も含めて、一日七回。欲しいものは、何でも買い与えられました。代わりとして、わたしは魔法の修練を強制されましたが、魔法は好きだったので苦ではありませんでした。初めは、冷たかった国王さまも、次第に優しく接してくれるようになりました。七年もの歳月が、わたしたちを、本当の肉親に変えてくれたのです』

ディートは初め、楽しそうに目を輝かせていたが、エルメの走馬灯めいた昔話を聞くと、背筋に不穏な何かが駆け抜けていくのを感じた。

どうしてエルメは、突然自分の過去を語り出したのか。

この話が終わると、エルメは動かなくなってしまうんじゃないか。

ディートの瞳には、闇にさまよう怯《おび》えの影が宿り、その先を抗《あらが》うようにただ震える。

そんな悪夢に取り憑《つ》かれた彼を安心させるように、エルメはそっと手を重ねる。

彼女が赤裸々に過去を打ち明けた理由は、死を受け入れたからではない。

まだ自分は〝生きている〟のだと、彼に己《おの》が全てを預けたくなったからだ。

『修行を終えたわたしは、やがて魔王討伐の冒険へと駆り出されます。奇《く》しくも、最強の冒険者は四人いました。わたしたちの旅は順調で、幾多の魔物を撃破していきました。そうして、五年もの歳月を掛けて、わたしたちは魔王城へと到着しました。その決戦から、しばらく経《た》ち——わたしはいま、ディートさんと共にいます』

エルメはいまこの瞬間こそが、奇跡なのだと確信している。

人類と魔物の闘争が、世界の破滅を招き、自身の魔法を奪い取り、そして信じていた平穏や王国の未来の全てを無に帰してしまった。

もしも彼と出会えていなければ、虚《むな》しさを抱いたまま死んでいただろう。

彼が旅に連れ出してくれなければ……恐らく、自分は。

『ありがとうございます、ディートさん。あなたのおかげで、わたしは哀れな勇者の生き残りではなくなりました。何故《なぜ》、生きていたのか。どうして、魔法を極めていたのか……答えは、こんなにも近くにあったのですね』

彼女は、何を見出《みいだ》したのだろうか。


エルメの笑顔の理由も知らないディートは、再び雪原に臨んでいる。

この吹雪《ふぶき》を進み続けた果てに、旅の答えがあるのだと信じて。

「……」

彼は、雪原の最北端にある断崖の前で立ち尽くしている。崖下には底も見えぬ闇が広がっており、ゼイフーイ域の先にあるゴウローネ域に進むには、ここを降りるしかない。

しかし、ディートは先ほどの会話で、エルメとある約束を交わしていた。

『どうか、雪原の向こう側には行かないでください。わたしは……恐ろしく感じているのです。その先の景色を知ってしまうことが、勇者としてのわたしの意義がなかったことが』

エルメは、ディートにゼイフーイ域を越えることを望んでいなかった。

その理由は聞いてもいないし、聞く気もない。

彼女が嫌だと言うのなら、ディートはそれに従うまでだった。

「また、雪の中を探索しよう。ここにはまだ、特別な何かがあるかもしれない」

不死は吹雪に身を任せ、目的も知らぬまま雪原に臨む。

厳寒たる風は、夜の深みに呼応して熾烈《しれつ》さを増し、雪の粒がディートの肌を叩《たた》く。

時折、吹雪《ふぶき》は遠吠《とおぼ》えのような音を運ぶ。彼は静かに耳を澄ませ、何かに導かれるかのように突き進む。

「花、か」

ディートは、酷寒の中で咲く花を見た。特殊な氷の華ではなく、普遍的な一輪の花が、吹雪に揉《も》まれつつも花弁を広げている。

やがて朽ちる定めであったとしても、しっかりと根を張り、冬にも負けず咲き誇る。

まさに、自分のよく知る彼女のようだ。

「エルメ、見てくれ！　あの吹雪の中で、こんなに綺麗《きれい》な花が咲いていたんだ！」

秘密基地に舞い戻った瞬間、彼はその手から真っ赤な花を落とした。

――エルメは、白い息さえ漏らさないようになっていた。

余命一日の君と、アンデッドの僕。

遂《つい》にエルメの身体《からだ》は、呼吸器系にも深刻な影響が現れた。彼女がいま生きているのは、ただの奇跡でしかない。彼女の姿勢は脆《もろ》く、花が雪に押し潰されたようだ。

手には死線じみた青白い脈が浮かび上がり、その指先はか細い鳥の足みたく痩せている。艶《つや》やかな黒髪は枯れ果て、抜け毛が地面に散乱している。唇は生物の終わりを示す紅《くれない》に呑《の》まれて、そこから漏れ出る息遣いは弱く、風に揺れる老樹の葉も同然だった。

「エルメ、俺は……」

旅の行方も、二人の思い出も放棄して、ディートはただ崩れ落ちている。

もうここまで来たら、誤魔化《ごまか》せない。

エルメは、死ぬ。絶対に、死ぬ。

どれほど気丈な信念を振り翳《かざ》して、あたかも崇高な姿勢を装ったところで、彼女の絶命だけは回避できない。次の一秒には、事切れていたっておかしくなく、ディートは己の喉笛に切っ先を突き付けられているような、死の淵《ふち》を垣間見《かいまみ》ていた。

「う……あぁ……っ」

鉛のような重みが、秘密基地の病室に広がる。

白いベッドに横たわる彼女の躰《からだ》は、魂が抜け出すような透明な薄さを帯び、肌に浮かぶ異様な青さは、悪性魔力による呪いの刻印だ。手足にはもはや少女らしき瑞々《みずみず》しさも感じられず、彼女の瞳は深い窪《くぼ》みに消えてしまった。

その死体も同然の彼女に泣きつくディートは、唯々《ただただ》奇跡に縋《すが》っていた。

どうか、お願いだ。彼女だけは、自分と同じ不死に変わってくれないだろうか。

彼女だけは、悪性魔力の呪いから解放してくれないだろうか。

願望を超えた哀れな妄執は、叶《かな》うことはないのだと知って、それでもディートは悪夢に魘《うな》される赤子のようにただ泣いた。この部屋に凝縮された死の気配ごと振り払うように、頭を左右に揺らして、怒りのまま地面を殴りつけて、ありもしない理想を唱えた。

もしも、彼女がまだ歩いていられる状態だったら。

もしも、彼女が何の病魔にも蝕《むしば》まれずにいてくれたら。

少なくとも、彼女の笑顔を奪い去ることはなかったはずだ。この終わりを告げるような冬を越え、暖かい季節を過ごし、世界中を余すことなく冒険し、その果てに辿《たど》り着《つ》いた安息の地で、満足に笑って頷《うなず》けたはずだ。

「嫌だ……嫌、なんだよ。どうして、俺は……この気持ちは、なんなんだよ！」

ディートは彼女の手を握り締め、しかし何もできない自分を呪い、それが彼を苦しめた。

洞窟の中で地面に滴る淡い音が、寂しいほどに響いていた。

彼は、いまようやく分かった。

彼女が去れば、自分の世界は闇に呑《の》まれ、絶望の釜の底に沈んでしまうのだと。

どうして、いままで気が付かなかったのか。

彼女を大切に想《おも》うこの気持ちこそ、エルメが口にしていた《魂》の本質なのだ。

ならば、言おう。次に彼女が目を覚ました時、この胸の熱さを訴えよう。

「頼む……どうか……どうか、死なないでくれ、エルメ……っ！」

だが、淡い理想はどれだけ経《た》っても理想のままで、彼女が目を覚ますことは一向にない。

脈は弱く、吹けば飛ぶような儚《はかな》い命だ。

断続的な息遣いが生と死の境界線を行き来し、次の瞬間には永遠の眠りが訪れかねない。

「ふざけるなっ……俺は、何をしているんだよ……俺には、いったい……何がっ！」

ゆるゆると死に引きずり込まれつつある少女を、看取《みと》ることしかできない自分。

一五日前の彼なら、楽しい話を持ち帰ろうと、外に歩み出していただろう。

三十日前の彼なら、彼女の存在を伝えるためにと、冒険を続けていただろう。

五十日前の彼なら、涙すら流さず、ただ彼女を見守っていただろう。

八十日前の彼なら、興味もなく、眠り耽《ふけ》っただろう。

この短い旅路の中には、幾つもの、ディートがいた。彼の変化は目覚ましく、彼自身も、かつての自分を羨ましく感じていた。

どこまでも呑気《のんき》に、憚《はばか》りもなく、自分のことだけを考えているディート。

──いまの彼は、究極的にどのディートよりも無力だった。

人の気持ちを知ってしまったからこそ、何もできないことが分かってしまう。

今日明日死ぬエルメに、自分は何も与えてあげることができないのだと。

「っ──エルメ、起きたのか!?」

僅かに瞼《まぶた》が動いたところを見て、ディートは対話の魔法を行使した。

しかし、それは生理現象からくるただの痙攣《けいれん》に過ぎず、エルメからの言葉が返ってくることはない。

それから朝まで、ディートは死の孤独に苛《さいな》まれた。

持ち帰った一輪の花は、既に赤い花弁を散らしていた。

余命〇日の君と、アンデッドの僕。

この世界に、神さまがいるかどうかは定かではないが、もしいたとしたら、彼の痛切な思いは無事に伝わったということになる。

『ディートさん。あなたとまた話すことができて、わたしは本当に嬉《うれ》しいです』

また空虚な一日が続くと思ったその時、エルメの心の声が響いた。

ディートは喜びのあまり、幻聴ではないかとまず疑い、彼女の失われた瞳が自分に向いたところで確信を持つと、すぐさま寝台へと駆け寄った。

奇跡だろうが幻想だろうが、エルメと話ができるのなら何でもよかった。

「エルメ……俺さ、すごいことが分かったんだ！　胸の温かさとか、すげえ気持ちとか、いまこうやって話しているだけでも、心が熱くなってくるんだ！」

新たな気付きを得たディートだが、根本的な部分は変わっていない。誰よりもマイペースで、少年のように晴れ晴れとした笑みで語り掛ける。

ああ、ディートさんだ。

胸の内まで浸潤する安らぎに、エルメの顔には心弾《はず》む喜びが花開いた。

『奇遇ですね。わたしも、ディートさんと同じ気持ちです』

「だよな！　こういうの、なんていうんだっけ……何とか、思い？」

『さて、さて、どういった言葉でしょうか』

エルメの睫《まつげ》を伏せる仕草も、ディートは本当に懐かしく感じた。

「なんだよ、エルメなら知ってるはずだろ？」

『大切なのは、言葉ではなく想《おも》いですよ。わたしたちはあくまで、心の色を既存の言葉に当てはめているだけ。みんな、本当はちょっとずつ違っているんです。それをあえて言語化するなんて、もったいないと思いませんか？』

「エルメっぽい、難しい言葉だな……」

『そうですね。これもまた、文明のひとつに過ぎません。ですので……もっと、本能的に会話をしてみませんか？　なぞらえた言葉ではなく、心と、心の対話を』

エルメが微《かす》かに震わせた指先で、ディートは彼女の意図を汲《く》んだ。

繋《つな》いだ手と手に交わる温度は、現実とは乖離《かいり》している温かさを秘めていて、ふと目を閉じてみれば、彼女の胸の声が直接伝わる。

ほんのりと優しくて、柔らかくて、切なくて、掴《つか》みがたい。

色でたとえるのなら、赤と橙《だいだい》、中紅と赤朽葉、織部と鉄紺、一滴の滅紫《けしむらさき》。

閉ざされた瞼《まぶた》の向こう側には、彼女と巡ってきた景色が蘇《よみがえ》る。

短くも、本当に多くのことを経験してきた。

だからこそ、この景色の〝先〟を求めてしまう。

もしも、エルメと俺の旅が続いたとしたら、どんな結末に辿《たど》り着《つ》いたのだろうか。

『名残惜しいですね。実を言うと、わたしも死にたくはありません。ディートさんには、まだまだ伝えたいこともありましたからね』

「俺も同じ気持ちだ。もっとこう……いっぱい、エルメをぎゅっとしていたかった」

『ふふっ……』

「俺、変なことを言ったか?」

『ディートさんは、本当にわたしと同じことを考えるのですね』

「納得の笑いだったんだな」

『まだまだ、わたしを知り尽くしてはいないようですね』

「そうなんだよ。だからエルメには、もっと生きていてほしい」

『ええ……わたしも、そう思います』

「たぶん、難しいんだろうな……」

エルメ自身も、自らの命の限界が迫りつつあることを理解している。

しかし、彼女の胸には恐れの片鱗《へんりん》すら存在せず、むしろ落ち着きのみが広がっていた。

『わたしは、ずっと生きていますよ。たとえこの身が滅んでしまっても、あなたの記憶に存在する限り、エルメというわたしは存在する』

ディートはしばし悩んだように押し黙り、やがて無念そうに瞳を閉ざした。

「でも……無理だ。思い出じゃあ、本当のエルメには会えっこない」

『会えますよ。いい子にしていたら、夢に出てきてあげますから』

「なんだか、子供みたいだな、俺」

『違いますか？』

「合ってるよ。子供だから、わがままくらい許してくれ」

エルメの表情筋は動かなくとも、ディートの瞳には彼女の内なる喜びが、かつての愛らしい笑顔となって映り込んでいた。

エルメと会話できる一瞬一瞬が、綺羅星《きらぼし》のように煌《きら》めいて見えて、ディートは悲観的な未来なんて頭の片隅にも浮かばなかった。

自分が聞き、彼女が語る。自分はそれに納得し、彼女は安堵《あんど》する。自分が独り言を口にすると彼女が訊《たず》ね、自分は頷《うなず》く。エルメは笑う。最初から、自分の全てを知っていたかのように、また彼女の笑みが咲き誇る。

表裏一体か、一心同体か。なくてはならない存在で、あって当たり前の存在。

この調和された空間は、たとえ神でも邪魔をすることはできないだろう。

二人もまた、いたずらに言の葉の秩序をかき乱すことはない。

――しかしエルメだけは、己の去り際を見極めねばならなかった。

どんな夢物語を願ったところで、この命は直に燃え尽きてしまうのだから。

『時に、ディートさん。あなたに、三つだけお願いがあります』

突如として切り出された望みを受けて、ディートの心臓は急速に縮み上がった。

「嫌だ、聞かないぞ」

『どうしたのですか。怖がらなくても、変なことは口にしませんよ』

「だって、聞いたら、その後に……エルメ、いなくなりそうじゃん」

エルメは心の中で訂正して、また納得した。

やっぱり彼は、どこまでも自分と共鳴している。自分がどんな考えで、そう告げたのか。もっと、彼と一緒にいられたら……あるいはと、空想の未来を思い描いてしまう。

『約束しますよ。わたしは、まだまだ長生きをします』

「ほんと？」

『これまでに、わたしが嘘《うそ》をついたことがありましたか？』

「そうだ……エルメは、本当のことしか言っていない」

『では、決まりですね』

エルメは生き生きとした未来への希望を抱え、ディートは彼女との約束に癒やされる。

実際、二人の間に流れる空気は風ひとつ立たない平穏そのもので、余命の短い現実などまるで感じさせない。

この話の次には、何を語ろうか。どんな景色を、伝えようか。

彼は用意していたとっておきの冒険を思い出し、想像を膨らませて笑みを浮かべている。

『まずひとつ――わたしのお墓を、用意してくれませんか。野ざらしは寝苦しいですから、帰る場所が欲しいのです』

「分かった。いつかエルメの棺桶《かんおけ》を作って、できたらそこに俺も入るよ」

『ふふっ……また、一緒に眠れる日が来るんですね』

「エルメが望むなら、いまだっていいんだぞ？」

『いいえ。知っていますか、ディートさん？　案外、死にかけの人間って、眠たくはないんですよ。むしろ鮮明に……相手の仕草や、鼓動、声の高さ、力の加減を、はっきりと感じ取れるのです』

ディートは不思議に思い、瞳を閉じて集中してみるが、エルメの鼓動は聞こえてこない。

その様子をエルメにまた笑われ、ディートは胸を打たれる。

既に彼女は視力を失っているのに、自分のやることなすこと、全てを掌握しているのだ。

それがまた面白くて、ディートの口角も無邪気に綻んだ。

『二つ目は、贈り物なのですけど……ディートさん、その……わたしのローブのポケットを、探ってみてください』

　エルメにしては、いつになく歯切れが悪い言い方だ。

　これにむしろ好奇心を煽《あお》られ、ディートは彼女のローブをまさぐった。

　硬い感触が二つ――取り出してみると、あの日に作った二人の円環が姿を見せる。

「指輪？　……って、どうして、いまなんだ？」

　いくらディートでも、流石《さすが》に察するところがあるだろう。

　そんなエルメの見立てはものの見事に外れて、なおのこと歯切れが悪くなる。

『えっと、その……ほら、分かりませんか？』

「分からないから、聞いてるんだぞ」

　どうにかして、ディート自身に答えを導き出させることはできないだろうか。

　エルメは暫《しば》しの間、思索していたのだが、諦めの吐息が、僅かに開いた口から漏れ、けれどその唇は弓なりに切れていた。

『ディートさん。――わたしは、あなたを、愛しているからです』

　彼の思考は停止して、深い波に呑《の》み込《こ》まれたように言葉を継げなくなった。

「愛する、か」

『ふふっ……そうでしたね。その概念も、ディートさんにはないものでしょうか』

「いや、どうだろう。この俺の気持ち……ふわふわして、妙に温かくて、精一杯抱きしめたくなる気持ちは……愛するって、ことなのか」

そしていま、彼に贈られた円環は二つ。

これが二人の愛を誓い合う儀式であることは、ディートにも理解が及んだ。

「どこの指に、着ければいいんだ？」

『指によっても意味は変わるのですが、そうですね……左手の薬指は、どうでしょうか。エオテーアの民において、その位置の結婚指輪は、永遠の愛を示すそうです』

「俺たちに、すげーぴったりだな」

ディートはまず彼女の薬指に嵌《は》めてから、自身の指にも着けた。

「なんだか、落ち着かないな」

『そうですね。わたしも、すこし……いえ、とっても嬉《うれ》しいですよ』

二人の指輪を作った時には既に、エルメは運命の予感を感じ取っていた。

彼との会話は、これまでの誰よりも調和した。無意識の内に歩幅を合わせてくれるその歩き方も、呑気《のんき》ながらも守ってくれる強い意志も、変わり果てた自分にさえ、変わりなく愛を保ってくれることも、全ての歯車が合致していた。

何が、自分たちを引き合わせたのだろうか。ただの偶然——滅びゆく定めにあるから、彼を運命じみた相手だと錯覚してしまうのだろうか？

いいや、きっと……いつ、何処《どこ》で、どんな時に出会ったとしても、彼と共に歩んでいた。

これまでの日々を振り返れば、答えは疑うまでもない。

「エルメ？」

『大丈夫です、生きていますよ。ディートさんと、両想《りょうおも》いになることができて、わたしは、とても安心しているのです』

二人の薬指に輝く円環は、死に潜む遥《はる》かなる闇をも照らし払う。

同じものを身に着けていることで、彼と同じ運命の下にいるのだと安堵《あんど》できる。

吹き込む隙間風すら、澄み渡る響きに満たされている。

エルメはいまこの時をもって、愛に潜む深い幸福の意味を理解した。

『この指輪を、いつ捧《ささ》げるべきかと悩んでいました。ディートさんには、いつまでも幸せでいてほしい……そう考えると、最も希望を持ってほしい時に渡そうと思ったのです』

「俺は、いつでも希望を持っているぞ。だって、エルメがずっといてくれるからな！」

『ふふっ……そうでしたね。そして、最後のお願いですが……これは、後に取っておきましょうか。わたしは、この幸せないまを噛《か》み締《し》めていたいのです』

――エルメと最後の言葉を交わしてから、数時間が経《た》った。

そのまま終わりを迎えたのではないかと、ディートは何度も彼女の顔を覗《のぞ》き込《こ》み、命に縋《すが》るような微弱な息遣いをしていることに戦慄した。

生きてはいるが、死に体だ。か細い息はキャンドルの炎の如《ごと》く揺れ、それは彼女の身に纏《まと》わり付《つ》き、冷酷な死に神が彼女の魂を引き裂こうとしているかのようだった。

「まだ、生きている。大丈夫、大丈夫だ……エルメと、そう約束したんだからな」

ディートの心臓には疾風が駆け抜け、その胸の内には複雑な感情が渦巻いている。エルメが長生きできるわけないと震えている自分と、エルメが嘘《うそ》をつくわけがないと信じている自分。相反する想いがせめぎ合い、だが確かに存在している泡沫《うたかた》の少女を目にすると、そんな葛藤も途端にどうでもよくなった。

彼女がまだこの世に留《とど》まってくれるのなら、自分はただ見守るだけだ。

どれだけ長い時間だろうと、この星が滅び果てる最期の瞬間まで。

『ディートさん……わたしは、また眠ってしまっていたようですね』

約束の時は来た。

あれから何時間経ったか分からないが、エルメは宣言通りに息を吹き返す。

今の彼女は、生命の終わりを迎えんとする花の美しさと、一度は星屑《ほしくず》になりかけた天使の輝きを同時に纏っているかのようだった。

そんな夢幻的な少女に、やっぱり彼女は奇跡の存在なんだと、頬《ほお》を緩めて手を触れ合わせるディート。

少女の凍えた指先と、不死の熱い指先が交わり合い、命の余韻を奏でる調べが漂う。

『最後のお願いの前に、覚えていますか、ディートさん？　わたしがした、魂のお話を』

「たしか、奇跡をも可能とさせる、人の心……みたいな？」

『そうですね。わたしは、その奇跡を信じているんです。あなたがわたしを記憶している限り、わたしは死なない。何千年だろうと、何万年だろうと、時の果てに臨もうと、わたしは決して色褪《いろあ》せない——そんな思い出を作ろうと旅をして、ようやく辿《たど》り着《つ》きました』

エルメの言葉は時を止め、世界そのものが静寂に包まれているような錯覚を与える。

死という冬の手が迫る中で、彼女の顔には一刹那の花火が散り、この世の終わりにさえ祝福の光を灯《とも》している。


まだ、遠く。更に遠くと目指した世界の最果てに、いまようやく足跡を刻んだ。

どうして、自分は生まれてきたのか。魔法師エルメの存在意義とは、何だったのか。

大義すら遥《はる》かに霞《かす》む、愛の何たるかを理解すれば、己の命の行方さえ些末《さまつ》に過ぎる。

間違いない。

自分は、ただこの瞬間のために。

「最後のお願いです、ディートさん……どうか、わたしの嘘《うそ》を許してください。既に……意識を保っているのも、限界なのです。あなたを置いて先にいってしまうことを、とても心苦しく思っています。でも……あなたは、一人じゃない。たとえ力尽きようと、わたしの記憶は続いている。ディート、さん……わたしは、いつでも……何億年、でも……あなたの……心の、中……に……」

夜の幕が静かに降り立ち、洞窟全体が深い靄《もや》に包まれていた。最後に刻んだ少女の声は、星々が空にちりばめられるような反響を残す。

彼との出会いから、石碑での思い出、遺跡の隠し部屋に、山頂で見た星座、魔法使いの村で修練を経た後、海岸都市で忘れないお祭りを体験した。海を渡り、結晶の地を越え、地下空間で二人の指輪を作った。続く荒野に躍り出て、雪が降る頃には、黄金の河と岩石地帯を渡った。その先で酷寒の蔓延《はびこ》る雪原を踏み締め、少しの足跡と思い出を刻んだ。

——そうしていま、自分は彼と同じ空間にいる。

エルメの脳裏を過《よぎ》る走馬灯は、十分すぎるほどに彩られている。理想的な光景が彼女を包み込み、壮大なる時空の彼方《かなた》に誘われていく。

ありがとう……こんなわたしを、愛してくれて。

ただ静かに、穏やかに、少女は最期の微笑《ほほえ》みを浮かべ、生涯を振り返る走馬灯の中で、永遠に閉じた。エルメの心は、無窮なる温かさで満ちていた。

「……っ？　……エル、メ？」

しかし、ひとり取り残された男は、いまだ理解が追いついていない。

――冬凪《ふゆなぎ》の香りが漂い、夜風が静まり返った洞窟に、死者の陰影が佇《たたず》んでいた。少女の眼《め》に光はなく、その青く爛《ただ》れた肌は冷たく、生気は根底から虚抜《うろぬ》けている。

不死の震える手が、少女の冷たい顔に触れる。その瞬間、苦悶《くもん》の表情が彼の顔に広がり、心の奥底から湧き上がる絶望が言葉にならない嘆きと化した。

「うそ、だ……嘘《うそ》だ、嘘だ……嘘だ、嘘だ、嘘だ……なあ、エルメ？」

死者は答えない。彼女に許された言葉は沈黙のみで、無情の現実が不死の心を裂く。

煌々《こうこう》と輝いて見えた空間が、一瞬で灰に変わった。死の匂いが辺りに漂い、彼はそれを否定するために手を伸ばし、もう一度エルメの手に触れたいと願った。

「嫌、だ……嫌だ……そんな……こと、は……」

手が、冷たい。その冷たさは体温によるものではなく、帰らぬ者の冷たさだった。

彼女が誇っていた月光すらも霞《かす》む笑顔が、いまや遠くの記憶の中に埋もれてしまう。

ディートは彼女との別れに向き合い、その痛みを乗り越えることはできなかった。

真冬編

死後の君と、アンデッドの僕。

死後一日目の君と、アンデッドの僕。

「エルメ……」

丸一日経過しても、ディートは微動だにせず死体の前で待っていた。

彼の視線は、無慈悲なる運命によって奪われた少女の姿に釘付《くぎづ》けになっている。

ディートは、その光景を理解しようとしなかった。

まだ生きているはずの彼女が、何故《なぜ》ここにいないのか。

応えてくれるのは、腐敗臭だけだった。

混沌《こんとん》たる死の香りがディートを現実から連れ去り、また何時間も待ち続けさせた。

彼は死者と対話することができる夢でも見ているのか、それとも現実が度し難い悪夢であると信じたいのか。時を経るごとに、ディートの心は冬溜《だ》まりの底に沈んでいく。

「エルメ……氷河の奥深くに、洞窟があったって話はしたっけ？　あの中には、いったいどんな秘密が隠されていたんだろうな？」

洞窟に反響するひとりぼっちの声は、ディートをなお現実へと押し戻す。

両腕を広げて明るく振る舞ってみても、彼に言葉を返す者はいない。

聞き手は沈黙と寒さに限られ、死者の姿はもはやただの風景の一部となっている。

「……っ」

彼の呻《うめ》きは、凍りついた空気に漂う孤独なさえずりとなり、かえって死者を肯定させる。盛大に何かが割れ砕けた音は、幻聴を超えた深層の表れでもあり、彼女が帰ってこないという明確な答えだ。彼の心臓は、鈍く、重い鼓動を奏で、現実から逃れることを許さない鎖の音に聞こえた。

ディートは手探りで少女の体温を求め、死体の肌に指先を這《は》わせた。まだ生きているはずだと、もう一度、会話ができるはずだと、彼の心は依然として妄想の網に絡まり、歪《ゆが》んだ現実と夢の透《す》き間で揺れ続けた。

孤独の時間が続く程に、少年の目は痛みに潤んでいく。死体の冷えた沈黙が彼を苛《さいな》み、それでも心の奥底では、まだ生きているはずだという希望の光を信じ続けた。

「ごめん……寒い、よな。もう少し、火を強くしよう」

薪《まき》をくべればくべるほど、温まった遺体から漏れだす命の残り香が際立つ。血肉は傷み、体液が器から溶け出してくる。その生きているはずのない光景が、致命的な矛盾を引き起こし、ディートは自分が何をしているのかさえ分からなくなる。

現実から逃げるために、ディートは火を消す。悄然《しょうぜん》とした煙はディートの虚《むな》しい努力のようで、光源ひとつない闇は彼の心象を描いている。

「……」

唯一の話し相手である洞窟に吹く隙間風は、少女の死を告げる嘆きの響きと化していた。

死後十日目の君と、アンデッドの僕。

「そうか……死んだのか、エルメは」

十日間、その場を離れることなく耐え忍んできたが、遂《つい》に妄執を解き放つ時が来た。

彼女の亡骸《なきがら》が時間と共に形を失っていくのを見て、ディートの意地もまた、無力な諦めへと崩れ去った。

エルメは、死んだ。

ディートは冷たい手で少女の顔を包み込んだ。無言の世界に閉ざされた死者との別れは、彼に無情な真実を突きつける。涙を拭い、凍りついた地にひざまずき、ただひと雫《しずく》の悲しみが地面に落ちる音だけが、静かなる場に響いていた。

「約束を、果たさないと……エルメが安心して眠れるように、丈夫な棺桶《かんおけ》を作るんだ」

ディートはエルメが寝苦しくないように、棺桶を作る旅に出た。

これまでの旅を思い返すと、棺桶を作るに適した素材が見つかった。

「えっと……鎧岩《よろいいわ》、だっけ。確か、かなり頑丈で、風化にも強いんだとか……」

ロモー域の岩石地帯に来ると、ディートは材質を確かめるように岩肌を撫《な》でた。

表面は極めて滑らかだが、硬度が高く、雨風に晒《さら》されても風蝕《ふうしょく》が少ない。

ディートはこの岩石を加工することで、エルメの棺《ひつぎ》にしようと試みる。

指先に多量の魔力を纏《まと》い、切り裂く魔法で、ディートは鎧岩を切り出していく。

しかし、思うような形が作れず、試しては失敗しての繰り返しだった。大きすぎたり、小さすぎたり、そもそも長方形でさえなかったり、綺麗《きれい》な直線を引くのも一苦労だった。

「やっぱり、エルメは器用だったんだな。棺でもこんなに大変なのに、指輪を作ってしまうなんて」

ディートは何十、何百と鎧岩を切り出していくが、心が折れることはなかった。

この左手の薬指には、彼女との絆《きずな》が光り輝いている。

彼は指輪を一目すると、昼夜問わず作業に明け暮れた。鎧岩を切り出し、形が整ったら、角が鋭利な部分を研磨する。指先に集中した魔力で、棺の表面に繊細な模様を彫り始める。

連日と作業に没頭し、最後の蓋が出来上がると、遂にディートお手製の棺桶が完成した。

二人で中に入っても不自由ない大きさであり、深さも十分。

問題は埋葬先だが、ディートは自分が目覚めた地に戻ることに決めた。

エオテーア域、王国外れの雑木林、名も無き墓地。

転移の魔法で舞い戻ると、一帯には、墓標の残骸や土くれ、雑草のみが広がっている。

彼女と出会い、そして今は失ったこの場所に立つと、胸の奥が熱くなるのを感じた。

あの頃は、まだ秋の終わりだったが、いまは冬の真っ只中《ま　ただなか》だ。

立派な足跡も残せるほど雪が降り積もった地面に、ディートは棺を埋葬した。

その中には、彼が愛した彼女の遺体が収められている。

「おやすみ、エルメ」

土の奥深くへと埋められ、棺《ひつぎ》も、彼女の姿も見えなくなった。

後に残ったのは、しんしんと降りしきる雪だけだった。

「……」

ディートは佇《たたず》み、自分の存在意義を確かめるように拳を固めた。

悲しくはある。胸が抉《えぐ》られ、背中には山嶺《さんれい》が乗りかかった重さもある。雪がこれまでの思い出全てを覆い隠してしまうような無限大の絶望も、ディートの苦悩だ。

だが、全てを投げ出してしまうには早い。自分には、やるべきことが残されている。

『連れていってください――』

自分がエルメを忘れていない限り、エルメは自分の中に存在する。

草花が灰色の大地から顔を出すかのように、不死の胸にはあの日の温かさが蘇《よみがえ》る。

まだ、自分は彼女を覚えている。

いや、忘れてはいけないのだと託された。

遠い、遠い未来の果てで、彼女が存在したことを伝える。

ディートという不死がいて、エルメという少女がいた。

二人は愛し合い、その誓いとしてこの円環を身に着けた。

エルメとディートのおとぎ話は、まだ始まったばかりなのだ。

「進もう……あの日、ここから歩き出したように。エルメと俺の、軌跡を辿《たど》って」

森の木々は冬の重みに耐えて、白い雪を被《かぶ》っていた。

彼は冷たい手で心臓を握り潰されるような感覚を覚えつつ、彼女と共有した場所を巡る。

不死は彼女の好きだった花々に手を伸ばし、花びらの冷たさを感じながら、彼女の存在をいまも確かめようとしていた。

『もしよろしければ、わたしと一緒に来てください。この世界に何が起こっているのか、どれほどの嘆きが生まれてしまったのか、その全てを知ることができるでしょうから』

ディートは、エルメと出会った場所を通り過ぎる。

そこには、彼女の微笑《ほほえ》みが、まだ残っている気がした。

死後三十日目の君と、アンデッドの僕。

ディートは、再び旅立った。

彼女との約束を果たすため、そして忘れえぬ彼女との思い出を胸に留《とど》めておくために、二人で歩んだ冒険の道筋をもう一度追う。

「そうだ、ここから始まったんだ。エルメと俺の、おとぎ話は」

ディートは王国の北口より旅立ち、果てしなく広がる草原へと足を踏み入れた。辺りに人の気配は一切なく、代わりに野生動物たちが、王国の境界線を自由奔放に闊歩《かっぽ》している。

焼け焦げて無残な姿を晒《さら》す荒原の直中《ただなか》には、一本の若草が凛《りん》と葉を伸ばしている。

「エルメと俺が植えた、ルミナスフォアの大樹。冬の中でも、ちゃんと生長しているんだ」

大樹と呼ぶには遠いが、若草は厳しい冬の中でもしっかりと葉を広げていた。

少し離れた場所には、世界の滅亡を語る石碑が静かに佇《たたず》んでいる。

「放っておいても、大丈夫なのかな。もしも途中で、枯れたりしたら……」

果たして、この若草が冬の寒さを乗り越えられるだろうか。

ディートは大きな不安に突き動かされ、この場に留まる決心を固めた。

「時間はいくらでもある。この大樹を育てるのは、俺にしかできないことなんだ。どうにかして、エルメとの思い出を未来に残さないと」

わずか二枚の葉が風に翻る姿に、ディートは胸が締め付けられる不安を覚えた。

もしかしたら、苗はこの寒さに耐え切れないかもしれない。

ディートは火起こしの魔法を、苗木の側《そば》で紡ぎ出した。

雪と風だけが音を立てる荒原の中心で、ひとりの男と、一本の若葉と、そして穏やかに燃える暖かな火が寄り添い合っている。

「ほら、けっこう暖かいだろ？　この魔法は、エルメって女の子が教えてくれてさ、風が冷たくなってくると、こうして暖を取っていたんだ」

ディートの口から誇らしげな言葉が溢《あふ》れる一方で、若草は悲鳴を上げるかのように萎《しお》れ始めた。時を経るにつれて、二枚の葉は顕著に身を縮めていく。

「わ、悪い！　草って、火はダメなんだな。……そう言えば、冷たいところで生える木はあっても、火の中で育ってる木は見てない気がする。火は、自然にとって脅威なのか」

思えば、秘密基地で薪《まき》として燃やした草木も、新たな何かを生み出すことはなかった。

この痛烈な認識と共に、ディートは躊躇《ちゅうちょ》なく火を消し去った。

しかし、だとしたら冬の中でも、草木が元気でいられる要因はなんだろうか。

「分からないことだらけだけど、少しずつ知っていこう。俺が起きた場所……あの森に行って、どんな場所が、植物に適してるのか。いますぐに、調査しにいこう」

十日に及ぶ森林滞在を通じ、ディートは植物の謎に近づいた。

植物は、葉や茎の表面を守る表面構造と、根元の保護で冬の寒さに耐えている。

ディートは荒原に戻ると、土を掘り返し、落葉や腐葉土を混ぜ、根元には落ち葉と藁《わら》の保護層を施し、その上に雪を被《かぶ》せた。

ディートの献身的な努力が実を結び、一ヶ月の時を経て、若草は新たな葉を広げている。

雪雲が依然として空を覆う中、ディートは苗の前で腰を下ろす。

この小さな大樹は、自分を植えた彼女のことを知っているだろうか。

……彼女のことを、知りたいと思うだろうか？

ディートの瞳に映る苗木の姿は、どこか物悲しげに揺らめいている。

「自分が、どうしてこの場所で生まれてきたのか、知りたくはないか？　お前を植えたのは、エルメっていう女の子でさ。エルメは、魔物……人間にとって、悪いやつを倒す勇者って呼ばれる存在だった。エルメは世界の平和のために、ずっと旅をしてきたんだ」

ただ雪と風が吹き渡り、月光が照らす荒原に、ディートの声が響き渡る。

雪の重みに耐えながら、若葉は微《かす》かに揺れ動き、その仕草が彼の目には頷《うなず》いて見えた。

「エルメは、世界の平和を望んでいたんだ。争いがなくなって、みんなが平和に暮らせる世界を目指して、歩き続けた。でも……その願いは、叶《かな》わなかった。魔王と、勇者たちの戦いによって、世界は滅んでしまったんだ。お前を植えたのは、二度と争いが起きて欲しくないから。平和の象徴として、育ってくれることを期待したんだ」

エルメとの約束が、いまこの瞬間に結実すると、ディートの心にあの日の光景が蘇《よみがえ》る。

『あなたと旅に出られたことを、わたしは心から嬉《うれ》しく感じています』

彼女の微笑《ほほえ》みが脳裏に浮かぶ度、ディートの心は甘く切ない波に洗われる。

「エルメ……」

しかし、目の前で静かに葉を広げる彼女ゆかりの苗木は、この世界に刻まれた幾重もの思い出と共に、ディートの未来を優しく照らし出している。

「よかったら、聞いてくれないか。エルメと俺が紡いだ冒険を、その中で見てきたものを」

ディートは若草の手入れをしながら、毎日エルメとの思い出を振り返った。

彼女に寄せた想《おも》いも、彼女のどこに惹《ひ》かれていたのかも。

こうして季節は三度巡り、秋の終わりが見えてくる頃、苗木はしなやかに茎を伸ばし、枝葉《しげ》を繁らせていた。

ここまで育て上げたいま、若木に募る不安もようやく薄れてきた。

「俺は旅を続けてくるから、元気に育てよ！　たまには、様子を見に来るからな！」

ディートは胸に溢《あふ》れる熱い思いを抱きしめたまま、再び足を踏み出した。

季節は、彼女と旅立ったあの秋の終わり。

道すがら、彼は隣に誰もいないことを知りながらも、そっと首を巡らせ、聞こえない声を探し求めていた。

死後一年目の君と、アンデッドの僕。

『もしも……もしも、ご迷惑でなければ、遺跡を作っていただきたいのです。わたしたちの旅が終わった後で、後世に伝えられるような遺跡を』

幾多の歴史を秘めしゼフリア遺跡を後にした森で、ディートの心にふと懐かしい記憶が蘇《よみがえ》った。それは、二人の絆《きずな》を永遠に刻むべく交わした誓い。

二人の存在を伝えるための、エルメとディートの遺跡を。

「そうだ……俺は、エルメとの遺跡を作るんだった」

しかし、遺跡を築き上げるという壮大な計画に、ディートはしばし呆然《ぼうぜん》とする。

どこから手を付け、どのように作り上げ、どのような遺跡を成すべきか。

その途方もない課題に、ディートは圧倒されそうになったが、エルメとの約束を成就させたいという強い願望が、それらの不安を押しのけた。

ディートは呼吸を整え、周囲に目を凝らす。

あの日、エルメに語った構想が浮かび上がると、築くべき遺跡は一瞬にして固まった。

「まずは、土地の整備から入ろう。エルメが驚くくらい、立派な遺跡を作らなくっちゃな！」

ディートの指先から魔法が迸《ほとばし》り、木々が倒れていく音が森に響き渡った。彼の瞳には、エルメに自分たちの遺跡を見せたい想《おも》いと、必ず作るのだという使命感が燃えている。

「門は、どうやって作ったら……分からないけど、とりあえず、何でもやってみよう」

ディートは汗と涙を混ぜながら、採取した石材を大まかに削り出し、柱状に近づける。胸を張って、エルメに見せられるように。これを見て、彼女が微笑《ほほえ》んでくれるように。

彼の一つ一つの動作に、少女への思慕が込められていた。地面に敷き詰めていく石畳は、かつて二人で歩んだ思い出の地、ゼフリア遺跡を象《かたど》っている。

エルメから教わった彫刻技術を思い出しながら、ディートは壁画や文字を刻んでいく。その指先は震えながらも、彼女の笑顔を思い浮かべると力強さを増した。ゼフリア遺跡を彷彿《ほうふつ》とさせる石像を作り上げる度に、彼の胸は懐かしさと切なさで満たされていく。

時折、「エルメ……」と呟《つぶや》くことがあっても、その手を止めることだけはない。幾度となく失敗を重ねながら、広場に噴水を作り上げ、遺跡の周りに花を植える時には、その一輪一輪にエルメへの熱い想いを込めた。

そして、山肌を覆う雪が融《と》け、また積もるの繰り返しを九度過ごした時、ディートは遂《つい》に、待ち望んでいた瞬間を迎える。

「やった……本当に、完成したんだ。エルメと、俺の遺跡が」

陽光に輝く石畳が街路を飾り、路傍では花々が咲き乱れる。透明な水が水路をたゆたうように流れ、噴水が瀟洒《しょうしゃ》な水しぶきを舞い上げる。威容を誇る王宮の壁面には、三日月と太陽の象徴的なシンボルが描かれている。

エルメへの揺るぎない愛と、二人で織り上げた思い出を永遠に留《とど》める遺跡が、遂《つい》に現実のものとなったのだ。

「どれくらい、掛かったんだろう……本当に、難しくて、大変だったけど……この景色のためなら、苦労してよかった」

遺跡の雄大な門に刻まれた文字は、《エルメとディートのおとぎ話》。

彼は左手の薬指を高く掲げ、その指輪を通して、目の前に広がる風景を分かち合った。

「エルメ、この遺跡を見てくれないか！　俺、ちゃんとエルメのために作ってさ、なんかすげー数の石を用意して、石畳とかも一から作ったんだぜ！　ほら、この柱も立派にできているだろ？　でも、エルメと違って、不器用でさ。あんまり、凝った装飾はできなかったんだ。それでもいっぱい頑張って、なんとか噴水は作れたことが、嬉《うれ》しかった！」

ディートは指輪に宿るエルメの存在を感じながら、二人の夢が具現化した遺跡を巡る。造形物の一つ一つに命を吹き込むように説明を重ね、愛する彼女が側《そば》で聞いているかのように振る舞った。

彼の巡礼は数日と続き、とっておきの隠し部屋も披露した。希少な鉱石が織り成す神秘の空間は、暗闇さえも照らす光彩を放ち、宙《そら》を閉じ込めたかのような絶景だった。

「お前も、いつか見に来てくれよ。でかくなったら、ここからでも見えると思うんだ！

俺たちの遺跡が完成してさ、全部手作りで、すごく時間がかかっちゃったけど――」

魔法の力を借りて荒原へ戻ったディートは、時を経て逞《たくま》しく育った木に語りかけた。

この十年の歳月で、かつての若草はいまや大樹の威厳を漂わせていた。その高さは彼の背丈を軽々と越え、さらなる時の流れと共に、荒野を統べる巨木へと生長するだろう。

しかし、大樹と遺跡はほんの始まりに過ぎない。

エルメとディートが世界に残した痕跡は、まだ数多く存在している。

その認識と共に、ディートの心に希望の光明が射した。未来が眩《まばゆ》いほどに輝き、新たな冒険への期待が胸に広がるのを感じた。

「また、話を聞いてくれよ。雨が降らなくても乾かないくらい、素敵なエルメの話を」

ディートは、厚みを増した幹に愛《いと》おしげに手を添え、遺跡から旅を再開させた。

「ああ……もう、こんな季節なんだな。あの星座も、いつか絶対に語り継ごう」

クァール山脈の峰々を仰ぎ見れば、二人の絆《きずな》を象徴する記念旗がいまも風に靡《なび》いている。

瞳を凝らせば、エルメが自分に名前を贈った時の言葉が、昨日のことのように蘇《よみがえ》る。

『ディート、というのはどうでしょうか。元は太陽を意味するティーダを、反対から読んだ言葉。クルグス語での意味は、共鳴。誰かと意思が重なった時に使用されます』

彼はその言葉の重みを噛《か》みしめ、いまなお彼女との絆が途切れていない感覚に浸る。

時折、不死は二人で命名した星座を道しるべとして、希望の旅を続けていく。

「そうだ……俺には、他にもやるべきことがあったんだった」

魔法使いの村があった森に足を踏み入れた瞬間、ディートの心に十年前の約束が蘇《よみがえ》った。

彼女の遺産とも言うべき固有魔法、《冬の彗星《すいせい》》を、遠い未来に伝えること――。

「今日から毎日、エルメの魔法を使っていこう。魔法のことも、忘れないように、そして、エルメみたいな立派な魔法使いになるために」

旅の合間を縫って、ディートは《冬の彗星》を行使した。時には足を止め、魔法を繰り出し続け、その情熱は一向に衰えることがなかった。

「――なあ、お前もエルメの魔法が見たいだろ？　冬の彗星って言うんだけどさ、すげー綺麗《きれい》な魔法だから、お前にも見てほしいんだ！」

この魔法の価値を分かち合おうと、ディートは大樹にも披露した。

エオテーア域と旅の途を行き来しては、成長した魔法を大樹に見せ、また旅を続行していく。この繰り返しが、ディートの日常となっていった。

そうして歩みを続ける日々を幾度となく重ね、彼女がこの世を去って一世紀が過ぎた頃、ディートの魔力に思いもよらぬ変容の兆しが現れた。

「これって……まさか、エルメが口にしていた」

ある日、ディートが《冬の彗星》を繰り出そうとした瞬間、清浄な輝きを放っていた魔力が紫色に染まり、また蒼《あお》く澄んだ色に戻るという、不安定な揺らぎを見せたのだ。

悪性魔力。

かつて世界を破滅に追いやった力は、魔力の性質変化によって生まれたもの。魔力は、その量が増すほどに不安定性を高め、恐るべき姿へと変質してしまう。

「まだ、悪性魔力ってほど、恐ろしいもんじゃなさそうだな。たしか、エルメは真っ黒な魔力が危険だって言っていた。だけど……どうして俺が、こんな力を」

ふと彼女の言葉が意識の表層に浮かび上がると、その瞳に理解の色が広がった。

『魔力を得るには、身体《からだ》の中に魔力の流れを生み出すことが重要だとされています。日常的に魔法を使うことで、魔力の流れが生まれて、魔力量が増えていくんです』

「そうか……俺はずっと魔法を使ってきたから、魔力が溜《た》まり続けていったんだ。魔力は、より多い方に集まる性質もあって、だから……」

数百年後には、自身が禍々《まがまが》しき魔力を生み出す存在となってしまうかもしれない。

「このままじゃ、悪いやつになっちゃいそうだな。魔力をコントロールして、安全に魔法を使えないか試してみよう。魔力量を制限すれば、悪性魔力にはならないはずだ」

その日を境に、ディートは道を行きながら、己の内なる魔力と向き合い続けた。

彼の内に蓄積された魔力は、既に忌まわしき魔力へと転じる寸前にあった。

だが、その奔流を抑え、細やかに紡ぎ出すことで、清浄な蒼《あお》き魔力を維持できる。

悪性魔力の出現は、あくまで魔力の量に起因する。一度に放出する魔力を抑えることで、安全に魔法を操ることができるのだ。

『もしも、ディートさんが勇者だったら……世界は、違った結末を迎えていたでしょうか』

日々増大する力を肌で感じながら、ディートの心に一つの疑念が生じた。

それは、過ぎし日に紡がれた、エルメの問いかけ。

もしも自分が勇者の運命を担うとしたら、どうやって魔王を討つのか？

自分には魔王を倒す力があるとする。しかし、その力は、世界の破滅を招く諸刃《もろは》の剣。

相手は魔王だ、生半可な攻撃では物の数にも入るまい。

エルメの命を守ることと、魔王を討伐すること。

この相反する二つの願いを、どのように全うすればいいのだろうか。

「答えはまだないから……そうだな。旅を続けながら、考えてみるか。これは、俺たちのおとぎ話を残す上での、宿題にしよう」

ディートは彼女の魔法に導かれるまま、終わりなき北の大地へと足を運ぶ。

吹きすさぶ風が枯葉を舞台に仕立て、落莫《らくばく》の中をディートが往《ゆ》く。彼の瞳には無邪気なる夢の欠片《かけら》が宿っている。遥《はる》かなる旅路を紡ぐ期待と不安が、その心を躍動させる。

厳しい山道を越え、澄みきった海を渡り、夢見るような森を抜けて。

死後三百年目の君と、アンデッドの僕。

エルメの死から、三百年が経過した。

黄昏《たそがれ》の影が湿地帯を覆い尽くす中、水面《みなも》は閑寂に佇《たたず》む蓮《はす》の花を映し出している。湿気の漂う大気を抜けて、ディートはソグマール域の北東に眠る地下空間に入った。

『指輪、という装飾品ですよ。個性や、美性を表現したり、社会的地位や、富の象徴……または、誓い合った絆《きずな》を信じて、身に着けたりすることもあります』

太古の昔、魔法文明エルファティアが築き上げた魔力の聖域は、今なおその威容を保ちつつも、時の流れに抗《あらが》えず、全体像を失いかけている。一帯に満《み》ち溢《あふ》れていた魔力は霧消しており、柱や魔力炉の表面には亀裂が走り、風化の憂き目に遭っている。

「ここで、俺たちの指輪を作ったんだ。エルメみたいに、綺麗《きれい》な指輪を」

ディートは左手の薬指に目を向け、そこに宿る神秘的な輝きに心を奪われた。

エルメの笑顔のように、二人の愛の証《あかし》たる指輪だけは、三百年前の輝きを放っている。

彼女は、物にも魂が宿ると口にしていた。きっとそれはただの言い伝えではないのだと、ディートはこの指輪に形而上《けいじじょう》の概念を超えた彼女との絆を感じ取る。

「さあ、俺たちの冒険を、続けなくっちゃな」

ディートは地下を抜け、ヨユラ域を通過し、大自然の象徴たるロモー域に差し掛かった。

吊《つ》り橋《ばし》は足場の大半が抜け落ち、支える綱も断ち切れんばかりの危うさを醸し出していたが、辛うじて渡ることは可能であった。

橋を渡り切った先、黄金河が流れる森の中で、更なる北を目指していく一人の男。

『では、これから探しにいってみませんか。わたしたちが満足に終われる結末は、まだどこかに、転がっているはずですよね』

厳冬の季節、白い結晶が舞い散る中、ディートの心は過去の温《ぬく》もりに包まれていた。

彼は心の奥底で彼女の声が響くのを感じながら、更なる希望を探究していく。

遥《はる》か彼方《かなた》にある未来の一点——彼女を約束の地に連れていく、その瞬間まで。

死後五百年目の君と、アンデッドの僕。

エルメの死から、五百年が経《た》った。

岩石地帯を抜けた先で、ディートは因縁の地に足跡を刻む。

ゼイフーイ域、冬の果て、魔王城に臨む大高原。

ディートは足下の雪畳を踏み越え、過去の日々を振り返りながら、その足取りを追っていた。そして、ゼイフーイ域で最も大切な思い出は、この秘密基地にこそある。

「懐かしいな……最後の時間は、ほとんどここでエルメと過ごした。俺はまだ、エルメのことを愛しているよ。ずっと、ずっと、何百年でも……必ず」

二人の秘密基地は、五百年という歳月を経て、自然の一部と還《かえ》った。

いまや二人がこの地で過ごした痕跡は、冬の冷たい残り香だけだ。

「ここに、何か残したいな。エルメと俺が暮らしていたんだって、何かを」

ディートは愛《いと》しい少女の存在を永遠に刻み込む印を、壁面に描く。指先に魔力を纏《まと》い、精巧な彫刻刀の切れ味で岩肌をなぞる。描かれた記号は、少年の心のうねりを映し出し、文字は確かな魂の鼓動を脈打っている。

太陽を意味する円と、放射状に広がる光条。それを包む三日月を描き、下に直線を引く。

左の空間にはエルメと、右の空間にはディートと残す。

壁に刻まれる度、ディートの手が儚《はかな》く震え、愛する少女の存在が現実に結びついていく。

『ディートさん。――わたしは、あなたを、愛しているからです』

指先を這《は》わせるほど、不死の脳裏にはエルメの甘く切ない笑みが蘇《よみがえ》る。

「俺、だって……」

同時に、これまで押《お》し止《とど》めてきた感情の荒波が、堰《せき》を切ったように溢《あふ》れ出《だ》す。

ディートはこれまで、悲しくないふりをし続けてきた。あたかもエルメは死んでいないかのように振る舞い、心の奥底ではまだ生きているんだと信じていた。

彼はひとりぼっちではない、二人の旅路を続行した。しかし、いま結びつけてしまった存在しないエルメと、ひとりで生き続ける自分が、彼女の死を肯定し、必死に押し殺してきた寂しさと悲しさが、盛大な嗚咽《おえつ》となって吐き出された。

「俺だって、こんなに、愛しているのに……どうして……どうして、俺だけが、生きてるんだよ！」

言葉は絶え、代わりにぶちまけられた嗚咽の濁流が、際限なく溢れては流れ出す。

嘆きに濡《ぬ》れた瞳を通しても、そこにはなおエルメの笑顔が映し出された。

愛した彼女の顔が、いつまでも男の網膜に纏《まと》わり付《つ》いて離れない。その度に思い出すのは楽しさや嬉《うれ》しさではなく、彼女がいなくなったことに対する底なしの虚無感だった。

「エルメ……エルメ……なあ、どうして……本当に、俺は……っ！」

風がそよぐ度に、彼女の名前が口を衝《つ》いて出る。

彼女の喪失によって初めて気付かされた、その温かさ、その優しさの意味。

ディートの内に眠る幸福な記憶は、今はただの幻影となり、思い出はディートの自由を縛る呪縛に過ぎず、いつまでも不死の責め苦となる。

波立つ感情に押し潰されそうになりながらも、男は名前を呼び続けた。

しかし、彼女の名前を呼んでも返事はない。

彼女のいない現実に、彼の心は耐えられず、理想との乖離《かいり》に虚《むな》しさが瞳から溢れる。

どれほど無様に叫び続けても、彼女は決して戻ってこない。戻ってこないと分かっていたから、五百年も足が遠のいた。彼女との軌跡を、本能が拒んだ。

なにが、不死身のアンデッドだ。こんな力を持って、どれだけ魔法を極めたところで、愛した彼女一人守れなかったじゃないか。

――それからディートは、しばらく洞窟の中で時を過ごした。彼は外の世界を拒み続け、エルメと過ごした最後の時間がまだ続いているのだと駄々《だだ》をこねた。

しかし、彼女のある声が、ディートの妄執を解き放つ。

『幾億年と経《た》った世界の果てに、わたしを連れていってください。あなたの中で、わたしがまだ〝存在〟していたら、わたしはきっと死んでいない。それが魔法師エルメの意味になり、確かに生きていた証《あかし》にもなります』

彼女との古き約束が脳裏を過《よぎ》ると、男の瞳に輝きが戻った。

指には永遠の愛を象徴する指輪が輝き、岩壁には揺るがぬ愛の印が刻まれている。

「諦めるなよ。俺は、必ず連れていくんだ。俺さえ覚えていたら、エルメはまだ〝生きている〟。約束、したんだ……絶対に、エルメを連れていくんだ」

男は決意を新たにし、再び足を踏み出した。

彼女との約束を果たすため、因縁深き雪原へと挑むように足跡を刻む。

「そう言えば、どうしてこの先に行ったらいけないんだっけ……たしか、ゼイフーイ域の向こう側に、まだなにか、続いていたような……」

雪原の終わりには崖があり、底なしの暗闇が覗《のぞ》いている。近くには朽ちた支柱があり、以前は縄か何かを垂らして、勇者たちが崖の下に降りていったのだろう。

「一応、用意しておくか。俺が死んだら、エルメが悲しい顔をする」

彼はロモー域で非常に頑丈な蔦《つた》を入手すると、それを繋《つな》ぎ合わせて、支柱に結んだ。するすると崖を降りていくと、光のない地下空間に辿《たど》り着《つ》く。

辺りには、鋭く突き立つようなスパイアが生え、両脇には規則的な割れ目を持つ岩壁が聳《そび》える。かつては凶悪な魔物が蔓延《はびこ》っていた地も、いまでは谷風が吹くだけの静かな空間と化している。

ディートは、暗闇の中を歩んだ。

もしかしたら、雪原の果てに、心躍るような景色が待っているかもしれない。エルメに持ち帰れる物語が、まだ眠っていたかもしれない。

淡い期待を抱きながら、ディートは暗闇の底を歩んだ。疲労知らずの身体《からだ》を使い倒し、夢の地を期待して前へ前へと突き進む。

「おい……嘘《うそ》、だろ？」

数日と歩み続けた果てに、ディートは新天地へと足跡を刻んだ。

「なんだよ、これは」

ゴウローネ域、魔物の地、魔王城に続く大平原。

自然の激情が、噴出した──天地は、そんな色合いだった。

大地の隅々まで浸透する血潮じみた地肌は、業火に焼かれた痕跡であり、地平線を一望すれば、空の悲痛な叫びが聞こえてくる。

人間と魔物の争いの果てが、この大奈落にも等しい有様なのだと、自然が苦悶《くもん》と苛立《いらだ》ちを全てまとめて噴き出している。決戦から五百年が経《た》ってもなお、植物の残骸が灼熱《しゃくねつ》の風に吹かれて舞い散り、焼《や》け爛《ただ》れた大地が、世界に起きた醜悪な結末を物語っている。

「はっ……ははっ……はははははははははっ！」

ディートは膝から崩れ落ち、過去の惨劇を嘲り笑った。

彼らの下らない闘争によって生まれたのが、この救いなき絶望の荒野だ。戦いの後にも、なお残る醜悪さを漂わせ、世界を破滅へと導き、自分が愛した彼女さえも奪い去った。

何が、勇者だ。何が、魔王だ。

お前たちが殺し合わなければ、世界は本当の意味で、平和そのものだったじゃないか。

「良かった……エルメがこれを知らなくて、本当に」

彼方《かなた》に見える魔王城は瓦礫《がれき》と化し、猛烈な炎と憤怒の影が、大地の表面を焼き尽くし、空は紅《くれない》に泣いている。こんな凄惨な光景が、自分たちの招いた災厄だなんて知ったら、エルメは悲しみに暮れるだろう。

「下らねえ……本当に、下らねえよ。人間も、魔物も……どうして、こんなことのために」

もしかしたら、人間に非はなく、魔物こそが真に悪だったのかもしれない。

けれど、どっちが悪かったとか、どっちが正しかったとか、そんなことはどうでもいい。

いずれこうなることは、分かっていたはずだ。

争い合った果てには、何も残らない無が広がるだけだ。分かっていて地獄の扉を叩《たた》いたというのなら、愚か極まるとしか言いようがない。

「これが……憎いって、感情なのか。いや……そうだな。俺はお前たちを、許さない」

もはや見る価値さえないと、ディートは転移の魔法でゴウローネ域を後にした。

沸々と煮《に》え滾《たぎ》る憎悪の感情は、ゼイフーイ域の吹雪《ふぶき》を浴びて治めた。

死後千年目の君と、アンデッドの僕。

思い出の地を全て巡ったディートは、エオテーア域の名も無き墓地に舞い戻る。

最後に歩いたのは、果たしていつのことだっただろうか。

全て、巡った。その全てに、懐かしさと愛《いと》おしさを感じた。

しかし、エルメがいなくなってしまったいま、自分にできることは既にない。

旅を続ける意味はなく、冒険をしたところで彼女を取り戻せるわけでもない。

それでも、このままでは彼女の存在さえ忘れ去ってしまうだろう。

『連れていってください――』

果たしてそれは、ただの偶然だったのか。それとも、エルメの残滓《ざんし》であったのか。

「あっ……流れ星だ……」

幾年《いくとせ》と空を見上げていたディートは、冬の彼方に見える星の輝きで、ふと愛した彼女の声を思い出す。

日々、掠《かす》め取《と》られていくエルメとの思い出を守り抜くには、どうしたらいいのか。

「続けるしかないんだ……エルメと俺のおとぎ話を、遥《はる》か未来に繋《つな》げるために」

男は虚無感の淵《ふち》から立ち上がり、遥かの北の空を見上げた。

秋の終わりが近づくと、どうしてこんなにも身体《からだ》が疼《うず》くのか。

遠い昔の足取りと重ねるように、ディートは失われた過去の冒険の足跡を追った。

そして、エルメの死から千年が経《た》ち、彼はゆくりない思い出の成就を目の当たりにする。

「見てくれよ、エルメ。俺たちの大樹が、こんなに立派に育ったんだぜ！」

二人で植えたルミナスフォアの種はいま、天を衝《つ》くほど壮大な大樹に生長している。

一千年という歳月を経ることで、大樹は成熟期に差し掛かったのだ。

「もしかしたら、エルメとのおとぎ話を、本当に遥《はる》か未来に持っていけるかもしれない。エルメと俺の思い出は、ずっと、ずっと残っていくんだ！」

ディートの心から虚《むな》しさの一切が吹き払われ、足取りは弾《はず》むように軽快になった。

世界中に希望の光が満《み》ち溢《あふ》れ、エルメを遥かな未来に連れていけると確信した。

──しかし、彼の前に立ちはだかっていたのは、冷酷無情な現実だった。

「どうして、壊れているんだ？　前は、こんな風じゃなかったのに……」

エルメとディートの存在を示す遺跡は、見るも無残な姿を晒《さら》していた。

石畳の一部は識別可能な形で残存しているが、地面は水浸しで、植物の侵入も多い。

経年劣化により水路が壊れたことで、水が遺跡全体に溢れ、地盤の崩壊と共に、建物の腐食や雑草の侵入を引き起こしている。

かつて聳《そび》え立《た》っていた壮麗な柱は、基礎部分を除いて倒壊していた。

「……っ」

ディートは一瞬顔色を曇らせたが、すぐさま心を立て直した。

遺跡だけじゃない――この世界に残した彼女との思い出は、まだいくつもあるのだと。

「この遺跡は、俺たちの思い出の一つに過ぎない。エルメと俺が残した物は、まだまだ、たくさんあるんだからな！」

ディートは後ろを振り返り、彼方《かなた》に見える大樹を心の拠《よ》り所《どころ》として歩み出した。

しかし、続けて立ち寄ったクァール山脈でも、痛烈な悲哀が彼の胸を締め付けた。

「何で、だよ……ここには、エルメと俺の記念旗が、あったはずなのに……」

千年前、山の頂上に差した二人の記念旗は、いまでは跡形もなく消滅していた。

日差しや雨風、温度変化などの環境要因により繊維が劣化し、千年の時を経て、完全に分解された。唯一の残骸は、地面に転がる錆《さ》びた鉄の棒切れだけ。

それでも、ディートの心は力強く踏みとどまっていた。

この世界には、まだ数多《あまた》の希望が待っているのだと、孤独の旅を続行していく。

「あれ……魔力は、どういった性質で……この世界には、どんな法則があるんだっけ」

だが、森半ばに入ると、また新たな喪失感が彼の胸を締め付けた。

エルメが教えてくれた言葉も、あの時の手の感触も、忘却の彼方に消え去ってしまった。

彼女との約束が風化していくごとに、不死の心には嘆きの絶叫が反響する。彼は胸を掻《か》き毟《むし》りながら自らを責め立てるも、彼女と過ごした甘美な記憶は、もはや掴《つか》めぬ幻となり果てていた。

彼は罪の重さに肩を落としながら、心の奥底に残る懐かしい風景を頼りに、歩を進める。

「あの時のエルメも、可愛《かわい》かったのに……もう、何も残っていないんだな」

海岸都市はかつての姿を失い、現在ここにあるのは、微《かす》かな石畳や住居の跡、そして白い砂浜と果てしのない海だけだ。

目まぐるしく変貌を遂げる景色に、ディートは心の奥底に大切に仕舞《しま》い込《こ》んだ彼女の面影さえも、いつしか薄れゆくのではないかと恐れた。その切迫感に突き動かされるように、二人で紡いだ思い出の地、あの絶壁へと足を延ばした。

『いつまでも、忘れないでください』

彼女と交わした約束だけは、かろうじて記憶の糸に繋《つな》がれていた。

だが……その他の言葉たちは、記憶の隙間からこぼれ落ちてしまった。

この場所で紡いだはずのお祭りの記憶すら、今や朧《おぼろ》げな夢のようで、男は自らの不確かさから逃れるかのように、次なる地へと足早に向かった。

二人の存在の証《あかし》が、まだどこかに残されているという希望を胸に秘めて。

「ない……何も、かも……言葉も……記憶、も……」

だが、ディートの懸命な希求も虚《むな》しく、彼の歩みの先には何もなかった。

　ソグマール域の魔法文明は、完全に姿形を失い、不毛の地として知られたヨユラ域は、自然の摂理によって一変し、ロモー域に跨《また》ぐ吊《つ》り橋《ばし》は、時の風雪に耐えきれず崩落した。黄金の煌《きら》めきを誇った大河は、その神秘的な輝きを失い、全く異なる風景画を描いていた。そしてゼイフーイ域でもまた、ディートの心はさらに追い詰められる。

　雪原外れに構えた秘密基地は、彼女と過ごした日々の証ごと風塵《ふうじん》となって散った。死の淵《ふち》に囚《とら》われながらも遺《のこ》した彼女の言葉は、歳月の風に揺られ、今や記憶の彼方《かなた》へと溶けつつある。二人の物語を示す物は、岩肌に刻まれた愛の印と、黄金の指輪だけ。

　自分は、ここで何を……彼女は、ここで何を教えてくれたのだろうか。

　もはや手の届かない彼方へと消えゆく記憶の断片たちに、自身の存在意義さえも奪われそうな深い喪失感。その感情の渦に呑《の》まれまいと、ディートは最後の希望を掻《か》き集《あつ》めて、エオテーア域へと逃げ帰った。

「エルメ……大丈夫だよ、エルメ。ほら、俺たちの大樹は、いつまでも残ってるんだから」

　男は、この世界に残された唯一の形見を見上げていた。

　何年も、何十年も、何百年も、その場に居座り続けた。

「エルメ……」

　男は時折、彼女の名前を口にするが、その顔さえ時の影に消されつつある。

　二人で植えた大樹と名前だけが、男の望める望みのはけ口となっていた。

死後一万年目の君と、アンデッドの僕。

男は、エルメのことだけを切に想《おも》い続けていた。彼は、エルメを未来に連れていこうと考え、何度も旅に出ては中断し、再開を経て、途方もない冒険を繰り返してきた。

千年、二千年という歳月が過ぎ去っても、なお彼女を記憶し続けている男は、並々ならぬ強靭《きょうじん》な意志があると言えるだろう。

しかし、星の尺度で測れば、その歳月は刹那でしかなく、試練はまだ始まってすらないのだと理解させられる。

「エルメ……」

愛する彼女がこの世を去ってから、一万年が経《た》った。

ルミナスフォアの大樹はとうに朽ち果て、もはや存在の余韻さえ窺《うかが》わせない。彼女のためにと用意した遺跡や、二人の記念旗も、痕跡ひとつなく崩れ去っている。

だが、男は諦めなかった。

何度だって、作り直した。幾度となく、植え直した。

エルメはまだ死んではいないのだと、不屈の闘志を燃やして、彼女の存在をこの世界に訴え続けた。

だが、男の懸命な営みも、時の流れの前では虚《むな》しく全てが消去される。

どれだけ歩き続け、作り直し、記憶を振り返ったところで、時の流れには抗《あらが》えなかった。

この世界に残存するエルメとの繋《つな》がりは、唯一原形を留《とど》めた純金の指輪に限られる。

「エルメ、エルメ、エルメ、エルメ……」

男は彼女の声さえ分からなくなり、それがまた男の心を蝕《むしば》んだ。そのことに強い怒りを感じた男は、自分の頭を岩塊に打ち付けることもあった。

泣いて、泣いて、叫んで、悲しんで、また泣いて、自傷して、怒って、泣いた。

意味のない繰り返しがディートの新たな記憶となり、愛した少女の声が霞《かす》んでしまう。

顔は……辛うじて、思い出せる。どのエルメも、等しく綺麗《きれい》だった。

けれど彼女の言葉はもう、冬の中に埋もれてしまった。

旅路で交わしたエルメとの記憶のほとんどが雪の粒となって消え、昨日までの自分や、どうでもいい景色ばかりが頭の中を満たしてしまう。

「エルメは、いるんだ……必ず、いる……そうだよな、エルメ？」

自らの記憶すら疑い始めたディートは、いま再び名も無き墓地へと戻ってきた。

この場所は彼にとって最後の希望であり、縋《すが》り付《つ》く夢でもあった。

ディートは執念に駆られた亡者のような目つきで土を掘り返し、彼女を納めた石の棺《ひつぎ》を探り出した。

「エルメ！」

蓋をずらすと、愛した彼女の残滓《ざんし》が姿を見せた。

遺骨は分解され、白い骨は夢の砂と化しているが、頭蓋骨は辛うじて形を保っている。

冬の白さにも似た骨片だが、そこから感じられる温かさは、外の気温とは全くの逆だ。

夕陽《ゆうひ》の余韻が遺骨に宿り、その微《かす》かな輝きが二人の追憶を照らし出す。

『忘――い――ください。連れて――さい』

ディートの手には一握りの少女の骨が握られており、その白い微粒子が指の隙間から零《こぼ》れる音が、時の彼方《かなた》に追い遣《お》《や》られた記憶の限界を切り裂く。

思い出せる。まだ、自分は思い出せる。

不死は骨を指先でなぞり、その触感から少女の存在を確かめた。墓石の影が長くなり、墓地に夜の訪れを感じさせる中で、ディートの心は遠い思い出に浸っていく。

「忘れないよ、エルメ。俺はエルメを遥《はる》か未来に連れていくって、決めたんだ」

エルメの残滓も、もうしばらく経《た》てば、名残も感じさせぬほど風化してしまうのだろう。

しかし、この棺に収まった純金の指輪は、永久的に存在する。

いま身に着けている指輪と、エルメの指輪が、世界に愛を残した確たる証《あかし》だ。

「行こう……俺にも、まだできることはあるはずだ」

何度目か分からない希望を抱き、男は繰り返すように旅に出た。

彼女との約束を誓い、けれど何もない虚《むな》しさに心を抉《えぐ》られ、この左手に輝く指輪だけを信じて歩み続ける。

時の流れにも、逞《たくま》しく耐えていたディートだったが、その繰り返しは、着実に彼の心をすり減らしていった。


——エルメとの別れから、数万年が経《た》った。

月明かりが退廃的な夜を照らし、星々が在りし夢を紡いでいる。

古びた墓地に佇《たたず》む棺《ひつぎ》には、疲れ果てた不死が横たわっていた。

「まだ……覚えて……る……まだ……まだ……俺たちは、ずっと……永遠、に……」

たとえ永遠の命を持っていたとしても、常人ならば、数百年も記憶できないだろう。

とうに使命を放棄し、全てに諦めを付けていただろう。

どうしてこの世の条理さえ打ち破って、男は少女の存在を記憶しているのか。

男に宿る強靭《きょうじん》な〝魂〟が、理《ことわり》の限界を切り裂き、いまもなおその双眸《そうぼう》には少女の笑みが閃《ひらめ》いている。言葉も、微《かす》かに思い出せる。

彼女が、自分を愛していたこと。彼女を、未来に連れていくこと。

彼女を、忘れないでいること。

だが、さらに時が流れていくと、ディートの魂にも遂《つい》に脱色の陰りが見え始めた。

「俺、は……」

エルメに教えてもらった、人らしい感情の色彩が抜け落ちていく。

愛している。愛している。愛している。愛している。

彼女のことだけは強烈な意志となって未《いま》だにディートの胸を焦がし、しかしそれ以外の感情は、忘却の沼に取り込まれていく。

愛していた……他には？

俺は、何かに怒っていた気がする。

心の底から、悲しんでいた気もする。

途方もなく救いがたい景色を見て、腹を抱えて笑った気もする。

だけど、いまはもう分からない。

自分は何をしていたのかさえ、時の影に消されてしまった。

「おやすみ……エルメ」

もう一度、彼女の顔が見られますようにと、ディートは棺の中で瞼《まぶた》を下ろした。

死後一千万年目の君と、アンデッドの僕。

「あれ……俺って……何を、していたんだっけ……」

冬の前触れ、ある森の中で目を覚ました時、以前から膨大な時間が流れていた。

男の記憶はすでにこの世に留《とど》まっておらず、これまで何をしていたかを思い出すことは至難を極めた。自分が何者であるかの爪痕さえなく、この世界に関する記憶もない。

「あ――」

しかし男は、不意に左手の薬指に目を向けた。意識せずとも、自然と向いた。

自分の中に潜む誰かが語り掛けてくるように、足の爪先も北に向いた。

「呼んでいる……のか？」

その旅路は、彼の肉体に深く刻み込まれた習慣となり、本能的に足を進めさせた。

しかし、男にかつての気力はなく、幾度となく旅の中断を余儀なくされた。さらに道すがら、言いようのない虚無感ばかりに苛《さいな》まれた。

森の中の山道、雪が溶け、その道中にはあるべきはずのものがない。

それが何だったのかさえ思い出せず、漠然と広がる木々を目に、ただ失意を覚えた。

そして山頂に至れば、自然と首が上に向いた。目に飛び込むのは青空だけなのに、どうしてここまで虚《むな》しさを感じるのだろうか。

「なんで、悲しく感じるんだ。分からないけど……この場所に、来たことがある気がする」

無意識の内に、男は海浜まで進んでいた。

彼は砂と共に、この地に刻まれた何かをすくおうと試みたが、指間《ゆびま》から零《こぼ》れ落《お》ちる砂粒たちは、男の失われた記憶そのものだった。

「分からない……いまもずっと、分からないんだ。俺は、何をやっているんだろう……」

旅の途中、男は何もかもが億劫《おっくう》になり、数千年から数万年の眠りについた。

それでも何かに促されるように、目覚めては森や海を越え、結晶の地を踏み分けた。

ゼイフーイ域の洞窟に辿《たど》り着《つ》いた時、そこで男の胸には初めての違和感が疼《うず》き出した。

「あれ？　なんか……これに、見覚えがある気がする」

洞窟の壁に刻まれていたのは、二つの名前と愛を示す記号。

エルメ、ディート。

「……」

男は記憶の水面《みなも》に触れるかのように文字をなぞり、何時間も思索に耽《ふけ》った。

この場所に強く渦巻く〝何か〟を感じ取っていた。

『連れてい――ください』

頭の片隅で閃光《せんこう》が爆《は》ぜた。ぱちんと鳴った音と共に、誰かが過《よぎ》った。

「何なんだ……教えてくれよ。誰が、俺を呼んでいるんだ」

些末《さまつ》な脳記憶ではなく、魂の記録が男の瞳を揺り動かす。幾万もの月日が彼の心を抉《えぐ》り、少女の面影が風化していく中で、男は忘れ去ったことさえ思い出せずにいる。

何に泣いているのかさえ分からない。しかし、魂は確かに泣いている。

かつて男の目には、少女の笑顔が宿っていた。その場所はいまや虚空と化しつつあり、欠落した魂の悲鳴が哀色の雫《しずく》として溢《あふ》れ出る。

「誰だ……誰、なんだよ……俺の、この、気持ちにいるのは！」

男の手は無力に垂れ下がり、指先が空虚な羅列をなぞっていく。

遠くの記憶が嵐のように男の心を吹き飛ばし、その中に沈む〝誰か〟を取り戻そうとするが、それは空気の城を手で作り上げるような無意味な試みだった。

やがて男の手は、記憶ごと岩肌を滑り落ちる。

男の涙は過去の断片と混じり合い、星屑《ほしくず》のひとつとして散っていく。

それでもなお、未知なる地への渇望が彼を導いている。

「まだ……終わってない気がするんだ。俺が折れていない限り、この旅は続いている」

風が男の白い髪をそよがせ、歴史の空白を埋めるために足を動かす。

やがて辿《たど》り着《つ》いた真白い原野は、男の心を映すが如《ごと》く冷厳さと温《ぬく》もりを兼ね備え、男は雪上に深い印を残していった。

瞳は虚《うつ》ろだ。思考も雪にもまれて、かじかんだ手には生気がない。

しかし、一歩が強い、一歩が重い。

男の足跡は、過去の重みを背負っている。白銀の世界で、自らの存在と向き合いながら、なお力強い歩みを進めている。


──そして、五千万年が経《た》った。

雪原の果てに到達すると、男は言葉もなく力尽きた。

気力が湧かない、この世の全てに意味がない。

だが、時の糸の果てに眠るあの日の蒼穹《そうきゅう》が、いまもなお響いてくる。

『忘れないで……くだ……さい……』

幻聴は、一瞬だけ男の目を覚ました。しかし、そこからの記憶は男にない。

ただ帰らなければならないという使命感だけが男を突き動かし、また途方もない年月を掛けて墓地に戻る。

そう言えば、指に着けているこれは、何なのだろうか?

男は指輪を外し、棺《ひつぎ》の中に放った。そして自分もまた、その中に収まった。

材質は最悪な石の棺だが、不思議とこの上なく寝心地が良かった。

死後一億年目の君と、アンデッドの僕。

どれだけ、膨大な時間が流れただろうか。

棺《ひつぎ》の中で眠る男には、新たに芽吹いた歴史にも、生命の誕生にも関心がない。

俺は、だれだ？

俺は、なぜ生きている？

彼の脳内には、ふたつの事実しか存在しない。遥《はる》か昔、何かのきっかけで不死になったということ。冬の果てには、冷たい孤独しか待っていなかったということ。

それ以外は、全て時の波にさらわれてしまった。

ただ息をするだけの器に魂はなく、もはや空虚な抜け殻に過ぎない。

永遠を生きる男は、日々の瞬間が年月へと変わり、季節は眠りの裏で移り変わる。

〝誰かが、呼んでいる？〟

暗闇に落ちた意識の中で、男は奇妙な音を聞いた。

『――』

声ではない。言葉でもない。思い出など存在しない時屑の中を漂う〝何か〟が、自分を呼んでいる。

起きろ。起きるんだ。お前はまだ、その胸に預けた使命を忘れてはいない。

誰かが叫んだ。自分の胸倉を掴《つか》んで、唾の掛かる距離でそう吼《ほ》えた。

何のために？　……いつ、誰が、どこで、どうして？

男の眠りは浅いところまで上がって、あと一歩のところだった。手を伸ばせば届く距離にまで到達した。しかし、かつて辿《たど》り着《つ》いた雪原の果てのように、男はただ引き返した。

意味が、ないだろう。何のために、俺は起きる。

そもそも俺とは、誰なんだ？

手を伸ばせば伸ばすほど、〝何もない〟現実に突き落とされる。そんな悪い夢を見て、男は最後の一歩を拒んだ。ひたすらに、暗闇の底へと意識を委ねた。

しかし、星を震撼《しんかん》させる、強烈な魔力の波動が、男を微睡《まどろ》みの淵《ふち》から叩《たた》き起《お》こした。

「あれ……ここは……そして、俺は……」

男は棺の蓋を押し開け、土の奥深くから這《は》い上《あ》がる。辺りは見知らぬ森で、周囲に見えるのは木々と土くれ、石の残骸ばかり。なぜ、自分がここにいたのかさえ覚えがない。

「俺は、誰だ？」

男にはこれまで自分が何をしてきたのか、自分が誰であるのかさえ思い当たる節がない。

そして、この世の全てに興味を覚えず、ただ仰向《あおむ》けになって空を眺めた。

何をすることもなく、十日とその場で過ごしていると、ある違和感が男の脳裏を過《よぎ》る。

「俺自体も分からないけど……これは、なんなんだろう？」

棺《ひつぎ》の中には、二つの装飾品が捨て置かれていた。

まるで人の夢のように綺麗《きれい》な、純粋な金の指輪だった。

『──』

男はまじまじと指輪を見つめたが、何も思い出すことはできなかった。

自分は、何かを追い求めていた気がする。しかし、その何かを辿《たど》ることはできない。

分からないことだらけの中で、男は鬱屈とした気持ちを振り払うかのように息を吐いた。

「まあ……せっかく起きたんだし、楽しいことでも見つけてみるか」

男は、気だるげに立ち上がった。

何もしたくないという気持ちはあるが、意味もなく苦しみ続けたいわけではない。

この虚《むな》しさに苛《さいな》まれるくらいなら、面白いことでも見つけてみよう。

男はあくまでも前向きな意志で、西へ西へと歩み続けた。

「おかしいですね。先ほど、人の声らしきものが聞こえたのですが……この付近は魔物の生息地で、人の村落もありません。あるいは……いえ、ただの気のせいでしょう。世界が終わりつつあるいま、わたしも冷静ではいられないようです」

偶然か必然か、男の耳に微《かす》かな呟《つぶや》きが滑り込んだ。

好奇心のままに近づいてみると、そこには馬車を引いている少女の姿が。

「なあ、こんなところで、何をしているんだ？」

少女は身を翻すように振り返り、戸惑いの眼差《まなざ》しで男の姿を凝視した。

「え、っと……それは、わたしの台詞《せりふ》だと思うのですが……あなたは、いったい」

「俺は……何なんだろうな。ずっと寝ていたせいか、何にも覚えてないんだ。とりあえず、さっき起きてさ。楽しいことを探すために、この辺りを歩いてるんだ」

艶《つや》やかな黒髪を揺らす少女は、警戒するような眼差しで謎の男を検《あらた》めぬく。

「奇妙な物言いですね。悪性魔力が、世界中を汚染してから十日。多くの方が、悪性魔力による病に倒れ、クォリス王国も滅亡しました。そんな状況下で、楽しいこととは――」

そこで少女は、男の肌に一切の青斑《せいはん》がないことに気付き、さらなる疑念を深める。

「あなたには……どうして、悪性魔力の影響が出ていないのですか。見たところ、冒険者ではなく……かといって、大きな魔力も、持ち得てはいないようですが……」

男は雪のように白い歯を輝かせながら、少女の問いかけを軽やかに流した。

「なんだか、よく分かんねえけどさ。あんたこそ、いったい誰なんだ？」

少女の胸には、男への疑念が渦巻いていた。それでも、彼から放たれる異質な気配と、青斑なき健全さを認め、自らの名を名乗るに至った。

「エルメネア・クレネール。元勇者の、魔法使いです」

その瞬間、光り輝く紫紺《しこん》の瞳が、白髪の男の虚《うつ》ろな視線と交差した。

時空を超えて、運命の歯車が動き出した。

晩冬編

死後XX年目の君と、アンデッドの僕。

この星の歴史は、繰り返す定めにあった。

全ての知的生命体が死に絶え、人類と魔物が再び進化を遂げるのに、どれほどの時間を要したことだろう。

それでもなお、彼らは争い合う運命から逃れられず、人類の代表者と魔物の王は幾度となく闘争を繰り返した。どの時代においても、彼らは壊滅の刃《やいば》を盲信的に振りかざした。

いったい、何が彼らをそうさせたのだろうか。

魔力という凶悪なエネルギー体がすべての元凶だったのか。または、異なる種族を敵と見なすその審判があまりに醜悪に過ぎたのか。あるいは、報復の連鎖がもたらした結末は、避けようのない運命だったのか。

時代が移り変わるごとに、魔王の姿は様々であった。悪魔、天使、吸血鬼といった種族を問わず、彼らは力を追い求めた。人類は全ての歴史で彼らに立ち向かい、時には人類が滅亡寸前に追いやられる時もあった。

しかし、歴史の果てには決まって、最強の二人が現れ、幾度となく世界の終わりが繰り返された。

——その数多《あまた》の歴史の中で、ある少年と少女だけは、必ず再会を果たしてきた。

『あなたは、ここで何をしていたのですか？』

不死の少年が、長い眠りから目を覚ますと、必ず一人の少女と出会った。出会い方は、歴史によって変化があったが、どの歴史においても、二人は共に旅に出ていた。

しかし男は、出会う度に記憶を失っていた。

誰も男を覚えておらず、男も誰も覚えていない。これまでに、少女と築き上げた遺跡や思い出も、歴史ごとに様々であったが、そのほぼ全てが未来に残ることはなかった。

『連れていってください――』

だが、移ろいゆく歴史の中で、二人は常に同じ約束を交わしてきた。

指輪や秘密基地などの特別な思い出も、何十億年と、繰り返し作られてきた。その度に二人は同じ想《おも》いを育み、同じ結末を辿《たど》ってきた。

「わたしは、エルメイナ・エストール。勇者をつとめていた、魔法使いです」

少女の名前や姿は、歴史によって多少の変化があった。

名字にバラツキはあったが、愛称は常にエルメだった。髪型に一定の形はなく、黒髪を頭頂部で結んでいたり、左右に結んでいたりすることもあったが、輪郭はほぼ同じだった。

そして外見や名前にかかわらず、少女の魂は、次の歴史の少女へと継承されてきた。

同時に男の名前もまた、常にディートと命名されてきた。

いったい何が、彼らの絆《きずな》をそこまで結びつけていたのだろうか。

無論、それは少年と少女が交わした〝約束〟の想《おも》いに他ならない。

ディートは彼女を遥《はる》か未来に連れていき、エルメは彼を時の彼方《かなた》に連れていく。二人のおとぎ話はいつか必ず語り継がれるのだと、ディートは生きながら、エルメは死してなお自分たちの約束を己《おの》が魂に刻み付けた。

もしも世界の運命を変えられるとしたら、それはこの二人に限られる。

だが、途方もない時の流れの中で、男は過去の全てを忘却していた。

——結局のところ、男に世界を救う資格などなかった。


「……エル、メ？」

彼女との出会いから数十日が経《た》つ度に、避けられぬ別れが訪れた。

「うそ、だろ……なあ……エルメ？」

男は確定された死を覆すことはできず、また歴史に涙を残した。

無様だった、無力だった。

永遠を生きた男は、世界中の誰よりも弱く、たったひとり愛した少女さえ守れなかった。

だから男は、変えたいと思った。

男は彼女との約束を、鉄の心に刻み込んだ。彼女を遥か未来へと連れていくため、忘れないでおくため、孤独な旅に明け暮れた。必ず未来に残るおとぎ話を、持っていく。自分が覚えている限り、彼女はまだ死んでいない。

――幾度、同じ信念を宿しただろうか。

どれほど崇高な志を持っていたところで、永遠に近い時の流れには、アンデッドですら抗《あらが》うことができない。信念は疑問に、疑問は自問に置き換わり、やがて全てが色褪《いろあ》せて、意味を持たない無情の果てに吊《つ》り下《さ》げられる。


しかし、どれだけ心が乾き切ろうとも、男の〝魂〟は決して輝きを失うことはない。

彼の魂に根ざした彼女への想いは、二人の約束は、男と共に生き続けていた。

使命は男の血肉と化し、思い出は心臓と同じように魂の底で脈打ち続ける。

だからこそ彼は、エルメと再会を果たす度に、彼女を連れ出していったのだろう。

二人のおとぎ話を残すため、彼女を遥か未来に連れていくため、孤独の身に晒《さら》されても、なお終わらぬ冒険に明け暮れる。

――また世界が終わった五十億年目の歴史の中でも、彼は世界各地を巡り歩いていた。


「また来たぞ、エルメ」

ある歴史でゼイフーイ域と呼ばれていた雪原の、名も無き洞窟。

今回も二人の秘密基地を残していたディートは、彼女の死後、再びこの場所を訪れた。

かつて、エルメがここで横たわっていたこと。

自分が彼女のそばに寄り添い、雪原での冒険の話を聞かせたこと。

その全てに懐かしさを感じ、ディートは自分の胸に手を押し当てた。

「なんだか、いまもエルメが生きているように感じる。何も残っていなくても、この想《おも》いだけは変わらないんだ」

エルメとディートの思い出は、いまや彼の記憶に限られる。

記憶の中に眠る彼女を、この世界に結びつけたい。

そう考えたディートは、そっと洞窟の壁に手を添えた。

「なにか……残したいな。エルメと俺がいたんだって、なにかを」

彼の手に魔力が宿り、それは愛の刻印として壁面に刻み付けられる。

太陽を意味する円と、放射状に広がる光条。それを包む三日月を描き、下に直線を引く。

左にはエルメと、右にはディートと書き残す。

『ディートさん。──わたしは、あなたを、愛しているからです』

彼女の甘い言葉が蘇《よみがえ》る度、男の瞳には現実と乖離《かいり》した嘆きの粒がこぼれ落ちる。

「俺、だって……」

熱い感情が漲《みなぎ》るほどに、ディートの心は脆《もろ》くなった。

自分も彼女を愛しているのに、どうして自分だけが生きているのか。どうして、彼女の声を、もう一度聞くことすら叶《かな》わないのか。

「エルメ、エルメ……なあ、どうして……本当に、俺は……っ！」

彼女への愛が高まるにつれて、エルメがいないという悲しみの念も増大していく。

悲しさは悔しさへと転化し、ディートは何もできなかった自分の無力さに憤った。

こんなはずではなかったと、虚《むな》しい現実を拒絶した。

そして遂《つい》に、ディートが崩れ落ちたその瞬間、彼は足下の奇妙な羅列に気が付いた。

「これは……どういう、ことだ？」

確かに自分は、壁面に印を残したはずだ。

なのに、どうして地面にも、同じ記号が刻まれているのか。

いや、足下だけじゃない……洞窟の入り口、歳月を刻んだ石の壁、積み重なった鉱石、無機質な地面。そこら中に、いくつもの愛の証《あかし》が残されている。

洞窟は、極めて風化に強い鎧岩《よろいいわ》で形成されている。刻印の一部は風化し、欠けているものも散見されたが、これらの記号は、確実に二人が繰り返してきたことを証明している。

「まさか……いや、だけど、そんなはずは……」

どくんと、ディートの心臓が高鳴った。

待て……俺たちの秘密基地は、いつから始まった？

脳髄を振り絞っても思い出せない、条理の外側に置いてきた、埃《ほこり》を被《かぶ》った記憶。

この地で過ごした無数の切なさは、脳内になくとも身体《からだ》が覚えている。

俺が置き去りにしてきた記憶たちは、もしかして……もっと、遥《はる》か昔から。

「印をここに残したのは、今回が初めてのはずだ。なのに、同じような記号が、俺たちの名前が、何十個もあるってことは……」

あり得ないと疑いつつも、ディートはその真相を口にする。

「俺とエルメが出会ったのは、初めてじゃないのか？　もっと、昔から……俺とエルメは出会ってきて、死んで……そして俺は、何度も、エルメを……」

本当に、自分とエルメが繰り返し出会ってきたのなら、それはいったい何のために？

まさか……世界が、何度も、同じような歴史を繰り返してきたのか？

胸に疼《うず》く確信はまだ小さく、ディートは信じる心を持てずにいる。

そんなおとぎ話は、果たして存在するのだろうか。

確信よりも疑念が優《まさ》り、ディートは拳を握り締めたまま固まっている。

このおとぎ話の真偽を確かめるすべは、ある。

歴史が繰り返してきたことを、無数のエルメたちがいたことを。

しかし彼には、その一歩を踏み出す勇気がない。

ありもしない幻想を抱き、都合の良い妄想を重ねるなど、なんと哀れなことだろうか。

事実でなかった場合は、エルメがいたことさえ、疑いを持たざるを得なくなる。

――だがそれでも、ディートは確かめる決意を固めた。


『いつまでも、忘れないでください』

太陽が天の川に微笑《ほほえ》む中、緑豊かな地の中に立つ古びた墓地。そのひと際輝く棺《ひつぎ》の前に立つディートは、心躍る興奮と少女の鼓動を感じながら、風に靡《なび》く銀色の髪をかき上げる。

彼の前にはいま、二つの棺が置かれている。一つは、エルメのために拵《こしら》えた新しい棺。

そしてもう一つは、自らが収まっていた壊れかけの棺。

いざ真実を確かめようと、古い棺の蓋を開ける瞬間、ディートの手は恐怖に止まった。

気のせいだったら、どうしよう。ただの、勘違いに過ぎなかったら……。

身をすくませる不安を黙らせるように頭を振り、ディートは古い棺の蓋を開放する。

「はっ……ははっ。やっぱり……エルメは、そこにいたんだな」

自分が目覚めた時、ディートはある疑問を抱いていた。

どうして、自分が収まっていた棺の中に、金色の指輪が転がっていたのか。

純粋な金は、永久的に錆《さ》びることがない。だから幾億年の時が過ぎても、こうして形を保っていられる。太古の昔から〝二人〟が存在した、揺るぎない証拠だ。

さらにこの墓地には、彼女の棺と思《おぼ》しき残骸が無数に見受けられる。

「もう、俺は疑ったりしない。たくさん、歴史が繰り返されてきたことを……多くのエルメがいたことを、いまここで証明してみせる！」

ディートはこの一帯を掘り返し、地の奥底まで、一つ残らず棺《ひつぎ》の残骸を洗い出した。

棺の作製に用いられたのは、〝不壊《ふえ》〟の特性を持つ鎧岩《よろいいわ》。

その側《そば》には、必ず金色の指輪が埋まっていた。

「やっぱりそうだ。エルメと俺は、本当に何回も出会ってきて、二人の思い出を、残してきたんだ。どんな歴史においても、この指輪だけは……ずっと……」

自分が手に持つ指輪と、墓地に眠っていた指輪を数え合わせると、全部で百。

少なくとも、五十回は歴史が繰り返されてきた証明となる。

エルメとディートは、おとぎ話ではなかった。

人間と魔物は闘争を繰り返してきて、その度に破滅を辿《たど》った。しかし、次に人間と魔物が進化を果たし、文明ができるまでに、どれだけの歳月を要するのか。

「何万年、何千万年……いや、何億年かもしれないな。それだけの間、ずっと覚えていられる保証は、どこにもない……だからといって、諦めていい理由にはならないんだ！」

ディートはそれから、一秒たりとも足を止めることはなかった。

いつでも、目が覚めるように。次こそは、世界が終わる前に駆けつけるために。

千年が経過すると、エルメと世界に残した思い出たちの、多くが消滅した。

何かも分からない塵屑《ちりくず》になって、少女が存在した痕跡は、大樹と指輪に限られた。

「寝るな。寝たら、終わりだ。俺の想《おも》いも、エルメの名前も、全て忘れていってしまう。たとえ、心や身体《からだ》が灰になっても、この記憶だけは持っていくんだ！」

ディートはいつものように、屈強な信念だけを宿して、旅に明け暮れた。

だが、千年という期間は星の規模で見ると刹那でしかなく、試練はまだ始まったばかりだと思い知らされる。

「エルメと、ディート。あの星座は、二人で名付けたんだ」

二千年が経《た》った。ディートは幾度となく旅の跡を追い、とにかく足を動かし続けた。立ち止まった瞬間、虚無の溟海《めいかい》に引きずり込まれそうで。彼は眠りの誘いに抗《あらが》うために、思い出を口にし続けた。使命の炎を、灯《とも》し続けた。

「エルメ、エルメ……エルメ、エルメ……」

一万年が経った。もはや昔日の一時は色褪《いろあ》せた破片に過ぎなくて、彼がまだ眠りに落ちていないのは、単なる奇跡か、あるいは常理を超越した魂の表れか。

星々が天の穹《きゅう》に瞬く中、独りきりの不死は、秘密基地の羅列を網膜に刻み込んだ。

まだ、覚えている。まだ、忘れてはいない。

もはや顔と形が意味をなしていなくとも、この胸を震わせる最果ての責務が、依然として男をディートたらしめている。

名前の意味は、共鳴。大昔にエルメから教わった名の通り、男は自分を記憶している。

「連れて、いくんだ……今度こそ、エルメを、幾億年の果てに連れていくんだ！」

三千万年が経《た》った。眠気の波が押し寄せても、その瞳は星空の奥深くを見つめている。

吹雪《ふぶき》が雪原に白い絨毯《じゅうたん》を広げ、風が冷たい息を凍《い》てつかせる。

その白き世界を歩む、一人の不死の存在。彼は永遠の命を背負い、しかし彼の肩には、孤独の重みがのしかかってはいない。彼は、確かに二人分の命を背負っている。

雪原の吹雪が、男の心に反響している。その足跡は永遠に続く線のように、雪原に刻み込まれていく。かつて残した小さな足跡を追って、彼女との再会を願って。

「……」

――そして、数千万年が経過した。

繰り返されてきた歴史の中で、今回のディートは最も使命の炎を燃やしていた。

だが、無限に等しい時の中では、いかに強靭《きょうじん》な思いもまっさらに消去されてしまう。

意地や誇りでどうにかなる問題ではなく、男は全ての記憶と人格を失っていた。

「俺、は……いったい……何、で……どう、して……」

長い歴史の中で、ようやく辿《たど》り着《つ》いた真相の全てをも、男は忘れ去ってしまっていた。

なぜ、旅を続けていたのか。誰を、救おうとしていたのか。

男の頭には疑問だけが交錯し、自己の存在意義すら忘却していた。

しかし、彼がかき集めた百の指輪だけは、大切そうに腕の中で抱きかかえていた。

〝何だ、これは……誰かが、呼んでいる……のか？〟

土の奥深くに埋められた、棺《ひつぎ》の中。

暗闇のみが広がる世界の中で、男は奇妙な音を聞いた。

『ですからどうか、幾億年と経った世界の果てに、わたしを連れていってください』

暗闇の中で、微《かす》かな光が浮かび上がった。

それは、エルメの指輪が放つ〝魂〟の輝きだった。

『ディートさん――』

指輪から漏れる音と光は、微風や薄明かりにも劣るほど弱い。

耳目を凝らしたところで、感じ取ることはできないほどに。

しかし、その残響が重なり合ったらどうだろうか。

一つ一つは些細《ささい》な響きに過ぎなくとも、いくつもの音が重なり合うことで、確かな声と輝きとなって現れる。

これまでにディートが受け取ってきた〝指輪〟たち。

その内に宿る〝魂〟たちが、ディートの心に〝共鳴〟する。

「……」

それでも、どんな響きを重ねようが、男の深い眠りを覚ますことはできなかった。

だから指輪たちは、いっそうと〝魂〟を燃やし尽くした。

彼に伝えなければならない、記憶を——最も古い、自分たちのおとぎ話を。

「そうか……俺たち、は……」

暗闇をさまようディートの心に、ある少女との記憶が〝共鳴〟した。

1

ウィンデシル域、王国外れの森、エルキナ村。

ある歴史でエオテーア域と呼ばれた森の中には、緑豊かな小村の風景が広がっている。

春の陽光が燦々《さんさん》と降り注ぎ、畑は翠緑《すいりょく》の輝きを放つ。風が穏やかに吹き抜け、草花がそよぎ、鼻腔《びこう》を膨らませる自然の芳香が運ばれる。

家々の庭に季節の花々が咲き誇り、野菜や果物が育てられている。木々の間を縫うようにして歩道が続き、村の人々が平穏の中を歩いている。子供たちが元気に駆け回り、年老いた村人はベンチに腰掛けて彼らを温かく見守っている。

『なあ、ディート！　今日は山登りに行こうぜ！』

『ばっか、山はこの前登っただろ。クソ暑いんだし、川で涼みに行かねえと！』

少年たちの中心に佇《たたず》むのは、漆黒の短髪を翻す少年ディート。朗らかな面持ちに、燃える紅瞳を宿し、今年で十度目の春を迎えたばかり。中にはディートより年上の少年もいるが、彼らはある事情により、絶大なる信頼をディート一人に寄せている。

『ったく、どうして俺に聞くんだよ。勝手に、行きたいとこに行けばいいだろ』

『だって、ディートんちは冒険者の家柄じゃねえか！』

『父ちゃんも、母ちゃんも冒険者なんだよな？　だったら、ディートも将来はエルキナ村のヒーローだ！　魔物を倒して、魔王を倒して、この世界を救ってくれよ！』

ディートは気の抜けた笑みと共に、肩を落とした。

『無理だって言ってんだろ。俺には、魔力や魔法の才能もないし』

『いいや、分からないぜ！　村がピンチになった時、ディートはそこで覚醒するんだ！』

『有名になったら、俺たちのことも紹介しろよ！』

そんな取り巻きたちの声を振り切るように、ディートは反対の道を進み始めた。

『おい、ディート！』

『どこに行くんだよ！』

『悪い、先に行っててくれ！　絶対に、後で行くから！』

実のところディートは、彼らに呆《あき》れたわけではなく、他に気がかりなことがあった。

いまも古民家からしきりに視線を遣《や》っている彼女——艶《つや》やかな黒髪に、紫紺《しこん》の瞳を持つあの少女の下へ、ディートは足を運んだのだった。

『よお』

軒端で膝を抱えている少女は、ディートの挨拶に疑い深い眼差《まなざ》しを向けた。

『よお……でしょうか』

『俺、ディートって言うんだけどさ、ずっと、俺たちの方を見てただろ？　だから、一緒に遊びたいんじゃないかって思って』

ディートの見立ては見事に的を射ていたが、少女には自らの胸中を傍目《はため》に見透かされたくないという、わがままな子供心があった。

『わたしはエルメと言います。あなたの気遣いは嬉《うれ》しく思いますが、それは単なる杞憂《きゆう》に過ぎませんよ。わたしは、寂しくなんてありません』

気丈な態度を見せる彼女の傍らに、ディートは腰を落ち着かせた。

『俺は寂しいかどうかなんて、聞いてないぞ』

『……』

『寂しかったのか？』

決してエルメをからかう意図はディートの頭にはなく、それは純粋な疑問であった。

『ご存じの通りかと思いますが、わたしはこの村の人間ではありません』

『えっ、知らなかった』

『この村よりも西にいった、王国ソルマーレンの出身です。五歳までは、王国で暮らしていたんです。それも、その……身寄りのない、孤児として』

エルメは無風を装うが、その横顔は硬く、ディートの目にはひとりぼっちと映った。

『なんで？』

『冒険者だったんです。お父さんも、お母さんも、わたしが物心つく頃には、この世界を旅立っていました。そして、五年前……あるお爺《じい》さんとお婆《ばあ》さんが、孤児のわたしを拾ってくれて……孤児院にいた時よりは、ずっといい暮らしです。毎日、ちゃんとしたご飯が食べられますし、寂しさもいくらか紛《まぎ》れました。それでも……わたしの心は、まだ……』

魔物退治を生業《なりわい》とする冒険者には、常に危険が付《つ》き纏《まと》う。

もしかしたら、自分の両親も、そうなっていたかもしれない。

強い不安が脳裏を過《よぎ》ると、ディートは、エルメのことを他人事《ひとごと》とは思えなかった。

『俺んちも、冒険者の家柄なんだ。父ちゃんと、母ちゃんと、俺で暮らしてんだけどさ、二人はいまも現役で、ウィンデシル域の魔物を倒して回ってる。だから……なんつーか、エルメの不安とか、悲しい気持ちは分かるんだ。だって、俺もひとりぼっちになっていたかもしれない』

遥《はる》か遠くの空を見つめるディートの憂鬱な面持ちに、エルメはそれが慰めの言葉ではないことを感じ取る。

この世界は、残酷だ。

人間と魔物の殺し合いの渦に翻弄されるこの運命の中では、力のみが正義となる。無力な者は、さらに無力な者のために命を賭して死に伏す。弱肉強食が真理とされるこの世界で、少女は孤独の身になってしまった。

だとしたら、ディートはいかなる選択を取るべきか。

少年はより強固な意志をもって、言葉ではなく行動でその心を打ち明けた。

『えっ、あの……ディート、さん？』

彼はエルメの手を取って立ち上がり、いかにも悪童的な笑みを浮かべてこう言った。

『今日も、みんなで遊びに行くんだ。エルメは山登りか、川遊び、どっちがいい？』

『ですが……あの、わたしは、よそ者のはずで……』

『関係ねえよ！　文句を言うやつがいたら、俺が全員、ぶっ飛ばしてやる！』

ディートの威勢のいい啖呵《たんか》は、エルメをどれほど安心させただろうか。

村のよそ者ではなく、ようやく自分もこの村の住人のひとりになれるのだと思うと、彼女の孤独感はみるみるうちに薄れていく。

『はい……ですが、どうかお手柔らかにお願いしますね、ディートさん』

二人の目標は定まり、ディートは森の手前で待っていた仲間たちに、エルメを紹介した。

『エルメと申します。年齢は今年で十歳です。どうか、よろしくお願いします』

緊張した面持ちで、発する言葉は極めて硬かったが、それを咎《とが》める者は誰もいなかった。

『ほら、大丈夫だったろ。今日から、エルメは俺たちの仲間だ！』

『些《いささ》かの不安はありますが……そうですね。ありがとうございます、ディートさん』

この日を境に、エルメはディートたちと共に過ごしていく。当初は表情が硬く、緊張の色を隠せないエルメだったが、時の経過と共に、その顔つきは和らぎを取り戻していった。

『見てろよ、エルメ。俺が、川の主を獲《と》ってきてやる！』

『気を付けてくださいね。この前も、そう言ってケガをしていたんですから』

『アレは、岩で滑っただけだ！　今日の俺は、一味違うぜ！』

『ってほら、言った矢先に転んでいるじゃないですか……』

川遊びに飽きれば森に行き、それも飽きれば山に行った。

『ここら辺、坂道がきついけど大丈夫か？』

『問題ありませんよ。この山には、たまに訪れていましたから』

二人で山腹を散策しつつ、いざ見つけた洞窟にディートは興味津々だった。

『なあ、エルメ！』

『ダメですよ、ディートさん』

『ひどいな、まだ何も言ってないだろ』

『言わなくても、分かりますよ。探検……してみたいんですよね？』

『いいや、秘密基地を作ってみたいんだ！　ほら、こっちとか、けっこう入り組んでるし、誰にも見つからないんじゃないか？』

『面白そうではありますけど、魔物がいるかもしれません。秘密基地を作るのは、また今度にしましょうね』

『エルメが言うなら、仕方ないな。でも、いつか、いつかは作ろうぜ』

『もちろんです。いつか、ディートさんとの秘密基地を作りましょう』

ディートは、日々をエルメと共に過ごした。一切の華やぎのない田舎の中でも、二人の世界は十分過ぎるほどに彩られていた。

四季を通じ、昼夜を問わず、ディートは尽きることのない笑みでエルメと遊んだ。

内心に悩みの種さえなく、気遣いを見せる素振りすらない。ディートは誰に対しても、等しく自由気ままに接し、エルメはその温かさが心地よかった。

二人は、この平穏が永遠に続くと思っていた。誰にも邪魔されず、何からも干渉されない。自分たちの世界は、いつまでも続いていくものだと信じていた。

『ディート。父さんと、母さんは、少しの間村を離れることになった』

『この地域に、危険な魔物が出たの。大丈夫、心配しなくても直《す》ぐに戻ってくるわ』

両親と離れ離れになることに、ディートは強い孤独と不安を覚えたものの、彼には頼れる存在があった。

『ディートさんのご両親は、魔物退治に旅立たれたのですね。ですが、心配はありませんよ。ディートさんのためにと、無事帰ってくるに違いありません』

　エルメがそばにいる限り、ディートは心細さ一つ覚えなかった。

『大丈夫……きっと、そうに違いないよな。ありがとう、エルメ』

『礼には及びませんよ。わたしだって、ディートさんに助けられているんですから』

『あれ？　俺って、エルメを助けるようなことをしたか？』

『まったく、いまさら何を言っているのですか？　わたしを、孤独から救ってくれたのもディートさんで、毎日のように連れ出してくれたのも、ディートさんです。他でもない、あなたのおかげで……わたしは、生きる意味を見つけられました』

『えっ、エルメの生きる意味……って？』

　エルメが目で訴えかけるが、ディートはただ首を傾《かし》げるばかりであった。

分かっている。ディートがいかに鈍い男であるかを、この一年で散々思い知らされた。

男女の微妙な情の駆け引きには、極めて疎い男であるのだと。

　しかしエルメの内にも、ここで引くまいという乙女の意地が芽生えつつある。

『ディートさん、そろそろわたしたちが知り合ってから、一年が経過しようとしています』

『確かに、もうそんなに経《た》つんだな』

『この一年……わたしなりに、その……色々と新鮮な思い出ができました。これも全て、ディートさんのおかげだと思っています。ですが、えっと……明日、明後日《あさって》と、同じ毎日が続けばいいなと、そう思っていまして……』

言葉に詰まり、表情を曇らせたエルメの顔を、ディートが覗《のぞ》き込《こ》んだ。

そして彼は青空のように澄んだ笑顔で、思いがけない言葉を紡ぎ出した。

『明日とか、明後日《あさって》だけじゃない。俺はエルメと、ずっと一緒にいたいって思ってるぞ』

その言葉の意味を、果たしてディートは理解しているのだろうか。

エルメは驚いたように瞬《まばた》きをし、ディートの言葉が心の奥深くに沁《し》みると、たちまちに顔を紅潮させ、最後は逃げ出すように視線を逸《そ》らした。

『まったく……ディートさんは、本当にいい加減な人なんですから』

『俺、なんか変なことを言った？』

『変では、ありませんけど……ディートさんは、言葉の意味を理解しているのですか？』

『難しいことはよく分かんねーけど、この気持ちは、本当なんだ。エルメと一緒にいたら、なんだか心がぽかぽかしてさ。だから、ずっと一緒にいたいって思ったんだ！』

エルメは、いまにも顔から火が出そうな顔色になった。しかし、これに怯《ひる》むことなく、少女はディートの顔を見つめ直す。

『どうした？』

それでもなお、ディートにはエルメの視線の意味するところが掴《つか》めない。

自分もまた、彼と同じ想《おも》いを抱いていることを、いかにして悟らせたらいいのか。

何を伝えれば、彼はこの気持ちを受け入れてくれるのか。
悶々《もんもん》と考え込んだ末、エルメは最も分かりやすい手段に出た。
『あっ――』
爪先を伸ばして、両手は自分の背中に回して、彼の唇に好意の印を交わした。
ふっと、二つの心が重なった。
ディートは驚いたような声を上げたが、エルメの想いを拒む様子は見せなかった。
『どう……ですか。その……えっ、と……』
エルメは、ディートの返答に怯《おび》える素振りを見せるが、それは杞憂《きゆう》に過ぎなかった。
ディートはいつもの調子で、エルメの手を取り、こう言い放つのだった。
『さあ、今日も行こうぜ。これからも、二人で思い出を作ろう』
エルメは安堵《あんど》の吐息を漏らし、幸福に緩んだ目を伏せて応えた。
『はい……どうか、末永くよろしくお願いします』

それから、一年の歳月が流れた。エルメとディートは、朝な夕な行動を共にしていた。
エルメの義親もそれを温かく受け入れ、孤独のディートを決して一人にはしなかった。
エルメも、ディートも、老夫婦も、村人すらも、この恩寵《おんちょう》の日々が続くと信じていた。
しかし、二人が一二歳になった年のある日、予期せぬ報《しら》せが村にもたらされた。

『輝かしき冒険者の魂よ、幾多の試練を越え、死線を冒してまでも、民を守り抜く誓いを貫かれし偉勲に、心より敬意を捧《ささ》げまつる。

世に生を享《う》けし冒険者の中にあっても、かくも凶暴なる魔物と死闘に臨み、最期の時まで気力に溢《あふ》れ、威風堂々たる戦いぶりは誠に稀代《きたい》の勇士なり。

安らかに眠り給《たも》うことを。誇り高き魂よ、永遠の安息を』

一年前――ウィンデシル域の秩序を守るため、出陣したディートの両親は、柩《ひつぎ》に納められた状態で村に帰還した。

冒険者に依頼を出し、彼らを世界各地に派遣する冒険者協会の連絡担当官から、両親が戦死したと伝えられ、いまなお霊園に立たされているディートは、目の前の現実を心に落とし込むことができないでいる。

絶対に帰ってくる、心配するな。

そう言って旅立った父と母が、二度と還《かえ》らぬ人となったことを、自身が〝孤独〟の身に立たされたと理解したのは、役人が遺族への労《ねぎら》いの言葉を終えた時のことだった。

『うそ、だろ……うそ、だ……そんな……あっ……ああ……っ』

ディートは地に崩れ落ち、ただ泣《な》き喚《わめ》くばかりだった。

両親とは二度と会えないこと、その声を聞き、顔を見ることも叶《かな》わないのだと悟ると、胸を貫く切なさが喉を衝《つ》き、嘆きとなって爆《は》ぜしめた。

村人すべてが、ディートの痛ましい叫びに同情した。

しかし、彼の思いを最も汲《く》み取《と》れたのは、村長や、老夫婦、長く付き合ってきた友人たちではない。

奇《く》しくも同じ境遇に陥り、天涯孤独の身に立たされたエルメだった。

『おい、なんだあの魔力は!?』

『信じられん……年端も行かない少女が、これほどの魔力を備えているとは……』

そしてエルメは、この怒りをもって覚醒に至る。魔法師として類《たぐい》まれなる才覚を有していたエルメは、自覚のないままに天にも昇る魔力を放出した。

その怒りは、ただこの世界の不条理さゆえに、ただ愛した彼の涙のために。

『君、よければ名前を聞かせてくれないか？』

役人が問うと、エルメはようやく自身の異変に気付いた。

己《おの》が身より溢《あふ》れ出る青白き神秘の光が、彼らの驚きそのものだった。

『エルメリア・イリーシェルド。皆からは、エルメと呼ばれております』

『エルメくん……いいえ、エルメさま。貴殿の魔力の凄《すさ》まじさは、世界の平和を守護する〝勇者〟の領域に達していらっしゃる。ちょうど、ソルマーレン王国には、三人の勇者がおられる。もし良ければ、魔王討伐への重責を背負っては頂けまいか！』

慌ただしく頭《こうべ》を垂れる役人らにも、エルメの関心は注がれなかった。

彼女の眼差《まなざ》しは、泣き崩れているディートにのみ向けられている。

『魔王を倒せば、世界は平和になるのですか？』

『疑うべくもございません。魔王を討った暁には、世界各地に蔓延《はびこ》る魔物たちも去り、人々は真の安寧を享受できるはずです！』

この瞬間、エルメはディートのために怒り、ディートのために戦い抜くことを決意した。

『エルメ……？』

未《いま》だ地に手をつく彼に、エルメは身を寄せ、耳元でこう囁《ささや》いた。

『落ち着いて聞いてください、ディートさん。二度とこのようなことが起こらないために、わたしは魔王を討ちに行きます』

『嫌だ！　そんなの……エルメまで、いなくなっちゃうだろ！』

『いいえ、わたしは絶対に帰ってきます。ディートさんのために、魔王を討たなければならないのです。わたしたちの、本当に平和な世界を作るために』

ディートは不安を隠し切れぬ面持ちで、己の手足を映し見た。エルメにだけ重責を課すのは不甲斐《ふがい》ない――どうか自分にも、特別な力がないかと願ったのだ。

『なあ……俺も、勇者になれないのか？』

役人は目を細めると、諦めの息を吐き出した。

『まるで魔力を感じない。その身で外に出たのなら、魔物の餌食が関の山だ』

なお悔しさに震えるディートの身体《からだ》を、エルメは強く、深く抱き留《と》めた。

『大丈夫ですよ、絶対に、帰ってきます。二言はありません』

『絶対に、絶対か？』

『はい……絶対に、絶対。わたしは必ず、ディートさんの下に戻ってきますから』

それを聞き届け、ディートはようやく彼女の決意を受け止めた。

エルメなら、必ず約束を果たしてくれると信じられた。

『ずっと、待ってるからな！　ずっと……何年でも、何十年でも……ずっと、ここで！』

王国へと旅立つエルメは、一度だけ振り返ってこう告げた。

『必ず、迎えにいきますからね。ディートさん』

ディートは、老夫婦や友人たちと暮らしつつも、心の穴は決して塞がれないままだった。

一日一日、旅立ったエルメの足跡を目で追い、最終目的地の北の空を見つめ入った。

エルメはいまごろ、どこにいるのだろうか。

まだ山脈の麓に差し掛かったばかりかもしれない。あるいは山を下って、森を抜けているかもしれない。それとも綺麗《きれい》だと噂《うわさ》の海辺に着き、船旅に明け暮れているかもしれない。はたまた、見たことも聞いたこともない、もっと、もっと遥《はる》かな異郷に、新たな足跡を残しているのかもしれない。

エルメを思う日々が過ぎ、一年、二年、三年と報《しら》せなき状況が続くと、ディートの不安はますます募っていった。

どうしよう……もしも、あの役人が村に来てしまったら……。

かような憂いに胸を騒がされるディートであったが、不安よりも約束が優《まさ》った。

エルメが、嘘《うそ》をつくわけがない。

彼女と交わした約束を胸に、ディートはひたすらに待ち続けた。

春の行く末を過ごし、夏の終わりを過ごし、秋の彩りを過ごし、冬の凜冽《りんれつ》を過ごした。

雪舞う大空の彼方《かなた》を見やり、いつだって彼女の姿を思い描いた。

かくの如《ごと》く年月を重ね、五年目の秋の終わりのこと——。

天地動乱すら凌駕《りょうが》する、凶悪な魔力の波動が、世界に向けて放たれた。

『エル、メ……？』

その瞬間、彼の前に、見覚えのある少女の姿があった。背丈も服装も変わりはしたが、その後ろ姿こそがエルメであると、ディートは疑いもなく確信が持てた。

『ただいま、戻りました。そして……すみません、ディートさん。わたしは、約束を果たすだけの力しかありませんでした』

彼女が何を言っているのか、なぜ謝っているのか、ディートには理解する術《すべ》もなかった。

『やっぱり、エルメは本当のことしか言わないんだな！　俺も、エルメなら絶対に帰ってくるって、ずっと信じて待っていたんだ！』

ディートの喜びに満ちた言葉と表情が、いっそうエルメの良心を責めた。

『いえ……わたしは、最低限の約束しか果たせませんでした』

『最低限？　エルメは、魔王を倒してきてくれたんだろ？』

『倒したのは、わたしではありません。そして……最も恐ろしい何かが、世界に解き放たれてしまったのかもしれません』

それは、稀代《きたい》の魔法師であるエルメだからこそ、見えた世界だったのだろう。

勇者と魔王の決戦にあたり、エルメは双方の魔力が融合し、変質する瞬間を目撃した。

莫大《ばくだい》な魔力が一つとなり、猛悪な何かが解き放たれる。

それが世界を終わらせかねない災禍であると気付くや否や、エルメは転移の魔法でエルキナ村へと帰還した。そして全魔力を賭し、魔法の障壁を展開した。

たとえ防げるかどうかも分からぬ脅威であろうが、彼を守り抜くことこそが、エルメの最上の責務だった。

『あれは、いったい何だったのでしょうか。蒼《あお》き魔力が闇のように変質した、おぞましき波動……そうですね。【悪性魔力】とでも、名付けましょうか』

『エルメは、大丈夫なのか？　魔力の波動が、突き抜けていったように見えたけど……』

『あれが何なのか、詳細は不明です。この世界に、大きな影響がないといいのですが』

『まあ、何だっていいさ！　俺はエルメが戻ってきてくれたことが、本当に嬉《うれ》しいんだ！』

エルメは虚を衝《つ》かれたように目を丸くし、唇の端に豊かな笑みを残した。

『はい……わたしも、同じ気持ちです。ずっと、会いたかったですよ、ディートさん』

魔王は勇者と相討ったことで倒れ、王国はかつてない祝祭に包まれた。

誰もが世界の平和を信じ、魔王なき世界に喜びの声が飛び交った。

――しかし、人々は異変に気付く。

日を追うごとに人が倒れ、魔力の乏しき者から朽ち果てていくではないか。

そして悲劇の兆しは、ディートの愛する彼女にも及び始めた。


『うそだろ……エルメに、何が起きているんだ』

ディートを守るために全ての魔力を賭したエルメは、本来の彼女ではあり得ないほど早くに悪性魔力の症状が出た。

エルメが、村に帰還してから十日。

漆黒の艶《つや》髪は輝きを失い、肌には異常な青斑《せいはん》が浮かび上がる。

『すみません、ディートさん……やはりわたしたちは、この世界を救えなかったようです』

『そんなことは、どうだっていい！　俺とエルメは、ずっと一緒にいるんだって、そう約束したんだ！　だから……分からない。俺は、この気持ちが……何なのかすら……』

エルメの姿が別の存在へと変わりゆく光景に、ディートは底知れぬ恐怖を抱いた。

彼女が死ぬかもしれない未来を徹底して拒み、この現実から目を逸《そ》らし続けた。

あの日、交わした二人の約束——ずっと一緒にいるという言葉を、胸に焼き付けた。

まだまだ、自分たちの世界が続くはずだと信じ続けた。

だが、世界がディートの味方になってくれることは決してなかった。

『すみま、せ……ディート、さん……わたしは、もう……立つことも、ままならず……』

『喋《しゃべ》らなくていい！　これ以上、容態が悪化したら……頼む、天の神様！　どうか、エルメだけは見逃してくれ！　俺たちは、ずっと一緒にいるって、そう約束して……なのに、どうして、こんなことになるんだよ！』

ディートの訴えも虚《むな》しく、日毎《ごと》にエルメの容態が悪化した。

さらに皮肉なことに、死の影が今度はディートを追い詰め始めた。

悪寒、吐き気……死のタイムリミットを知らせる肌の青斑《せいはん》、抜け毛、胃痛。

世界の異変から一五日目を迎えると、かつて夢を抱いた同じ床で、二人は病に臥《ふ》すことになる。

さらに五日が経過すると、二人はもはや虫の息だった。

『ディート、さん……』

五年前、二人が共に眠っていたベッドの中で、いまディートとエルメは横たわっている。

エルメは震えた指先でディートの手に触れ、満足げに睫《まつげ》を伏せた。

愛する彼の隣で最期を遂げられることが、エルメのせめてもの救いであった。

——しかし、ディートはそうではなかった。

『クソ……俺は……俺は、何をやっているんだよ……あれだけの時間が、あったのに……どうして、俺は……っ！』

ディートは己の無力感に打ちひしがれ、ただ悲しみに暮れるばかりだった。

自分はエルメと違い、勇者として何の才覚も素質もなかった。

魔物一匹倒すどころか、剣を振った例《ため》しもない。

こんな自分では、いくら努力を重ねたところで、ただ虚しいだけだと分かっていた。

だからこそ、ディートは悔しかった。

こんなはずじゃなかった——エルメが魔王を倒して、村に戻ってきて、最後はエルメと笑顔で終われるはずだった。

しかし、蓋を開けてみたらどうか。

自分は単なる傍観者に過ぎず、あまつさえ、守るべき者に守られる醜態を晒《さら》していた。

いまさらどう足掻《あが》いたところで、エルメは死ぬ。自分も死ぬ。

勇者と魔王による世界の破滅は、やむを得ない結果だったのかもしれない。

だが、この底知れぬ無力感こそが、絶え間なくディートの心に重くのしかかった。

『大丈夫ですよ、ディートさん……わたしは、あなたの隣にいられるだけで、心の底から、幸せなんです……です、から……』

エルメは自身に残された僅かな力を振り絞り、懐の奥深くに秘めていた金の指輪を取り出した。

『どうか……受け取って、ください。先日、魔王を倒した報酬金で、買いそろえたんです。わたしは、この指輪を……ディートさんと愛し合った証《あかし》を、残したいのです。いつまでも、あなたの心に、いられるのだと……そう、信じて……』

ディートの肉体も衰弱の度を深め、激しき痛みに震えていた。

しかし、彼はこの指輪に一縷《いちる》の希望を見出《みいだ》した。

二人の世界は、まだ終わらないのだと固く信じられた。

ディートは這《は》うようにして身体《からだ》を起こし、彼女の指先から、黄金の指輪を受け取る。

そうだ……自分たちは、まだ終わりじゃない。自分たちの命は、ずっと遠く続いていく。

だとしたら、エルメには何を伝えようか。

エルメに話せていない想《おも》いは、胸の中にまだいっぱいあるんだ。

――ディートが希望に酔いしれていたその時、運命の残酷な素顔が、いま露《あら》わとなる。

『ずっと……ずっ、と……愛して、います……よ……ディート……さ……』

一瞬にして、ディートの顔が凍りつき、そんな最期は間違いなのだと首を振った。

『嘘《うそ》、だ……なあ……起きて、くれよ……エルメ？　……エル、メ？』

悲痛な嗚咽《おえつ》が喉を震わせ、縋《すが》るような眼差《まなざ》しが希望を求めるも、冷たくなった肉体に、彼女の魂が戻ることはない。

そして、孤独の闇に包まれたディートにも、容赦なく運命の鐘が鳴り響く。

『嘘……だ……エ、ル……メ……』

この悲愴《ひそう》な現実を理解する間もなく、ディートの身体は彼女の上に沈んだ。

プツンと、細い糸が切れていくような感覚だった。

身体は動かず、意識は外なる粒子となって散っていく――。

悪性魔力による肉体汚染を受けてから、二十日。

エルメとディートは、同じベッドの中で息を引き取った。


〝まだだ……〟

男の肉体は冷たく、呼吸は凍りついていた。

鼓動一つ鳴り渡ることはなく、思考の灯火《ともしび》は消《き》え失《う》せつつあった。

だが、それでもなお、男の〝魂〟は生きていた。

この世のありとあらゆるものを凌《しの》ぐ、条理から外れた魂の咆哮《ほうこう》が、音のない冬の空へと轟《とどろ》き渡《わた》る。

〝まだ、死ねない……俺は、俺は……こんなところで死ぬわけには、絶対にいかない！〟

その怒りは、無力に過ぎなかった己に向かう。その嘆きは、たったひとり愛した女さえ守れなかった戒めとして、死後もなお男の魂を震わせ続ける。

死後一日、男は彼女への愛を訴え続けた。

死後十日、男は未《いま》だ無力な自分を責め立てていた。

死後百日、男は彼女と過ごした日々を回顧していた。

死後千日、男はこの魂に宿る最上の使命を、世界に向かって吼《ほ》え立てた。

〝諦めない……諦められない。俺は、エルメを救うんだ。ずっと、エルメと一緒にいるんだ。たとえ、世界が終わってしまったとしても、諦めることだけは、絶対にできない！〟

――その瞬間、尋常を逸した〝魂〟の輝きが、死せる男の肉体を生み出す。

『あ、れ？　俺、は……死ん、で……それ、から……何が、どうなっ、て……』

魂による奇跡が舞い降り、男は〝不死〟の命を手にし、再びこの世に立つ。

男には理解できぬ出来事であったが、視線は足下の指輪にいった。

引き寄せられるかのように、自然と意識がそこに向いた。

『これは……そうだ、エルメの……』

この星で、男はただひとり。

繰り返される歴史の中で、人類の尺度を遥《はる》かに絶する時の試練に立たされる。

2

『ディートさん……』

指輪に宿る〝彼女たち〟の魂が、男の意識を呼び覚ます。

『ディートさん――』

始まりの歴史で愛した彼女もまた、男の心に命を吹き込む。

歴史の彼方《かなた》で、無数の〝エルメ〟たちが見守っていた。男はどのエルメにも愛を捧《ささ》げ、しかし常に無力な結末を迎えていた。

〝ディート……ああ、そうだった……かつて、俺は……〟

昔日の記憶が男の脳裏を掠《かす》め、瞼《まぶた》の奥から一筋の煌《きら》めきが滲《にじ》み出《だ》した。

男はいましがた自らの使命を思い返し、それでも男の心は未だ奈落の底にあった。

これまで何十億年と、途方もない努力を捧げてきた。

しかし、男の行き着く先は常に孤独と冬だけであり、祝福の調べが舞い込んでくることは一度もない。

一億年目に愛した彼女を失い、七億年目で愛した彼女を看取《みと》り、四九億年目で己の無力に燃え尽きた。

どの歴史においても、男は等しく無力を味わった。

だからこそ、一歩を踏み出すことを恐れている。たとえ記憶のすべてを思い出しても、この棺《ひつぎ》の外には絶望のみが渦巻いているのだと。

『はい……どうか、末永くよろしくお願いします』

自分では、彼女を救うことができないのだと、過酷な現実に怯《おび》えていた。

しかしながら、男には果たすべき使命がある。

『ずっと……ずっ、と……愛して、います……よ……ディート……さ……』

二度と失いたくはないのだと、この魂に誓った。

あくなき執念を、世界に吼《ほ》えた。

『わたしは、いつでも……何億年、でも……あなたの……心の、中……に……』

男は、秘密基地に刻み付けた不変たる愛の証《あかし》を覚えている。

少女の名は、エルメ。

男の名は、ディート。

『あなたの中で、わたしがまだ〝存在〟していたら、わたしはきっと死んでいない』

瞼《まぶた》は、呪縛に搦《から》め捕《と》られたように重い。

身体《からだ》は、星の引力に呑《の》み込《こ》まれるようだ。

それでも、あと一歩、あと一歩なんだと男は微睡《まどろ》みの中でもがく。

忘れないでと、託された。連れていくと、約束した。

諦めるな――。

たとえ無限の〝冬〟の中に囚《とら》われていたとしても、俺の心に宿る彼女は、決してまだ、死んではいない！

「う……うおおおおおおおおおおおおおおおおおおおおおおぉっ！」

運命の睡魔を打ち破り、ディートはついに覚醒した。

覆《おお》い被《かぶ》さっていた土ごと棺の蓋を蹴り飛ばし、息を荒らげ天を仰ぐ。

空に浮かぶ一二の星と、七つの星。

二人が並び立つ追憶の星座を目に、ディートは虚空に蝕《むしば》まれていた過去を蘇《よみがえ》らせる。

エルメと出会うのは、決まって秋の終わりだった。

しかし、木々の枝々には紅葉の輝きが残っており、冬に入るにはまだ早い。

いまなら、エルメを助けにいけるかもしれない！

「急げ！　既に日は沈んでいる……世界の終わりが来る前に、駆けつけるんだ！」

大地を蹴り上げるディートに、風が呼応するかの如《ごと》く音を立てる。

棺《ひつぎ》の底で眠る指輪たちも、彼の最後の旅路を見送っていた。

悠久の時を経て、物語の主人公が動き出した。

3

「ようやく、辿《たど》り着《つ》いたな」

勇者ゼファーは、魔王城の屋上へと続く階段の手前で歩みを止めた。

彼の周囲には、これまで共に戦い抜いた三名の勇者たちが佇《たたず》んでいる。

「泣いても笑っても、これが最後の戦いだな」

ゼファーが一瞥《いちべつ》を投げかけると、少女は厳かに顎を引いた。

エルメリス・ルミアーレン。

エルメという愛称で呼《よ》び慣《なら》わされている彼女は、自らの長杖《ながつえ》に力を込めた。

「人類の命運が決まる戦いです。最大限、気を引き締めて臨みましょう」

もちろん、ゼファーの心にも、勇者として果たすべき使命の炎が漲《みなぎ》っている。

「ああ、魔王を討ち、世界に平和をもたらすんだ。王国で待っている、父さんと母さんのためにも、ここで負けるわけにはいかない」

ゼファーは決死の覚悟を込めて拳を固めている。

その眼差《まなざ》しに潜む危険な信念を、エルメは目聡《めざと》くも汲《く》み取《と》った。

「まさかとは思いますが、最高峰の剣技を使用するつもりではないですよね？」

この時のゼファーの陶酔的な表情には、暗示的な色が見え隠れしていた。

「魔王を討つ、最終手段だ。祖国を救うには、あらゆる手段を講じるべきだろう」

豪胆に嘯《うそぶ》くゼファーを前に、エルメの眉間の皺《しわ》はますます濃く刻まれた。

「あらかじめ忠告しておきますが、ゼファーと魔王は、世界で最も強い生物でもあります。そんな二人が、力のままに暴れたとしたら、この世界はどうなってしまうのでしょうか」

その破滅的な未来を思うと、エルメは吐き気を催し、膝から崩れ落ちそうになる。

「どうだろうな……これまでにも死闘を重ねてきたことだ。いままでの経験から見ても、そこまで大きな影響はないだろう」

エルメの胸が恐怖に打ち震え、彼女は身体《からだ》の芯まで響く圧迫感に息を呑《の》んだ。

「なにか……悪い予感がするのです。この場所に来てから、身体《からだ》の震えが治まらない……まるで何が起こるのかを、知っているかのように」

弱音を吐くエルメなんて、また随分と珍しいことだ。

これを乙女らしいと見たゼファーは、彼女を支えようと、エルメの手を取ろうとする。

しかし、エルメは一歩退いて、その気遣いを拒絶した。

「問題ありません。わたしは、最後の一瞬まで戦い続けます」

ゼファーは頷《うなず》きで返し、彼もまた自らの使命のみを再確認した。

人々を救うという遥《はる》かなる大義を果たすため、自分たちは魔王を討つのだ。

「カカッ、無謀な勇者共よ……死す間際に味わう絶望の味を堪能せよ」

魔王ヴァルシャール。暗黒の嵐が肉体を纏《まと》ったかのような異次元の存在。

体躯《たいく》は人間よりもひと回り大きく、身に纏うローブは深淵から湧き上がる闇そのもの。

魔王の総身に紛々と立ち込める魔力の粒は、夜空に蠢《うごめ》く闇のようだ。魔王がどれだけの力量を持ち合わせているかは、その威容ひとつで理解させられる。

「直ちに、世界各地の魔物共を撤退させろ。いまこの場で、自らの悪行を詫《わ》び、亡くなっていった者たちへの罪を償うのなら、せめて楽に死なせてやる」

ゼファーの言葉をひとつひとつ噛《か》み締《し》めるかのように、魔王は首を縦に振る。狂気的に覗《のぞ》く白い歯には、押し隠しもせぬ嘲りの気配が漂っている。

「下等種に、上等な死をくれてやったのだ。いったい何処《どこ》に、詫びる道理がある？」

「やはりお前とは、殺し合う宿命にあるようだな、魔王」

「殺し合う？　ただ一方的に嬲《なぶ》られることを、人間は対等だと履き違えているのか？」

「抜かせ！　お前のような絶対悪は、いまここで俺が討ち滅ぼしてくれる！」

烈火の如《ごと》く哮《たけ》りを上げながら、莫大《ばくだい》な魔力を直剣に灯《とも》すゼファー。それに呼応し、魔王は両の手に死の渦を巻き上げ、戦端の幕開けと見て取った仲間たちが得物を取る。

魔法師は、幾年《いくとせ》と磨き上げし神秘の極致を唱え上げ、日天すら霞《かす》む魔法の束を解き放つ。

後衛からの援護を皮切りに、矢継ぎ早にゼファーとラスタルの前衛が飛び出した。スライグが守護の恩寵《おんちよう》を仲間に与え、十全の準備を果たす。その好機を狙い、魔王は闇に濡《ぬ》れし魔法の数々を謳《うた》い上げた。

正義など要らぬ、主戦場には。

ただ己《おの》が磨き上げし技の極致を、命を賭して振るうのみ。

差し迫る死も、切り詰めねばならぬ選択肢も、いまとなっては心地よい。

勇者たちは、魔王と呼ばれる死の化身を強敵と讃《たた》えて、ただ己が力に酔いしれていた。

しかし、次第に劣勢の気配を感じ取ると、危険を楽しんでいた笑みも消えていった。

「強い……わたしが目にしてきた、どの魔物よりも……っ！」

これまで捧《ささ》げてきた努力も虚《むな》しく、仲間の勇者たちが、地に沈んだ。

このままでは、全滅してしまう。

誰もがその絶望を感じ取ると、ゼファーは動かざるを得なかった。

「さあ覚悟せよ、魔王！　いまこそ、これまでの罪を贖《あがな》う時だ！」

「カカカッ……死にゆく命運は、愚かなる勇者共にこそある！」

勇者ゼファーの総身から溢《あふ》れ出《だ》す魔力は、全人類の魔力と比較してもなお優《まさ》る。

魔王ヴァルシャールの周囲に逆巻く魔力は、夜空を穿《うが》ち割るほどの勢いで渦を巻く。

双方の魔力が衝突したとしたら、この世界に何が起きてしまうのだろうか。

エルメは自らの魂が震えるほどの、最も恐ろしい〝何か〟を感じ取っていた。

冬の果てのように冷たく、切なく、けれど妙に温かい……そんな最期を。

「剣技、星裂く霆の刃《アストラル・ヴァーレイン》！」

「秘技、深き淵を蝕む呪いの法《エレボス・ヘーディクウム》！」

残酷にも、運命の歯車はいま再び回り出してしまう。

両者が全ての力を解放し、渾身《こんしん》の魔力が、いま掛け放たれようとした。

その刹那、

『──っ!?』

「な……何者だ、貴様は!?」

流星の如《ごと》く、決戦場に飛び込んできた、一人の男。

その場にいた全員が振り返り、勇者も魔王も、技を中断して後退する。

白髪だ。男の頭はまるで酷寒の大地に積もる雪のように真っ白で、心も魂も抜け落ちたかのように見える。気だるげな目元には絶望の隈《くま》が刻まれ、生気の欠片《かけら》も感じない。

しかし、その瞳は紅蓮《ぐれん》に染まり、揺らめく使命の炎を宿している。

「あなたは……」

怒号と非難の嵐が謎の参戦者を取り巻く中、エルメだけは、嵐の中の凪《なぎ》のようにじっと彼を見守っていた。

これまでに顔を合わせたこともなければ、彼の声さえ耳にしたこともない。

それなのに、エルメの心は彼との運命的な繋《つな》がりを感じ取ってしまう。

心の奥で静かに燃え続けていた何かが、今にも胸を突き破らんばかりに。

「は……ははっ……本当に、今度こそは間に合ったんだな」

彼女の瞳が男を捉えて離さないように、彼の視線も少女以外映さなかった。

──記憶の彼女と遜色ない、空を包み込むような、あでやかな黒髪が風に靡《なび》いていた。

凜《りん》とした気品を纏《まと》う佇《たたず》まい、幼さの痕跡が窺《うかが》える顔つき、華奢《きやしや》な肢体、そして紫紺《しこん》の瞳。

いったいどれだけ、この瞬間を待ち望んでいたのか。

時空の壁を超え、ついに立ち現れたエルメの姿を前に、ディートは膝から崩れ落ちそうになってしまう。

「……っ」

そして男の脳裏に蘇《よみがえ》ったのは、二人で紡いできた幾億年前の光景。

二人で植えた大樹が、山脈の頂上に立てた記念旗が、二人で名付けた星座が、教えてもらった魔法が、断崖から眺めた大海原が、歩き回った屋台道が、結晶の地が、金の指輪が、荒野が、黄金河が、秘密基地が、冬の果てが、世界の終わりが、世界の始まりが男の網膜を満たし切り、言葉にならない思いの波が目頭を沸騰させ、喉元さえ震わす。

だが、男の戦いはまだ終わっていない。

己《おの》が意義たる至高の責務を胸に刻み、男は歴史の歯車を回すかの如《ごと》く前に出た。

「あんたじゃ、魔王を倒すことはできない。よくて、相討ちだろう。それもこの場にいる仲間ごと、犠牲になるぞ」

彼の忠告に、ゼファーは痛恨の色を滲《にじ》ませ、言葉を詰まらせる。

「だが、他にどんな手があると言うんだ!? 俺以外に、誰が、どうやって魔王を！」

「――俺に、任せてくれよ。俺なら、ゼファーの目を見張らせ、魔王の失笑を誘う。

あまりに常軌を逸した提言は、安全に魔王をぶっ飛ばせる」

勇者たちも激憤の色を濃くしていく中で、ディートは対照的に冷静さを保っていた。

「あんたたちは知らないだろうが、解放する魔力量に応じて、魔力は禍々《まがまが》しく変質する。

勇者と魔王の【悪性魔力】は、幾度となく、世界を滅ぼしてきたんだ」

「バカな、そんな話は、聞いたこともないぞ！　……やはり、何かを企《たくら》んでいるのか？」

ゼファーたちは、ディートに疑いの目を向けた。彼の言葉に、裏があるのではないかと。

しかしこの場で一人だけ、疑惑とは異なる感情を持ってディートを見つめる者がいた。

「どうしたんだ？」

エルメの瞳に滲む小さな確信が、じっとディートを捉えて離さなかった。

「いえ、その……」

エルメは自信を欠き、言葉に迷いを感じていたが、彼女の胸にある想《おも》いだけは揺るぎなかった。彼の一言一言が胸に響き、ふと異なる感傷がエルメの喉元を掴《つか》む。

彼がいったいどんな人物で、自分にとってどんな縁があるのかは分からない。

——それでも、魂は確かに〝共鳴〟している。

「そうだよな……どれだけの時間が経《た》っても、エルメは、エルメのままなんだ」

言葉をなくして自分を見つめ続ける彼女に、男も納得したかのように顎を引いた。

かつて彼女が教えてくれた通り、人には〝魂〟が宿っている。

それは理《ことわり》から生まれしものにあらず、条理の遥《はる》か遠くにある、色褪《いろあ》せない永遠の記憶。

幾億年の月日が経っても、エルメの魂は、エルメに受け継がれてきたのだろう。


「さて、新たなる愚か者よ。いかに我を討ち滅ぼすのか、その虚妄を打ち砕いてやる」

再戦の檄《げき》を打ち鳴らした魔王は、いま一度魔力を渾身《こんしん》に練り上げ、絶大なる魔法の極みを行使せんとする。

「いい、俺がやる。大丈夫だ、信じてくれ」

勇者ゼファーが魔王を迎え撃たんとするも、ディートがこれを制した。

「無理だと言っているだろう！　お前の魔力で、いったい何ができるっていうんだ⁉」

「いや、これくらいの魔力がちょうどいいんだ。本気で魔王を倒す必要はない」

ディートの屈託ない言葉が、魔王の抑えきれない笑いを誘発した。

「カハッ、カハハハハハハッ！　貴様の無知は愛嬌《あいきょう》があるな。だが、愚かさには命の代償が伴うぞ。貴様の言葉は、遺言として記憶しておこう！」

魔王が全力を解放し、それは魔王城全体を小刻みに震わせるほどの総量を誇っている。

しかし、ディートは表情ひとつ変えていない。むしろ、魔王の魔力に安心したかのように鼻を鳴らした。

「なあ……魔王。俺は、随分と長いこと考えたんだ。どうやったら、安全にお前を倒せるのか。この世界を、滅ぼさずに済むのか」

ディートは睫《まつげ》を伏せて、これまで積み重ねてきた修練の記憶を思い出す。

もしも、自分が勇者だったら——。

その理想を叶《かな》えるために、彼女がいなくなった後も、彼は魔法の制御に明け暮れた。

技量は魔法使いの極みの更なる高みに達し、魔力は禍々《まがまが》しい色合いに変質した。

だが、かつて男は、この悪性魔力に頭を悩ませていた。

どうやったら、安全に魔王を倒せるのか。

『もしも一人で魔力を独占できたら、けっこう面白そうだな』

その答えは、エルメとの会話で既に導き出されていたのだ。

「最後の最後まで、虚《むな》しい戯《ざ》れ言《ごと》を……もういい、その虚妄ごと全てを無に還《かえ》す時だ！」

魔王は終焉《しゅうえん》を告げる魔法を行使せんと、両腕を突き出した。しかし、その瞬間、魔王の身体《からだ》は凍りつき、その瞳は信じがたい光景に戸惑いを隠せずにいた。

目の前に立つ男が、世界の摂理すら揺るがすほどの魔力を纏《まと》っていたのだ。

「魔王。お前は、《魔力保存の法則》を知っているか？」

ディートは手のひらに魔力を逆巻かせて、そこに過去の幻想を見る。

『最も重要な魔力の特徴としては、限りがあることです。この星に眠る魔力の総量は常に一定であるとされていて、これを《魔力保存の法則》と呼びます』

エルメの教えが脳裏に蘇《よみがえ》る。一言一句、心に刻まれた彼女の言の葉が。

その記憶を道標《みちしるべ》に歩んだ孤独な修練の道のりを、ディートは〝魔力〟という形で具現化させ、それはいま彼の意志となって、運命そのものを覆していく。

「なっ……なんだよ……あり得るのか、許されるのか……こんな、力は……？」

ゼファーが目を剥《む》く先、ディートが纏う魔力は秒ごとに増大し、もはやこの銀河に比類できるものはなく、彼単騎で次元の全てを超越してなお余りある領域に達している。

そして――魔力は、闇の色に変質した。

視線が触れた瞬間、背筋を走る戦慄。逃れられぬ死の気配。

禍《わざわい》の具現たる【悪性魔力】の存在を、ディートは皆に知らしめた。

「この世界の魔力は、常に一定量を保っている。魔力は密度が濃い場所に集まり、それは魔法の練習とかで、より大きな魔力と化していく――だから、俺は思ったんだ。もしも、この世界の全てに匹敵する魔力を、俺ひとりが独占できたのなら。もしも、俺以外の誰も悪性魔力を生み出すことができなくなれば、闘争による破滅を打開できる。――答えは、俺自身が魔力の核となることだったんだ」

星に比する魔力を一身に宿すなど、何と荒唐無稽な話であろうか。

その絵空事を実現するには、無限に近い時を過ごすこととなるだろう。

しかし、彼はその過酷なる試練から目を背けなかった。

何万年、何億年、何十億年と生き続け、魔法の鍛錬に明け暮れ、世界を旅し続けた。

その結果、彼の目論見《もくろみ》は功を奏した。今回の魔王と勇者は、悪性魔力を生み出すほどの力を持っておらず、だからこそディートは、魔王の小さな魔力を一目した時に安心した。

何十億年と注いできた努力が、ようやく実を結んでくれたのだから。

「まっ、待ってくれ！　そんな魔力を使おうものなら、世界ごと滅んでしまうぞ!?」

ある勇者の鋭い問いかけに、ディートは重みのある頷《うなず》きで応じた。

「そうだな。だから、魔力の制御には、細心の注意を払ってきた。魔力量を操ることで、魔法の威力も思いのままになる。そして――」

ディートは、これが最後となる魔王を見据えながら、言葉に力を込めた。

「この程度の魔力が、お前にはちょうどいい」

ディートは、この世の摂理を書き換えるほど莫大《ばくだい》な魔力を、自らの肉体に封じ込めた。

そして、魔王を倒すに足る魔力だけを、繊細な糸を紡ぐように練り上げていく。

覇気の籠もる右腕を突き出し、その瞳に映るのは、彼女と共に刻んだ冬の記憶。

いまここに、新たなる世界の幕開けを告げるに相応《ふさわ》しい魔法——それは。

「魔力の弾丸《ミレ・ロイツエフ》、壊滅者《ネーエン》を討ち、世界の理《ヴァシリーサ》を書き換える」

清浄な蒼《あお》き魔力が、魔王の悪意ごと光の彼方《かなた》へと運び去る。

魔王城に差した一筋の冬の彗星《すいせい》は、長く続いた悪夢の終わりを意味していた。

「……」

魔王の存在が完全に消失したのを見届けた瞬間、ディートは張り詰めていた糸が切れたかのように崩れ落ちた。

終わった……やっと、終わった。

世界の破滅を回避したいま、人々は平和を謳歌《おうか》し、心の底から愛した彼女もまた、悲劇的な運命から解放された。

「やっと、連れていけたよ……エルメ。約束した通り、幾億年と経《た》った、世界の果てに」

ディートは音もなく広がる夜空を見上げながら、その暗闇に彼女との記憶を投影する。

何度、心が折れただろう。どれだけ、涙を流し続けただろう。

遥《はる》かなる旅路の果てに辿《たど》り着《つ》いた到達点は、期待していたほどの特別さはなく、使命を成し遂げた静かな喜びだけが、ゆっくりと胸の内に広がっていた。

もう、やり残したことはない。

後は、この押し寄せる睡魔に、身を委ねよう。せめて夢の中で、彼女と会えるといいな。

いい子にしていたら、出てきてくれるって、言ってくれたから。

「どうして、ですか？　あなたはいま、確かに、わたしの名前を……」

しかし、時を超えて重なる少女の面持ちが、ディートの視界いっぱいを占めた。

静かに身を屈《かが》める彼女は、ディートの目の奥にある何かを捉えて離さない。

「……聞き間違いだろ。俺は、誰の名前も呼んでいない」

「ですが、先ほどの言葉は、間違いなくわたしの名前で――」

「聞き間違いは、意外とあるもんだぞ。俺だって、どれだけ幻聴を聞いたか分からない」

ディートは自らの意思で、彼女との絆《きずな》に一線を引こうとしていた。

目の前のエルメは、自身の記憶に刻まれた、最期の瞬間を共に過ごしたあのエルメではない。それは彼の心が、痛いほどに理解していた。

彼女の人生は、彼女自身の手で紡ぎ出されるべきものであり、そこに運命という既定の道筋を押し付けることなど、断じて許されない。幾度となく、世界の終末を目撃してきたディートだからこそ、激しい反感を覚えていた。

世界の滅亡を回避したいま、エルメも自分という枷《かせ》に囚《とら》われる必要はない。

自由を手にしたエルメは、どんな道を歩むのだろうか。

ディートには、彼女の選択の全てを無条件に受け入れ、見守り続ける覚悟がある。

「では、どうしてそんな顔をしているのですか。あなたは、何に泣いているのですか？」

「……え？」

だが、そうした打算的な考えに、彼の魂は一切の共鳴を示してくれなかった。

どれほど自らに言い聞かせようとも、エルメは、かけがえのないエルメのままだった。

目の前に広がる現実と、魂の奥底に深く根付いた彼女との記憶が、透明な走馬灯のように重なり合い、過去の願いが、彼女と共にいたいという唯一の望みが、遥か彼方《かなた》の時空から、いまこの瞬間に追い付いた。

「……っ」

男の瞳に、繊細な感情の光が揺らめく。その縁には、星屑《ほしくず》のような雫《しずく》が静かに瞬く。

唇が震え、言葉を紡ごうとするも、感情の奔流に押し流され、声は空《むな》しく喉元で消えていく。

——会いたかった。切なかった。悲しかった。嬉《うれ》しかった。

草木も眠りについた季節、もの寂しげな風が夜の闇を撫《な》で、夜空には二人の星座が、孤独な世界で互いを慰め合うかのように煌《きら》めいていた。

いつだって、冬が自分を許してくれなかった。

孤独が、大切な記憶を蝕《むしば》んでいった。

幾星霜を経た渺茫《びょうぼう》たる時の彼方《かなた》、愛した彼女との再会は、自らの悲願そのものだ。なのに、どうして知らないふりができるというのか。どうかもう一度、自分を愛してくれなんて我欲に満ちた妄言が、いまにも口を衝《つ》いて出そうになる。

ディートの魂は幾重の時空を渡り、運命の糸に纏《まと》わりつかれている。忘れ去られていた記憶の断片が、いまようやく現世に追い付き、彼女との邂逅《かいこう》に歓喜している。

もはや誤魔化《ごまか》す余地もなく、ディートは己《おの》が本心を打ち明けた。

「辛《つら》かったんだ……苦しかったんだ。何度、頑張っても、俺は何もできなくて、けれど、大好きだった人は死んでいって……忘れたくなくて、泣いて、泣いて、喚《わめ》いて、眠って、そんな救いのない終わりを、何度だって繰り返してきたんだ。だから、俺は嬉しいんだ。やっと、君を救えたことに……本当に、本当に、嬉しくって——」

ぽたりと、一粒の透明な想《おも》いが、宵の静寂に溶け込んだ。

「えっ……あっ……エル、メ……？」

少女の瞳から、彼の心の痛みに共鳴する叫びが溢《あふ》れ出《だ》した。

エルメの心は、静かなる幸福の波に揺れ動き、その喜びに彩られた雫《しずく》が頬《ほお》を駆ける。

そよ風がエルメの髪を撫で、降り注ぐ月の光が彼女の周りだけを照らし出す。

彼女には、男との記憶がない。

それでも胸打ち震える歓喜の声は、彼の涙と〝共鳴〟している。

「あなたのことは、わたしの記憶にありません。それなのに……どうして、でしょうか。あなたへの、感謝の気持ちが……ありがとうって気持ちが、ずっと込み上げてくるのです。なぜ、このように疼《うず》くのでしょう……あなたと、わたしは……いったい、どこで……」

止めどなく溢れ出る感情の発露が、ディートの顔に滴り落ち、それは彼の勇姿を抱き締めているように見えた。

遙《はる》か果ての時空から、ディートはエルメを連れてきた。

冬にも負けず、吹雪《ふぶき》にも折れず、霧深き時の迷い込む先、星辰《せいしん》の道を辿《たど》って、運命の紡がれた糸が交わる。

幾多として繰り返してきた別れの先に、ようやく本当の〝再会〟に辿り着けた。

「あなたの名前を、教えていただけますか」

男は空の星座に倣って、無邪気に微笑《ほほえ》んでみせた。

「名前はないよ。だから、君に名前を付けてほしい」

「ですが、そう言われましても……」

「俺は、不死の身体《からだ》を持っているんだ。長い、長い歴史の中で、何十億年と過ごしてきた。とても、信じられないかもしれないけどな」

「普通の人間のように見えますが……本当に、不死の方なのですか？」

「そうだな。そして、これから新しいおとぎ話を紡ぐアンデッドだ」

エルメは薄明かりに輝く空を仰ぎ見た後、男へと視線を戻す。

互いの息が触れ合うほどの距離で、沫雪《あわゆき》のように澄んだ声音で、彼の心に触れる。

「ディート、というのはどうでしょうか。元は《太陽》を意味するティーダを、反対から読んだ言葉。クルグス語で意味は共鳴、誰かと意思が重なった時に使用されます」

「じゃあ、あの星座の名前は、ディートと、エルメだ。あの一二の星と、あっちの七つの星。ほら、エルメと俺が、並んでるみたいだろ？」

「はい……そうですね、ディートさん」

霄《そら》に幻想的な光彩が描かれる中、不死と少女が、手を取り合う。

自然と浮かんだ笑顔の皺《しわ》は、幸福の度合いを示している。夜風が祝福の芳香を担いで、新たなる始まりの序章を報《しら》せる。

二人のおとぎ話は、今度こそ温かさに包まれて、未来永劫《みらいえいごう》と語り継がれるだろう。

運命の摂理を乗り越えた先、二人にとっての初めての夜明けが、この惑星に昇る。

幸福の旅路の始まりだ。悲哀を辿《たど》る冒険ではない。

何十億年と続いた暗澹《あんたん》たる過去をも置き去りにする足跡が、一歩一歩と刻まれていく。

「どうしたのですか、ディートさん？」

「いや……何でもない」

男は自らの胸に手を当てがうも、過ぎ去りし日々に置き去りにした彼女の声は、もはや響いてくることはなかった。夢にまで見た彼女の名前を、呼び続ける必要も既にない。

今度こそは、彼女とずっと共にいられるのだから。

エピローグ

エルメとディートのおとぎ話。

二人の物語から、数百年後。人間と敵対的な種族は滅び、冒険者は役割を終えた。

伝承に従い、人々は魔力を厳格に管理し、闘争ではなく学業や商業、産業に力を注ぐようになった。誰もが平和に暮らす世界で、二人の逸話は、長きに亘《わた》って語り継がれている。

「――不思議なことにね。少女が寿命を迎えると、不死も息を引き取ったそうよ」

「それは……使命を、終えたからなのか？」

「どうなのかしらね。果たして、本当に〝不死〟なんて存在が、いたのかどうか。いまも、このおとぎ話の議論に上がるほどだもの」

一五歳の少年は、夕食を囲みながら、母と和やかに語らっていた。

世界中で愛される童話は、こうした何気ない日常の中で、脈々と受け継がれていく。

「でも、どこから本当で、どこまで脚色された話なのかは、彼らしか知り得ないわね」

「うーん……でも、俺は本当の話だと思う。この話を聞くと、胸が温かくなってくるんだ」

「ふふっ……確かに、そうかもしれないわね」

少年が最後の一口を含んだ瞬間、合図のように呼び鈴の音が鳴る。

「ほら、行ってきなさい。いつものあの子が、呼んでいるわよ」

「分かってるって。晩ごはんありがとう、お母さん。今日も美味《おい》しかったよ」

「ええ、気を付けて行ってきなさい」

玄関の扉を開けると、そこには黒髪に紫紺《しこん》の瞳を持つ少女が、凛《りん》として佇《たたず》んでいた。

「待たせたか？」

「いいえ、いま来たところですよ」

「最近、やけに冷えるからな。風邪を引かないようにしてくれよ」

「ご心配、ありがとうございます。今夜のためにも、体調を崩すわけにはいきません」

寄り添うように歩調を揃《そろ》え、街の賑《にぎ》わいを背中に受けながら、二人は石畳の上を往《ゆ》く。

秋の最後を告げる風に、冷気がさざめき、少女の身体《からだ》が縮み上がる。

だが、寒さを感じることはない。

少女のたおやかな指先が、少年の手と優しく結ばれる。二人の間に流れる絶妙な温度が、冷たく澄んだ風を淡い色調で彩り立てる。雪のように白い髪の少年は、生気のない表情を浮かべ、黒差しの少女は、慎《つつ》ましく口角を持ち上げている。

「いまから、一緒にお祭りに行くんだもんな。確か、名前は……えーっと……」

「白波冬灯祭《しらなみふゆとうさい》ですね」

「この前の魔法絢秋祭《まほうけんしゆうさい》とは、また違うんだな」

「今回のお祭りも、多くの屋台が立ち並びますが、一番の違いは、灯篭流《とうろう》しにあります」

「灯篭って、舟の形をしているんだっけ？」

「ええ、川に舟の灯篭《とうろう》を流すんです。航海士の願掛けが由来で、海岸都市で始まったとか」

「楽しみだな。俺たちも、願いを込めて舟を流そうぜ」

「胸が弾《はず》む思いですが、主役は他にもありますよ。とっても綺麗《きれい》だと、噂《うわさ》の星座です」

「あっ、それは俺も聞いたことがあるぞ。星座の名前は……ディール、メート？」

「半分正解、まるでわたしたちみたいですね。正しくは、ディートと、エルメです」

「えっ、俺たちの名前と一緒じゃん」

「おかしな巡り合わせもあるものですね」

「だったら……ちょうどよかった」

「えっと、何がでしょうか？」

「誰だか知らないおっさんより、俺たちを星座に置いた方が、いい感じだろ？　ほら、あの一二の星と、あっちの七つの星。エルメと俺が、並んでいるみたいだ」

少女はくすりと微笑《ほほえ》み、自分もまた星空を仰いだ。

「はい……そうですね、ディートさん」

暗闇に融《と》け込《こ》む星々のように、二人は冬めく夜の帳《とばり》へと消えていく。

かつて、ディートという不死がいた。

かつて、エルメという少女がいた。

あの日命名された星座の名は、この惑星が存在する限り、万人へと知れ渡るのだった。

あとがき

謹んでご挨拶申し上げます、影《かげ》おどりです。

受賞の連絡を受けてから今日に至るまで、僕は本作の完成に向けて、心血を注いできました。でも、一冊の本として出来上がるまでには、想像を超える多くの方々の御力添えがありました。

幾歳月に亘《わた》る改稿に寄り添い、僕の壊滅的な意思疎通にも、忍耐強く向き合ってくれた担当編集さん。僕の創意の及ぶところを遥《はる》かに凌駕《りょうが》する芸術性をもって、本作を彩ってくださったイラストレーターのchooco《ちょこ》さん。

さらには、表紙デザインや校正など、水面下で本作を支えてくださった全ての方々。僕が知らないところでも、もっと多くの方が関わっていると思います。

僕は原稿を書き上げるにあたり、これまでは僕が頑張ればいいからという自己完結的な意識が強かったですが、本が世に送り出されるまでの過程で、実に多くの方々に支えられていることを、身に染みて痛感しました。だからこそ、本作に関わって頂けた全ての方々が報われるよう、渾身《こんしん》の力を込めて紡ぎ上げました。僕たちが注ぎ込んだ努力の総体が、世界に名を轟《とどろ》き渡《わた》らせる結果になることを願っています。短いあとがきとなりましたが、影《かげ》に潜む鹿毛おどりとして、今度も遥かなる高みを目指し、精進を重ねて参ります。

MF文庫J

巡る冬の果てで、君の名前を呼び続けた

2024年12月25日　初版発行

著者　鹿毛おどり

発行者　山下直久

発行　株式会社 KADOKAWA
〒102-8177 東京都千代田区富士見2-13-3
0570-002-301（ナビダイヤル）

印刷　株式会社広済堂ネクスト

製本　株式会社広済堂ネクスト

Printed in Japan　ISBN 978-4-04-684341-8 C0193

◇◇◇

この作品は、第20回MF文庫Jライトノベル新人賞〈優秀賞〉受賞作品「冬めく。」を改稿・改題したものです。

【 ファンレター、作品のご感想をお待ちしています 】
〒102-0071 東京都千代田区富士見2-13-12
株式会社KADOKAWA　MF文庫J編集部気付「鹿毛おどり先生」係　「chooco先生」係